福建師範大學文學院百年學術論叢　第二輯

古本《尚書》文字研究

林志強　著

國家哲學社會科學研究規劃基金資助課題

第二輯
總序

　　百年老校福建師範大學之文學院，承傳前輩碩學薪火，發掘中國語言文學菁華，創獲並積澱諸多學術精品，曾於今年初選編「百年學術論叢」第一輯十種，與臺北萬卷樓圖書股份有限公司協作在臺灣刊行。以學會友，以道契心，允屬兩岸學術文化交流之創舉。今再合力推出第二輯十種，嗣續盛事，殊可喜也！

　　本輯所收專書，涵古今語言文學研究各五種。茲分述如次。

　　古代語言文學研究，如陳祥耀先生，早年問學無錫國學專修學校，後執教我校六十餘年，今以九十有四耄耋之齡，手訂《古詩文評述二種》，首「唐宋八大家文說」，次「中國古典詩歌叢話」，兼宏觀微觀視角以探古詩文名家名作之美意雅韻，鉤深致遠，嘉惠後學。陳良運先生由贛入閩，嘔心瀝血，創立志、情、象、境、神五核心範疇，撰為《中國詩學體系論》，可謂匠思獨運，推陳出新。郭丹先生《左傳戰國策研究》，則文史交融，述論結合，於先秦史傳散文研究頗呈創意。林志強先生《古本《尚書》文字研究》，針對經典文本中古文字問題，率多比勘辨析，有釋疑解惑之功。李小榮先生《漢譯佛典文體及其影響研究》，注重考辨體式，探究源流，開拓了佛典文獻與文體學相結合的研究新路。

　　現當代語言文學研究，如莊浩然先生《中國現代話劇史》，既對戲劇思潮、戲劇運動、舞臺藝術與理論批評作出全面梳理，也對諸多名家名著的藝術成就、風格特徵及歷史地位加以重點討論，凸顯話劇史研究的知識框架和跨文化思維視野。潘新和先生《中國語文學史

論》，較全面梳理了先秦至當代的國文教育歷史，努力探尋語文教學中所蘊含的思想文化之源頭活水。辜也平先生《中國現代傳記文學史論》的歷史考察與學理論述，無疑促進了學界對現代傳記文學的研討與反思。席揚先生英年早逝，令人惋歎，遺著《中國當代文學的問題類型與闡釋空間》，集三十年學術研究之精要，探討當代文學思潮和學科史的前沿問題。葛桂录先生《中英文學交流史（十四至二十世紀中葉）》，以跨文化對話的視角，廣泛展示中英文學六百年間互識、互證、互補的歷史圖景，宜為中英文學關係研究領域之厚實力作。

　　上述十種論著在臺北重刊，又一次展現我校文學院學者研精覃思、鎔今鑄古的學術創獲，並深刻驗證兩岸學人對中華學術文化同具誠敬之心和傳承之責。為此，我謹向作者、編輯和萬卷樓圖書公司恭致謝忱！尤盼四方君子對這些學術成果予以客觀檢視和批評指正。《易》曰：「觀乎人文，以化成天下。」我堅信，關乎中華文化的兩岸交流互動方興而未艾，促進中華文化復興繁榮的前景將愈來愈輝煌璨爛！

汪文頂

謹撰於福州倉山

二〇一五年季冬

目次

第一章
緒論

第一節　《尚書》源流與古本《尚書》

　　《尚書》者，上古之書也[1]。以其年代久遠，而又屢遭厄運[2]，傳播至今實屬不易。簡要言之，《尚書》之流傳過程，大致如下：先秦時期，是《尚書》的成篇、結集階段。至秦始皇禁《詩》、《書》、百家語，及項羽火燒秦宮室，《尚書》遭焚，先秦之《書》，損失殆盡。漢時除挾書之令，開獻書之路，《尚書》劫後餘生，或得之壁中，或獲自中秘，或獻於民間，而文字有今文、古文之異，遂又興起紛爭。歷兩漢之世，今、古文之爭，幾經周折，彼此消長。迄至西晉永嘉之亂，今文、古文《尚書》皆亡，漢魏石經亦殘毀湮沒。東晉初，梅賾[3]獻孔安國《古文尚書傳》，陸德明為撰《音義》，孔穎達為作《正義》，衛包奉詔改為楷字，開成年間刻上石經，終成定本，流傳至今。

　　孔傳古文《尚書》以前的本子，我們無緣得見全貌。先秦時期的《尚書》，今可見者，惟先秦典籍所引及近年出土之郭店、上博楚簡中的零章斷句。郭店、上博楚簡文字存古之真，可謂真正的「古文」

1　《尚書》之「尚」，通「上」，而對「上」義之理解，各有側重，約有三端：一曰「上古」，二曰「君上」，三曰「尊崇」。三說各有一定道理，以第一說最為流行，今從之。

2　段玉裁有《尚書》七厄之說，見《古文尚書撰異》〈序〉。

3　梅賾，又作梅頤（明袁氏嘉趣堂《世說新語》）、枚賾（《經典釋文序錄》）。「梅」「枚」同音通用。朱駿聲《說文通訓定聲》說：「古人名頤字真，晉梅頤字仲真，作梅賾者誤。李頤（曾注《莊子》）字景真。」參見蔣善國：《尚書綜述》（上海市：上海古籍出版社，1988年3月），頁304。

《尚書》，雖然零星，而至為寶貴[4]。兩漢魏晉之間的《尚書》，除見於文章史籍所引外，實物只有熹平石經殘石和三體石經殘石。而流傳至今的孔傳古文《尚書》，我們不僅能看到楷字本，還能看到古字本。其古字本，就是發現於敦煌等處、自六朝至唐代的《尚書》古寫本以及導源於此的日本古抄本。這些都屬於本書所指的「古本《尚書》」。根據這些古本《尚書》材料，我們得以窺見先秦兩漢《尚書》之一斑，亦得以觀察孔傳古文《尚書》之全豹。

　　這裡要著重對敦煌本一系的古本《尚書》作些說明。這一系的古本《尚書》在版本上是屬於孔傳古文《尚書》。孔傳古文《尚書》自宋代吳棫、朱熹以來，備受懷疑，真偽之爭，遂成焦點，《尚書》學之研究，對此問題，不可迴避，本書對此亦有所關注。但本課題的研究重點主要還是古本《尚書》的文字現象，並由此涉及《尚書》文本的解讀和衛包改字等問題，而非純粹的《尚書》學史的探討。由於古籍整理的緣故，孔傳古文《尚書》顯然已非先秦舊典，但至少可以肯定是魏晉時期的產物[5]，距今也算久遠。敦煌本一系的古本《尚書》存其時之真，顯彼時之變，對於研究《尚書》以及魏晉以來的文字變化，進而上聯先秦，下及唐宋，其研究價值是不言而喻的。因此，古文《尚書》的真偽問題，並不影響本課題的研究價值和意義。

　　陸德明《經典釋文》〈條例〉云：「《尚書》之字，本為隸古。既是隸寫古文，則不全為古字。今宋齊舊本及徐、李等音，所有古字蓋亦無幾。穿鑿之徒，務欲立異，依傍字部，改變經文，疑惑後生，不

4　二〇〇八年清華大學入藏一批戰國楚簡，已知最重要的內容之一是《尚書》，有些篇有傳世本，更多的則是前所未見的佚篇。這是《尚書》文獻的一次重大發現，學術界的研究成果很豐富。本書寫定在前，內容沒有涉及。

5　李學勤先生對古文《尚書》在魏晉時期的流傳情況多有研究並提出重要意見，可參看〈論魏晉時期古文《尚書》的傳流〉、〈對古書的反思〉，收入《當代學者自選文庫》〈李學勤卷〉（合肥市：安徽教育出版社，1999年）、〈竹簡《家語》與漢魏孔氏家學〉，《簡帛佚籍與學術史》（南昌市：江西教育出版社，2001年）等文章。

可承用。」據此，孔傳古文《尚書》隋唐以來當有兩種版本，一是「宋齊舊本」，二是穿鑿之徒立異之本。宋齊舊本有徐邈、李軌等人的《音釋》，古字較少。敦煌等處所出的隸古定本《尚書》，顯然與此有密切的關係。穿鑿之徒立異之本，段玉裁稱為「偽中之偽」，「蓋集《說文》、《字林》、魏石經及一切離奇之字為之。」郭忠恕所作《古文尚書釋文》，晁公武刻石於蜀，薛季宣取為《書古文訓》，所據皆此本[6]。晁公武曾將其文字與陸氏《釋文》相比較，認為「雖小有異同而大體相類」[7]，李遇孫作《尚書隸古定釋文》，取《書古文訓》之文字一一加以考訂，十之八、九合於《說文》、《玉篇》、《汗簡》、《集韻》等書中古文，則其所據者乃傳抄古文，雖然裒輯整理之痕跡十分明顯，但其文字並非向壁虛造。既如此，其與同樣是屬於傳抄古文系統的敦煌本或日本古寫本，彼此之間自然可以比勘校注，因此這些本子也應視為古本《尚書》的輔助參考材料。

　　搜集古本《尚書》材料最全者，首推顧頡剛、顧廷龍二先生合輯的《尚書文字合編》（以下簡稱《合編》）[8]。此書於二十世紀三〇年代開始編纂，直至一九九六年才由上海古籍出版社刊行，用照相影印以保真實。書中收入古文、篆文、隸書、隸古定、楷書等歷代不同字體的《尚書》古本二十餘種，是迄今為止最為齊全的《尚書》文字資料合集；其中大部分是唐代衛包改字前後的古寫本以及源於唐寫本的日本古抄本，有不少材料是首次面世，內容豐富而重要。正如〈出版說明〉所稱：「本書所收漢、魏石經《尚書》殘石，包括了一九四九年後出土的殘石，較馬衡《漢石經集存》、孫海波《三字石經集錄》

6　見《古文尚書撰異》〈序〉。

7　見《四部叢刊》〈三編〉〈史部〉，《昭德先生郡齋讀書志》卷第一上，「古文《尚書》十三卷」條。

8　《合編》的編纂，安排頗為科學，〈出版說明〉〈凡例〉已詳。然也有個別瑕疵，如第1冊頁637與頁638互倒，〈洪範〉篇島田本不全，〈立政〉篇敦煌本斯2074亦不全，而目錄未說明其起訖。〈周官〉篇觀智院本也未說明起訖。

所收為齊全。又如本書所收唐寫本《尚書》不僅包括敦煌卷子本的全部，而且還收入日本、德國所藏的新疆出土本。再如淵源於唐寫本的日本古寫本，有些還存全帙，可彌補唐寫本殘佚之不足，是研究《尚書》文字的極可貴資料，但國內很少流傳，而本書收有十餘種之多。其中如著名的元亨三年（1323）寫本，世所流傳者僅是收載《雲窗叢刻》中的楊守敬影寫本，頗多失真，而本書則將原本首次公佈於世。又如影天正本及八行寫本，均存全帙，也是首次面世。」本課題的基本材料，即來源於此書。

第二節　本課題的研究對象、研究步驟及方法

　　本課題所研究的古本《尚書》，約可分為三類：一、漢魏石經，即漢熹平石經、魏三體石經；二、手抄文本，即魏晉以降，主要是唐代衛包改字前後的《尚書》古寫本以及源於唐寫本的日本古抄本；三、刊刻文本，包括宋人晁公武刻石和宋人薛季宣訓解之《書古文訓》，後者為清康熙十九年（1680）《通志堂經解》刻本。此三類材料皆已收入《合編》中。其中第一類材料時代早，可信度高，但多為殘石，不夠全面；第二類材料最為豐富，類型齊全，為古人親筆，真實可信；第三類材料頗有特色，但後人整理的痕跡比較明顯[9]。因此本課題把第二類作為最主要的研究對象，一、三類則作為輔助和參考。

　　此外，近年出土的楚簡材料，雖非專門的《尚書》文字而只是引文，但存古之真，至為寶貴，因此在研究相關問題時，也是重要的材料。

　　研究舊典之語言文字，宜追求實證，而實證則以材料為先。所以本書在文字研究的方法上，首先是對相關字樣進行窮盡性的調查，調

9　參見顧頡剛《尚書隸古定本考辨》（《尚書文字合編》〈代序〉）。

查主要以列表方式進行。筆者以顧頡剛先生主編的《尚書通檢》[10]為索字依據，把相關文字在所有古寫本中的寫法一一列出，製成表格，作為分析研究的基礎。有關字表，均見本書附錄。茲舉「漆」、「怒」二字，以見一斑：

「漆」字構形異同表

所在篇名	漢石經	魏石經	晁刻尚書	敦煌本	吐魯番本	和闐本	高昌本	岩崎本	九條本	神田本	島田本	內野本	上元本	觀智院本	古梓堂本	天理本	足利本	上影本	上八本	書古文訓
禹貢四				㲦伯3615 㲦伯5522 㲦伯3169 漆伯3169				㲦洓（傳）	㲦洓潗倈（傳）			漆漆		洓			漆	漆	漆	㲦㓟
顧命一												漆		洓			漆	漆	漆	㲦

10　《尚書通檢》（北京市：書目文獻出版社，1982年5月北京新1版）。

「怒」字構形異同表

所在篇名	漢石經	魏石經	晁刻尚書	敦煌本	吐魯番本	和闐本	高昌本	岩崎本	九條本	神田本	島田本	內野本	上元本	觀智院本	古梓堂本	天理本	足利本	上影本	上八本	書古文訓
盤庚二				怒伯3670 怒伯2516 忞伯2643				忞				忞	忞				忞 怒	忞 怒	怒	忞
泰誓一										怒		忞					怒	怒	忞	悠
洪範一											忞	忞					怒	怒	怒	悠
無逸一		忠闘怒		忞伯3767 忞伯2748								怒					怒	怒	忞	悠

　　字樣調查之後，擇其要者進行重點考察和研究。文字研究主要以疏證的方式進行，疏證則以歷時系統考察和共時系統分析相結合。歷時系統考察是把《尚書》文字與商周以來的古文字特別是戰國秦漢文字進行合證，重在沿流溯源，理清其演變脈絡；共時系統分析是將《尚書》文字與魏晉唐宋時期的碑刻、印章、字書、韻書中的文字進行合證，重在橫向比較，辨其異同。黃德寬先生指出：「縱向溯源與橫向流變的推求應更好地結合起來，尤其是隸定古文異形繁多時，有些異形存在彼此間的橫向流變或訛變關係，應該予以重視。」[11]這對本課題的文字研究，是十分適用的。

　　不管是縱向的分析還是橫向的比較，本書都以形為主而兼及音義，注意文字形音義的相互溝通和聯繫。形音義三者互相推求是一種

---

11 黃德寬：〈序〉，《隸定古文疏證》（合肥市：安徽大學出版社，2002年6月）。

傳統而又科學的研究方法，前輩學者已給我們以許多精彩的例證和有益的啟示。比如曾憲通師曾對朱德熙先生的古文字研究方法作過這樣的評述：「朱德熙先生研究古文字的特點是重視字形而又不囿於字形，他注重透過文字符號去了解較為隱蔽的語言事實，這樣往往可以收到意想不到的效果。在出土文字資料的釋讀上，常常有這樣的情況，光從字形上看問題，往往感到『山窮水盡疑無路』，就在這個時候，朱先生常用的口頭禪是：『換一個角度看看怎麼樣？』他的意思是，不妨從文字背後隱蔽的語言事實來考察。這樣一來，往往就會出現『柳暗花明又一村』的新境界，令人有豁然開朗的感覺。我想，這就是語言學意識的效應。在古文字資料的釋讀上，有沒有這個『意識』是大不一樣的。它使我們在思考問題時多了一條思路，多了一個角度和一條門徑。這對於從事語言文字工作的人來說是至關重要的。」[12]所謂「語言事實」，我的理解就是詞的音義問題。古文多假借，形不可解則以音義求之，這是符合語言事實的。古本《尚書》文字的研究，當然也不能例外。比如有的隸古定字與其釋文的本字之間差距很大，在字形上很難解釋，但越過字形而從聲音上去尋求，卻往往有得。如「虞」之作「欯」，相距甚遠，曾憲通師從「虞」字求之，方得解決；「戰」之作「㘸」，頗為不類，湯餘惠先生以「旃」字求之，終為確解。這些都是很精彩的例證。

　　本書以文字研究為中心，同時也關注對《尚書》文獻的綜合研究，因此在研究方法上，還注意以文字研究促進文獻整理，或者面向文獻整理進行文字研究，把文字研究和文獻整理結合起來。本書以古本《尚書》為材料，以文字研究為中心，實際上就是要找出文字研究和文獻整理的結合點和切入點，希望走面向文獻整理的漢字研究之路。

---

12 曾憲通：〈我和古文字研究〉，收入張世林編：《學林春秋》（三編下冊）（北京市：朝華出版社，1999年12月），頁432-433；該文又收入《曾憲通學術文集》（汕頭市：汕頭大學出版社，2002年7月）。

第三節　本課題的研究狀況、研究價值與意義

　　以《尚書文字合編》為基本材料，從文字學的角度對古本《尚書》文字現象進行專題探討，目前尚未有研究成果面世。但與之相關的研究成果相當多，足資借鑒。這方面的研究成果，主要集中在通論性《尚書》著作、《尚書》寫本的研究、《尚書》文字的梳理、傳抄古文的研究、漢語俗字的研究等五個方面，下面就這五個方面作簡要論述，詳細論著名錄參見本書末尾之「參考文獻」。

　　《尚書》研究的歷史悠久，成果豐碩。通論性的《尚書》著作，單就二十世紀八〇年代以來，就有不少，如馬雍的《〈尚書〉史話》、陳夢家的《〈尚書〉通論》、蔣善國的《〈尚書〉綜述》、劉起釪的《〈尚書〉學史》等，都是總結前人、推陳出新的系統之作。對《尚書》傳寫本的整理和研究，許建平先生曾有專文綜述，全面翔實，資料豐富。他說：「從一九〇九年至今的近一個世紀中，各國學者，特別是中國學者，孜孜矻矻，辛勤耕耘，致力於敦煌《尚書》寫本的研究。經粗略統計，發表論著達六十多種，而且還不包括在研究中利用到《尚書》寫卷的論著。」[13]蔣斧、羅振玉、王國維、劉師培、王重民、姜亮夫、饒宗頤、陳鐵凡、陳夢家、顧頡剛、劉起釪、吳福熙等都參與其事，頗有著述。其中如王重民的《敦煌古籍敘錄》、顧頡剛的《〈尚書〉隸古定本考辨》、劉起釪的《〈尚書〉的隸古定本、古寫本》、《〈尚書〉源流及傳本考》和《日本的〈尚書〉學與其文獻》等，對我們理清古本《尚書》的序列及其相互關係有重要作用。

　　在《尚書》文字方面，清代的學者就做了很多梳理校證的工作，

---

13 見〈敦煌出土《尚書》寫卷研究的過去與未來〉，《敦煌吐魯番研究》（北京市：中華書局，2004年1月），第7卷。

如段玉裁的《古文尚書撰異》、孫星衍的《尚書今古文注疏》、王氏父子的《讀書雜誌》、《經義述聞》等在排比傳世文獻用例方面用力至勤，成就非凡。李遇孫的《尚書隸古定釋文》，專門考訂薛季宣《書古文訓》，對《尚書》隸古定文字多有研究。敦煌等地古本《尚書》發現以後，對隸古定文字的研究成果也相當豐富。如王重民收錄在《敦煌古籍敘錄》中的〈敦煌古尚書敘錄〉、陳鐵凡的〈敦煌本虞書校證〉、〈敦煌本夏書斠證〉、〈敦煌本商書校證〉等[14]、吳承仕的〈唐寫本尚書舜典釋文箋〉、龔道耕的〈唐寫殘本尚書釋文考證〉、林平和的〈敦煌《隸古定尚書》寫卷中原自《說文解字》古文之隸字研究〉等。日本學者對古本《尚書》也很有研究，如山井鼎的《尚書古文考》、狩野直喜的〈唐鈔古本尚書釋文考〉、小林信明的《古文尚書的研究》等均屬此類著作。隨著古文字學的深入發展，學者們不是侷限於不同文獻的比勘或傳世古文的對照，而是結合出土資料對《尚書》文字進行綜合研究，這已經成為發現新問題和解決疑難字的新途徑和新方法。如清代後期，王懿榮、吳大澂等學者指出《尚書》「寧王」「寧考」等「寧」字為「文」字之誤，孫詒讓指出《洛誥》「王命作冊逸」句中「作冊」是職官名、「逸」是人名，都是有名的例子[15]。後來王國維提倡「二重證據法」，其《觀堂集林》、《古史新證》多援引甲骨、金文以證《尚書》文字，于省吾《雙劍誃尚書新證》亦循此路而頗有創獲。臧克和的《尚書文字校詁》，也盡量結合古文字材料對

---

14 許建平先生曰：「陳鐵凡在六○年代連續發表敦煌本《尚書》研究的論著達七篇之多……這些研究成果，奠定了他在敦煌本《尚書》研究史上的地位。他是迄今為止對《尚書》寫卷研究最有系統性、也是成果最多、貢獻最大的學者。」參見〈敦煌出土《尚書》寫卷研究的過去與未來〉，《敦煌吐魯番研究》（北京市：中華書局，2004年1月），第7卷。

15 參見裘錫圭：〈談談清末學者利用金文校勘《尚書》的一個重要發現〉，《古籍整理與研究》1988年第4期，收入《古代文史研究新探》（南京市：江蘇古籍出版社，1992年6月）。

《尚書》古寫本進行研究，亦多新見。此外，錢宗武的《今文《尚書》語言研究》和其他許多學者的相關論著也足資參考。

傳抄古文的研究熱潮，是隨著戰國文字材料的大量發現和戰國文字研究的蓬勃發展而興起的。借助於新發現的材料，人們認識到，那些詭怪難識的傳抄古文，原來大多淵源有自，它們與戰國文字乃是「一家之眷屬」，因此對傳抄古文的研究熱情漸漲，湧現出很多高品質的論著。如研究《說文》古文的有商承祚先生的《說文中之古文考》，舒連景氏的《說文古文疏證》，胡光煒氏的《說文古文考》，曾憲通師的〈三體石經古文與《說文》古文合證〉等，研究《汗簡》的有黃錫全先生的《汗簡注釋》，對《說文》、《玉篇》、《篆隸萬象名義》、《類篇》、《廣韻》、《集韻》、《古文四聲韻》、《一切經音義》、《龍龕手鑒》等歷代字書、韻書中的隸定古文進行綜合研究的有徐在國先生的《隸定古文疏證》等。

漢語俗字的研究近年來發展很快，研究人員越來越多，成果也越來越豐富，已經形成漢字學研究的重要分支。張涌泉先生著述甚多，光專書就有《漢語俗字研究》、《敦煌俗字研究》、《漢語俗字叢考》等，其創獲之多，前所未有。臺灣學者對此也頗多研究，如孔仲溫的《《玉篇》俗字研究》[16]等。

此外，郭店簡、上博簡中有關《尚書》的文字，廖名春等先生也有不少文章可以參考。以上這些方面的研究成果，都為本課題的研究打下了堅實的基礎，助益匪淺。

本課題將儘量吸收以上幾個方面的研究成果，結合新出的有關材料，對古本《尚書》文字現象進行深入探索。這種研究既涉及文字學特別是傳抄古文和俗字的問題，也涉及《尚書》文本的問題，因此在

---

16 臺灣大學黃沛榮教授主持有「歷代重要字書俗字研究」計劃，下分〈《玉篇》俗字研究〉、〈《類篇》俗字研究〉、〈《字彙》俗字研究〉、〈《字彙補》俗字研究〉、〈《正字通》俗字研究〉、〈《康熙字典》俗字研究〉等子計劃，見《《玉篇》俗字研究》〈序〉（臺北市：臺灣學生書局，2000年7月）。

文字學、《尚書》學等方面都不失為一次有意義的嘗試。筆者希望其
最終成果能對以往的相關研究起到一個補充和深化的作用，對今後類
似課題的研究，也可提供一份參考的資料。虛言無憑，實證為據；是
得是失，讀者知之。

第二章
古本《尚書》的序列及其源流關係

　　正如〈緒論〉所言，古本《尚書》包括近年發現的竹簡文字、先秦以來典籍所引以及漢魏石經等，但由於這些材料比較零散，也沒有完整的篇章，因此在以後的各章節中，討論古本《尚書》的有關問題，均以敦煌等地所出的唐代衛包改字前後的唐寫本以及源於唐寫本的日本古寫本為主，其他材料則為輔助。前已論及，顧頡剛、顧廷龍之《合編》，是迄今為止最為齊全的《尚書》文字資料合集。書中所收《尚書》古本二十餘種中，大部分是唐代衛包改字前後的孔傳《尚書》以及日本傳寫本，極有利於《尚書》學的深入探研，尤其對於考察東晉以來《孔傳》本的文字流變，檢驗唐代的衛包改字問題，用處更大。對傳抄古文的研究也極有裨益。為了更好地利用這批材料，本章擬就《合編》所收唐寫本和日本古寫本的序列及其源流關係作初步的整理和探討。刻本《書古文訓》的時代問題比較清楚，茲從略。

　　唐寫本《尚書》包括敦煌本和新疆本。敦煌本包括伯希和編號本及斯坦因編號本。收入《合編》中的伯希和編號本有伯3015、伯3315、伯3462、伯3605、伯3615、伯3469、伯5522、伯4033、伯3628、伯4874、伯5543、伯3169、伯2533、伯3752、伯5557、伯2643、伯3670、伯2516、伯2523、伯2748、伯5543、伯3767、伯2630、伯4509、伯3871、伯2980、伯2549、伯4900等；斯坦因編號本有斯5745、斯801、斯11399、斯799、斯6017、斯5626、斯6259、斯

2074等[1]。新疆本只有三種，即吐魯番本、和闐本和高昌本。日本古寫本可分兩部分：一是唐寫本，包括岩崎本、九條本、神田本、島田本；二是日本寫本，包括：一、內野本、上圖本〔八行本〕（以下簡稱「上〔八〕本」）；二、足利本、上圖本〔影天正本〕（以下簡稱「上〔影〕本」）；三、元亨三年本，即上圖本〔元亨本〕（以下簡稱「上〔元〕本」）、觀智院本、古梓堂本；四、天理本。下面依類別的不同分四個部分進行考察，第五節則就某些古本的源流關係略作探討。

第一節　敦煌之伯希和編號本《尚書》

對伯希和編號本的研究，前輩學者做得比較多，如羅振玉、王重民、陳夢家、饒宗頤、吳福熙等。今據諸家之說，略作補充，述之如下：

一　隸古定本

（一）早於隋、唐者

伯2549、2980、3871

陳夢家將敦煌本〈費誓〉（存「亡敢寇攘踰垣牆」至篇末）記為伯2549[2]，今據《合編》，此為伯3871。按伯2549、3871、2980三者實為一卷分裂，共存〈費誓〉「亡敢寇攘踰垣牆」起至篇末、〈秦誓〉全

1　隨著材料的進一步公佈，敦煌《尚書》寫本的數量也不斷增多。據許建平說，敦煌《尚書》寫本已收集到47號（參見〈敦煌出土《尚書》寫卷研究的過去與未來〉，《敦煌吐魯番研究》，北京市：中華書局，2004年1月，第7卷）。按《合編》以外新發現的材料，本書未涉及。

2　《尚書通論》（石家莊市：河北教育出版社，2000年12月），頁379。

篇以及〈古文尚書虞夏商周書目錄〉。王重民云:「此卷民字不缺筆,審其筆跡,知為六朝寫本。卷內朱筆校注字頗多,尋其所校注,乃將古文以今文注之,蓋後之讀是書者,依衛包今字所注也。……余此說若不誤,則此卷不但存六朝之古文,且存天寶之今字,其重要有更在其他卷軸以上者。」[3]

(二) 在隋、唐之間者

1 伯3767

存〈無逸〉「(自時)乎(厥)後,亦無或克壽」至篇末,中略有斷爛。此卷「民字不諱,應是隋、唐間寫本」[4]。另伯3315係《尚書釋文》,存〈堯典釋文〉(殘)和〈舜典釋文〉(全),是唯一的《釋文》隸古定抄本,甚為寶貴,深受研究者重視。大抵認為這是陸氏原本,保存了衛包改字以前《尚書》的原貌。此本「民」字不缺筆,抄寫時代較早,今隸於此[5]。

2 伯2533

存〈禹貢〉「(四)海會同」至〈胤征〉「咸與惟新,於虖」,中略有斷爛。此本字跡工整,古體較多,不避太宗「民」、高宗「治」之諱,或可歸為太宗以前寫本。

3　《敦煌古籍敘錄》(北京市:中華書局,1979年9月),頁20。

4　《敦煌古籍敘錄》(北京市:中華書局,1979年9月),頁15。

5　按此本之時代問題,頗多爭論。王重民認為是晚唐寫本,似失之過晚,其說見《敦煌古籍敘錄》(北京市:中華書局,1979年9月),頁26;胡玉縉認為是北宋人抄寫,顯然有誤,其說見〈寫本經典釋文殘卷書後〉,《燕京學報》第13期;洪業認為是陳末寫本,又失之過早,其說見〈尚書釋文敦煌殘卷與郭忠恕之關係〉,《燕京學報》第14期,後收入《洪業論學集》(北京市:中華書局,1981年3月),頁96-99。

（三）初唐至衛包改字之前者

1 伯3670、2516

　　王重民、陳夢家、吳福熙均認為此二者相銜接，乃是一卷所分。二者初看起來，字之大小、篇之佈局，確有不同，但細審字跡，當為一人所寫。共存〈盤庚上〉「（汝曷弗）告朕」至《微子》篇末，中間有個別段落殘去。卷末題「尚書卷第五」並一首五言絕句，最後落款「薛石二書記」。此卷中隸古定字較多，伯2516「民」字間缺末筆，「世」、「治」、「顯」則不缺筆，劉師培認為或書於太宗時[6]。

2 伯5522、4033、3628、4874

　　此四者筆跡相同，當為一本。存〈禹貢〉「厎（厥）贛（貢）羽毛齒革」至「二百里男邦，三百（里諸侯）」，中間殘缺甚多。「治」字不缺筆（見《合編》頁356），有隸古定字，暫定為高宗前寫本。

3 伯3605、3615、3469、3169

　　此四者筆跡相同，亦為一本所裂。所存起自〈益稷〉「（下）管鞀鼓」至〈禹貢〉「（道嶓塚），至於荊山」，中有斷爛殘缺。《合編》已把伯3469與伯3615綴連，伯3169則另出。「治」字或缺筆，或不缺筆，並不統一。缺筆者如《合編》頁二八六、三五一、三五二、三六二等處都有，多在傳文，經文亦一見；不缺筆者見於《合編》頁二八七、三六二，比缺筆者少見。王重民未將伯3605、3615與伯3469、3169合而觀之，也未細審「治」字避諱的情況，認為伯3605、3615中「治」字不缺筆，而斷為高宗以前寫本，又認為伯3469、3169「治」

6　《敦煌古籍敘錄》（北京市：中華書局，1979年9月），頁12。

字並缺筆，前後有矛盾[7]。根據避諱情況，王先生斷為高宗以前的寫本殆非，當在高宗時或高宗之後。

4 伯5543、3752、5557

　　三者筆跡相同。饒宗頤先生說：「余在法京，摩挲敦煌殘紙，每有綴合工作。嘗以伯5543接伯3752，再接伯5557，所書為〈禹貢〉第一，〈甘誓〉第二，〈五子之歌〉第三，〈胤征〉第四十四篇，當今本《古文尚書》卷三後半。」[8]實存〈禹貢〉「三百里揆文教」至〈胤征〉篇末，中有殘缺。王重民認為伯3752「避太宗諱，疑即太宗時寫本」[9]。按〈胤征〉傳文「羲氏和氏世掌天地四時之官」，此本「世」作「代」（見《合編》，頁560），王氏所謂「避太宗諱」者，殆即指此[10]。然此本下文多見「世」字，皆如字，可見避諱並不嚴格。其實此偶見之以「代」為「世」者，亦可看作一般的同義替代，寫本中的這類現象並非罕見，如「辠」作「罪」、「害」作「虐」等皆是。伯5557「世」字如舊，「治」字亦不缺筆，篇末題「天寶二年八月十七日寫了也」，乃改字前一年寫本，明確無誤，明顯晚於太宗、高宗。唐代避諱不嚴，開成石經《尚書》中「民」字缺筆避太宗諱，「純」字缺筆避憲宗諱，而於高宗之諱「治」、中宗之諱「顯」、睿宗之諱「旦」、玄宗之諱「基」等則不避。寫本的避諱也不嚴格，時避時不避，因此其避諱字只可作為斷代的參照，不可作為絕對的標準。一般來說，不避諱並不能說明時代在前，有避諱則可肯定時代在後。

7　《敦煌古籍敘錄》（北京市：中華書局，1979年9月），頁14。

8　〈經史（一）解說〉，《法藏敦煌書苑精華》（廣州市：廣東人民出版社，1993年11月），第2冊，頁249。

9　《敦煌古籍敘錄》（北京市：中華書局，1979年9月），頁15。

10　唐代避太宗之諱，世改為代，或為系，從世之字改從云，或改從曳。民改為人，或為氓，從民之字改從氏。參見陳垣：《史諱舉例》（上海市：上海書店出版社，1997年6月），頁108。

5 伯4509

存〈顧命〉「（道揚）末命」至「盥以異（同）」。有隸古定字，如「其」作「开（亓）」，無避諱標誌，具體時代不明，蔣斧、羅振玉均認為是天寶改字以前書[11]，當為可信，今暫繫於此。

（四）衛包改字之後者

1 伯2748

存〈洛誥〉「予乃胤保」至〈蔡仲之命〉「以車七乘」。王重民曰：「〈洛誥〉民字缺筆，其餘唐諱均不避。〈多士〉『遷殷頑人』，『惟我下人』，『革夏畯人』，『罔顧於天顯人祇』，四人字今本並作民，當是並避太宗諱，今本為後人所回改者。然自『予大津爾四國民命』以下，則又均作民，不避。故不能以避諱字，定此卷書寫年代。願以閱敦煌卷軸之經驗，假定此卷為有唐中葉以後之寫本。書法頗工楷，所存古字，較前所舉古文本少，今字本多。」其原本則「為六朝以來相沿之舊本」[12]。但王氏對其說仍有疑慮，其後文云：「若謂余所考定書寫年代為不確，此卷為出於天寶以前……」[13]。按此卷中今字甚多，如〈君奭〉篇第二人稱作「汝」者就有九個之多，當以唐中葉以後之說為確。

2 伯2643

存〈盤庚上〉至〈微子〉篇末。末題「乾元二年正月廿六日義學

---

11 《敦煌古籍敘錄》（北京市：中華書局，1979年9月），頁18-19。
12 《敦煌古籍敘錄》（北京市：中華書局，1979年9月），頁18。
13 《敦煌古籍敘錄》（北京市：中華書局，1979年9月），頁18。

生王老子寫了也記之也」[14]。乾元二年為西元七五九年，是天寶三年（744）衛包改字後之第十五年。此為隸古定本，可見衛包改字後仍有古文一脈流傳不絕。王重民曰：「按天寶既改字，學者唏於功令，莫不讀從今文，延及開成，又據以勒入石經，而古文之傳本殆絕，惜無王老子其人者，抱殘缺於世人不顧之日，傳一線於古文將絕之時，則三百年後，將無郭忠恕其人者，再演梅賾之故技矣。」[15]

二　今字本

（一）初唐至衛包改字之前者

伯3015

存〈堯典〉「（帝）曰吁靜言庸違」至篇末。全篇無古字，「民」字缺筆，經傳均同，「書法工楷，頗似歐、褚」，「頗似初唐寫本」[16]。

（二）衛包改字之後者

伯2630

存〈多方〉「（爾）惟和才（哉）」至〈立政〉篇末。多今字，間有古字。「世」字、「民」字、「基」字並缺筆，但「治」字、「顯」字不諱。王重民云：「審其筆跡，似較晚，或出於天寶改字以後。」但「卷開端『爾惟和哉』，哉作才，存古字稍多，恐非出於衛包所改今文本。」[17]按古字本、今字本乃是《尚書》文字在發展過程中出現交

---

14 王重民記為「乾寧元年」，誤，見《敦煌古籍敘錄》，頁16。陳夢家承其誤，見《尚書通論》（石家莊市：河北教育出版社，2000年12月），頁379。

15 《敦煌古籍敘錄》（北京市：中華書局，1979年9月），頁16。

16 《敦煌古籍敘錄》（北京市：中華書局，1979年9月），頁22。

17 《敦煌古籍敘錄》（北京市：中華書局，1979年9月），頁22。

叉的本子，並非絕對純粹。此今字本中有古字，正是這種情況的反映。此類今字本其實應是古字今字相混之本，與上一類之隸古定本只有古字多少的區別，其實質則是一樣的。此依王重民之分歸為今字本。

　　阮元在〈尚書注疏校勘記序〉中主張衛包改字之前未嘗無今文，而改字之後又別有古文之說[18]，上列隸古定本之伯2748、伯2643在衛包之後，而今字本之伯3015又在衛包之前，可為阮元之說的佐證。然則衛包改字並非古字本和今字本的分水嶺，論者謂衛包改字是今文從此始而古文由此絕，顯非確論。這也說明，《尚書》文字的流變，也是隨著世易時移而逐漸地發生變化，有古字本，有今字本，有古今雜糅之本，孰生孰滅，孰存孰亡，皆有其自然之趨勢。衛包改古從今，亦屬時勢所趨，其舉可引導主流，加速變化，然不能使古今突變，而盡滅古字也。

（三）時間不明者

1 伯4900

　　存〈尚書序〉篇首至「（約史記而修春）秋」。為規範楷書，是唐抄本，但具體的抄寫年代不明。

2 伯3462

　　存〈釋文〉「三苗」一則，皆今字，唐抄，具體年代不明。

3 伯2523

　　存〈泰誓上〉「以爾友邦塚君觀政于商」之末二字，另有一些傳文文字，皆今字，唐抄，具體年代不明。

---

18 參見《十三經注疏》中阮元〈尚書注疏校勘記序〉。

第二節　敦煌之斯坦因編號本《尚書》

（一）初唐至衛包改字之前者

1　斯5745、斯801

　　此二者前後相連接，細審二者字跡嚴整，筆力勁健，當為一人所書，實為一卷。存〈大禹謨〉篇「勸之以九哥（歌）」至「舞干羽於兩階」，中有斷缺。其中隸古定字頗多，如「禹」作「**㐮**」，「弼」作「**弜**」，「五」作「**㐅**」，「困」作「宋」，「會」作「**㡿**」，「其」作「**亓**」等。經文中的「民」字，除兩次寫作「**㞎**」外，餘皆缺末筆。傳文中的「民」字則全缺末筆。經文或傳文中的「治」字都不缺筆。據此，斯5745、斯801的抄寫時代當在唐太宗之時，是衛包改字之前的抄本。

2　斯11399

　　存〈盤庚上〉篇「大言女ナ積惪乃弗畏戎毒……昏作勞弗服田畮」十八字經文及七、八字傳文，其中「汝」作「女」，「有」作「ナ」，「德」作「惪」等，猶存古體，當是衛包改字前的寫本。

3　斯799

　　存〈泰誓中〉、〈泰誓下〉、〈牧誓〉、〈武成〉四篇，〈泰誓中〉篇有殘缺。筆力遒勁，多有隸古定字，如「類」作「**臂**」，「牧」作「**坶**」，「誓」作「**斳**」，「海」作「**彔**」等。此抄本經傳之「世」字、「治」字、「顯」字均不缺筆，「民」字有三種寫法，作「**民**」、「**民**」、「**㞎**」。作「**民**」者只在〈武成〉篇出現一次，作「**㞎**」者也不多見，最多的寫法是作「**民**」，可謂與眾不同。按作「**民**」者乃唐

寫本「民」字異寫，則作「民」作「民」皆為缺筆避諱。綜合起來看，此抄本的避諱並不嚴格，其抄寫時間，當在唐太宗之時或略後。

4　斯6017

存〈洛誥〉篇，自「惟弗（不）役志於享」至「和恒四方（民）」。也有隸古定字，如「享」作「㳟」，「時」作「旹」，「天」作「兲」等。「民」字、「治」字皆不缺筆。「民」字作「民」，為當時異寫。無避諱不能說明抄寫時間居前，此暫定為衛包改字以前寫本。

5　斯2074

存〈蔡仲之命〉、〈多方〉、〈立政〉三篇，起自〈蔡仲之命〉篇「降霍叔于（庶人）」至〈立政〉篇「弗敢替（厥義德）」。〈蔡仲之命〉篇有殘缺。字體疏朗大方，間存隸古定字，如「困」作「㮰」，「戰」作「戦」，「聞」作「聳」等。「民」字、「治」字缺末筆，經傳皆然。其抄寫年代當在唐高宗之後，衛包改字以前。

（二）衛包改字之後者

斯5626、斯6259

二者當為一卷所分，《合編》已合併編排。存〈蔡仲之命〉、〈多方〉，〈蔡仲之命〉篇起自「作蔡（仲之）命」至篇終，中間有殘斷。〈多方〉篇只存篇題及孔序之「歸自奄在」四字。此卷「治」字不缺筆，「民」字多作「民」，作「民」者只一見（《合編》，頁2340），字跡模糊，不能肯定是否避諱缺筆。此卷今字多而古字少，如「無」、「厥」、「德」、「亂」、「困」諸字都有相應而常見的隸古字形，此抄本均作今字。另外還出現了少量俗體字，如「亂」作「乱」，「惡」作「悪」等。第二人稱之「汝」，段玉裁謂為衛包所改，雖不能完全肯定，但古本確實是先作「女」後作「汝」的。據以上這些情況，此本

可以肯定屬於今字本，其抄寫時代應該偏晚，可能在衛包改字之後。如果其寫於衛包改字之前，則對阮元所論衛包之前有今字本者又添一佳證。今暫歸改字後。

第三節　新疆所出古本《尚書》

　　新疆本所獲甚少，只有高昌本、吐魯番本及和闐本三種，皆殘頁。高昌本存〈大禹謨〉「禹曰於帝念（哉）」至「（水火金木土穀）惟修」，共經文十一字（一個殘）和傳文若干，其中「民」作「区」，為隸古定寫法。吐魯番本存〈大禹謨〉「（矧茲有）苗」至「七旬有苗（格）」，共經文十八字（三個殘）及傳文若干，其中「班師振旅」之「旅」作「农」，為隸古定字。和闐本存〈太甲上〉「（率乃祖攸）行」至「亡（無）俾世迷」，共經文四十餘字（有些字殘缺不全），傳文若干，其中「有辭」作「ナ辝」，「訓」作「誉」，皆古寫字形。要之，因新疆本皆殘頁，所存字數太少，沒有避諱標誌，因此具體的抄寫年代不好確定。但它們都有若干古字形，暫定為衛包以前的唐代隸古定寫本。

第四節　日本古寫本《尚書》

　　日本古寫本可分為兩類：一為唐寫本，二為源於唐寫本的日本古抄本。下面分別述之：

（一）唐寫本

1 岩崎本、九條本、神田本

　　內藤虎〈岩崎本跋〉論岩崎本云：「審其書法，第五、第十二兩

卷實與神田香岩君藏《尚書》殘卷同出一手，第三卷自屬別手，但其並為初唐人手筆。紙背寫『元秘鈔』，則皆同……此本為傳世《尚書》最古之衮猶信，可不寶重諸？」[19]羅振玉〈神田本跋〉謂神田本「出於李唐無疑，有目者皆能知之」[20]。內藤虎謂神田本「書法比敦煌本更為古秀，又《傳》文句尾多『之』、『也』等語辭，蓋初唐人手筆，為現存《尚書》最古之衮。」[21]劉起釪先生綜合各家之說指出：

> 東山、岩崎、九條、神田諸本原為出自同一寫本的分散殘卷，故稱為僚卷。而諸本中，或又另有非同一寫本之其他本的殘卷。今按岩崎、九條、神田三本，除岩崎本之卷三屬別本外，其他各卷數皆彼此不同，能相配合而不重複衝突。如九條本存卷三、卷四（殘），岩崎本存卷五，神田本存卷六（各本皆缺卷七），九條本又存卷八、卷十（各本皆缺卷九、卷十一），岩崎本存卷十二，九條本存卷十三。其紙張、字體、格式、紙背皆有「元秘抄」及卷軸形式都相同，卷數又如此配合銜接，此三本之為同一本自無異說。至於東山本，卷軸形式既同，紙背同有「元秘抄」，其為同樣的唐寫本是至確的……因此以上所列四本，可以斷定原為唐寫本三種，即東山一本，岩崎、九條、神田一本，岩崎別本一本。[22]

仔細觀察岩崎、九條、神田三本，其字體風格比較一致，但有些篇章之間，文字大小不同，整體感覺有別，可能是同一人在不同時間

---

19 《合編》（第四冊）附錄三，頁451-454。

20 《合編》（第四冊）附錄三，頁439。

21 《合編》（第四冊）附錄三，頁441。

22 《日本的尚書學與其文獻》（北京市：商務印書館，1997年6月），頁75-76。另按東山本為京都東山御文庫所藏，此為歷代天皇藏書，不對外開放，亦不准複製。《尚書文字合編》未收此本。

抄寫所致。根據前人的看法，把岩崎本、九條本、神田本歸為同一唐
寫本來看待（岩崎本卷三除外）應該是不成問題的。此三者不避唐
諱，古字甚多，前人斷為初唐寫本，當不為誣。

2 島田本

唐寫隸古定本。卷首有「篁村島田氏家藏圖書」篆體陽文印章，
卷首及卷中〈大誥〉末有「島田翰字彥楨精力所聚」、「先子所訓母氏
所誨井二夫子所教」二楷體陽文印章，〈旅獒〉篇末有「島田翰讀書
記」篆體陰文印章。存〈大誥〉篇首至〈微子之命〉「弘乃烈祖，律
（乃有民）」，中有殘缺。羅振玉〈島田本跋〉引售出此本者之言曰：
「卷中民字省末筆，乃唐寫本」。他自己通過觀察，認為「書拙而
樸，楮墨俱古，果數百年前物也。」[23]劉起釪先生云：「今觀此本隸古
字甚多，顯為早期隸古寫本，為唐本無疑。」[24]其抄寫年代當也在衛
包改字以前。

（二）源於唐寫本的日本古抄本

1 內野本、上〔八〕本

內野本祖本為唐寫隸古定本。先是沙門素慶據唐本刻成於元亨二
年（1322），內野本即為刻本之影抄本。其影抄時間原書未載明，天
理館《善本叢書》〈解說〉定其為鎌倉（1192-1333）後期。原為日野
西氏故物，後歸田中青山，島田翰《古文舊書考》即稱為「青山相公
藏本」。後又歸東京內野皎亭氏，有「皎亭改藏」圖記。京都東方文
化研究所取寫真本以校《尚書正義》，校記中稱「內野本」，遂相承稱

---

23 《合編》（第四冊）附錄三，頁455。

24 《日本的尚書學與其文獻》（北京市：商務印書館，1997年6月），頁76。

之[25]。全書完整。吉川幸次郎的〈內野本跋〉認為「此本淵原唐鈔，焯然無疑」，並對其優點價值有很好的見解。他說：「按《孔傳》舊本首稱石室唐人鈔本，我邦九條、岩崎、神田諸本亦可驂靳。然皆爛脫，非復完帙，多僅盈卷，少則數行，圭斷璧零，覽者恨之。惟此冊鈔寫稍晚，而首尾無闕，枚本完帙存乎今者，蓋莫舊於此焉，是以當世嘖嘖稱之。」「取校諸本，其於宋版每多異同，核諸唐鈔有若操券，信唐本之塚適，足利之先河。」「此本古字與唐鈔合，與薛士龍本不合，明隸古真傳在此而不在彼。若善理之，亦小學之羽翼，一事也。」「此本行間坿記《釋文》，與今本多異，當採自陸氏原本……皆與敦煌所出原本合……二事也。」「此本和訓甚密，當出於明經博士舊讀，亦漢詁之枝葉，國語之淵藪，三事也。」[26]

上〔八〕本即松田本，亦為全本，有松田本生方形印記，是室町（1336-1573）後期寫本，現藏上海圖書館。上〔八〕本與內野本關係十分密切（詳下節），故附志於此。

2 足利本、上〔影〕本

足利本的祖本也是唐寫本，全書完整，為室町時代（1336-1573）[27]寫本。山井鼎作〈七經孟子考文〉，阮元作〈尚書注疏校勘記〉，皆據以考校。阮元稱「其經皆古文，然字體太奇，間參俗體，多不足信。」按阮說需作具體分析。他說「間參俗體」是對的，說

---

25 參見吉川幸次郎：〈內野本跋〉，《合編》（第四冊）附錄三；劉起釪：《日本的尚書學與其文獻》（北京市：商務印書館，1997年6月），頁95。

26 《合編》（第四冊）附錄三，頁459-462。

27 劉起釪先生說：「就其字體比島田本多近楷體，自可推定其時代較晚，然定為室町，不知何據？豈以足利學校建於室町時代歟？」（見《日本的尚書學與其文獻》，北京市：商務印書館，1997年6月，頁77）按上〔影〕本來源於足利本，上〔影〕本是影寫天正六年（1578）之本，時間正好在室町之後，因此足利本為室町寫本當是可信的。

「其經皆古文，然字體太奇」則未必，因為較之島田本、內野本等，足利本的「古文」顯然減少，字體之「奇」的程度也不比別本高。至於阮說其「多不足信」的話其實是不可信的，他自己就用它考校《尚書》。

上〔影〕本也是全本，是影寫天正六年（1578）的秀圓題記本，有松田本生印記，現藏上海圖書館。此本與足利本的關係也十分密切（詳下節），故歸為一類。

3 元亨三年本：上〔元〕本、觀智院本、古梓堂本

上〔元〕本、觀智院本、古梓堂本皆為元亨三年（1323）藤原長賴手寫本，其原本都是唐寫本。上〔元〕本存〈盤庚〉至〈微子〉（〈盤庚上〉「予亦拙謀作乃逸」至〈盤庚中〉「鮮以不浮」脫佚，據羅振玉《雲窗叢刻》影印楊守敬本配補，另〈盤庚中〉還脫抄「今予命汝一，亡起穢以自臭」十一字），為卷五全卷。楊守敬舊藏，今藏上海圖書館。觀智院本存《周官》「今予小子祗勤於德」起至〈康王之誥〉，篇末有多則「奧書」（即書末或卷末的題記），可以考見此本之流傳和講授的情況[28]，舊藏東寺觀智院，故稱。古梓堂本存〈文侯之命〉篇首至「惟時上帝集厥命于文王」、〈秦誓〉「（仡）仡勇夫」至篇末，也有多則「奧書」，舊藏東京藤田氏古梓堂。此三本筆跡相同，據其卷末「奧書」，它們的書寫時間還相接續：上〔元〕本寫於元亨三年八月，觀智院本寫於同年九月，古梓堂本寫於同年十一月，所以此三本原來是同一本，這是可以肯定的。

4 天理本

存〈太甲〉、〈咸有一德〉，也是藤原長賴所寫，與上〔元〕本、

28　《日本的尚書學與其文獻》（北京市：商務印書館，1997年6月），頁13-14。

觀智院本、古梓堂本筆跡相同而字體稍大，個別字的寫法也略有歧異，其所據本當為同一本，但抄寫時間可能不同。劉起釪先生認為「可能非同一時期內所寫的同一本，而是時間有先後分別寫成的兩本」[29]，其說可從。藏奈良縣天理圖書館，故稱。

第五節　古本《尚書》的源流關係

根據以上各節的介紹，我們可以得出這樣的一個看法，即敦煌等地所出的《尚書》寫本和傳入日本的《尚書》古抄本，實為一系，前者是其源，後者為其流，它們所構成的古本《尚書》系列，正顯示出孔傳《尚書》文字的流變軌跡。

敦煌等地所出之編號不同的古本《尚書》，或為一本所裂，或為前後相承，自六朝至於唐代衛包改字前後，從古文變今文之履痕足跡，歷歷可見，在此無需贅言。至於《書古文訓》和晁公武刻石之間的關係，段玉裁《古文尚書撰異》〈序〉已經指出「公武刻石于蜀，薛季宣取為《書古文訓》」，說明二者只是載體不同罷了。我們將《合編》中之〈禹貢〉篇晁刻殘石與《書古文訓》合觀[30]，便知段氏所言不虛，此亦無需多證。下面就日本所傳之內野本和上〔八〕本、足利本和上〔影〕本之間的關係略作探討。

內野本與上〔八〕本表面上看似乎差別較大，內野本多古字，上〔八〕本多今字，但移寫者每以今字代古字是古寫本的常見情況，不足為奇。在細節上，二本有內在的聯繫是很清楚的。如「僚」字，內野本之〈酒誥〉、〈洛誥〉、〈多士〉、〈多方〉諸篇作「傣」，少寫二筆，上〔八〕本全同，而與足利本、上〔影〕本有別；而〈冏命〉篇

---

29 《日本的尚書學與其文獻》（北京市：商務印書館，1997年6月），頁90。
30 參見《合編》，頁461-464。

內野本作「僚」，右上加點，上〔八〕本亦同之。又如「享」字在古本《尚書》中有十幾種不同的寫法，其中有一種很特別的寫法作「㐬」，只見於內野本和上〔八〕本的〈微子之命〉篇，其他地方均未見。又如〈酒誥〉篇「厥或告曰群飲」，後二字內野本與上〔八〕本皆作「飲群」（九條本亦同）。〈洛誥〉篇「旁作穆穆」，只有此二本將「穆穆」寫作「敬敬」。又如〈盤庚上〉「矧余制乃短長之命」中的「乃」字，各本皆如字，而內野本和上〔八〕本則均作「女（汝）」。又如「費」字，惟內野本、上〔八〕本作「粜」，與足利本、上〔影〕本作「費」不同。此類例子尚多，可以斷定此二本有淵源關係。

　　上〔影〕本與足利本則可謂如影隨形，二本相同的證據也很多，如「麓」字古本《尚書》多从「录」，而所从之「录」只有此二本訛作「隶」。〈畢命〉篇足利本「樹之風聲」之「聲」字用簡體，但訛成「㕧」，上〔影〕本同之。「義」字寫作「㦵」，「始」字誤作「稽」，也只見於此二本，且〈文侯之命〉篇三個「義」字，足利本分別作「誼」、「㦵」、「義」，上〔影〕本也完全相同。由「義」作「㦵」，「儀」「蟻」也分別類推寫作「㑊」、「蛦」，此二本也一樣。「睪」字作為偏旁，在此二本中多改為从「尺」，如「釋」作「秌」、「鐸」作「鈇」、「驛」作「駅」、「嶧」作「岠」，「澤」作「沢」、「擇」作「択」、「懌」作「忟」、「繹」作「紽」等。春作「睿」，旁注「春」，二本也如出一轍。此外「麗」字作「鹿」、「羹」字作「羗」、「旅」作「旅」、「聖」作「㔆」，也是此二本所獨有。此類例子尚多，不煩贅舉。不過二本相乖的情況也是有的，因為傳抄總難免有所變化。但從以上所舉來看，二本有淵源關係是完全可以肯定的。

　　當然，上面說內野本與上〔八〕本淵源甚密，足利本與上〔影〕本形同兄弟，只是就其近期關係而言；如果就它們的源頭來說，此四本也像其他隸古定抄本一樣都是來源於唐寫本，當是無可置疑的，只不過由於傳抄的緣故而顯得有所不同罷了。但即使它們後來的面貌並

不完全相同，我們還是可以找到它們「本是同根生」的蛛絲馬跡：如
〈牧誓〉篇、〈立政〉篇中的「盧」字，四本皆作「盧」或「盧」，
而〈文侯之命〉篇中此字，四本則作「絿」；「穢」字〈盤庚中〉四
本皆作很特殊的「𥝱」形；「熙」字〈益稷〉篇四本皆作「㷊」（下
「火」個別訛為「大」），與敦煌本伯3605相同；〈召誥〉篇「拜手稽
首，旅王若公」，此四本在「拜手」前皆衍「敦（敢）」字。等等。

　　古書的傳抄是在承繼舊本又有所變化的過程中進行的，我們現在
看到的古書，肯定不可能完全保留其原來的樣子，但也不可能面目全
非。這是我們通過對古本《尚書》源流關係的考察而得出的結論。

附　古本《尚書》抄寫年代簡明表

古本時代	敦煌伯希和編號本	敦煌斯坦因編號本	新疆本	日本古寫本	備註
早於隋唐	伯2549 伯2980 伯3871				
隋唐之間	伯3767 伯2533 伯3315				
唐初至衛包改字以前	伯3670 伯2516 伯5522 伯4033 伯3628 伯4874 伯5543 伯3605 伯3615 伯3469 伯3169 伯3752 伯5557 伯4509 伯3015	斯5745 斯801 斯11399 斯799 斯6017 斯2074	高昌本 吐魯番本 和闐本	岩崎本 九條本 神田本 島田本	
衛包改字以後至唐末	伯2748 伯2643 伯2630	斯5626 斯6259			伯4900 伯3462 伯2523 年代不明

古本時代	敦煌伯希和編號本	敦煌斯坦因編號本	新疆本	日本古寫本	備註
宋元明時期（日本鎌倉至室町時期）				內野本 上〔八〕本 足利本 上〔影〕本 上〔元〕本 觀智院本 古梓堂本 天理本	

第三章

古本《尚書》的文字特點及其相關問題

第一節　古本《尚書》的文字特點

從總體上看，古本《尚書》的文字特點是正體楷字、隸古定字和俗字兼而有之，存古形、顯新體、示變化，體現出懷舊與趨新兼備、尊經與從俗並存的風格。正體楷字不必舉例，隸古定字如「文」作「𢘽」、「祖」作「𠀤」、「衡」作「㮁」、「州」作「𡿧」、「鞭」作「𠅏」、「金」作「𨤾」、「喪」作「𠸶」、「益」作「𦬙」、「子」作「𡥈」、「聞」作「𦖞」、「剛」作「但」、舞作「𦐇」等等，俗字如「德」作「𢛳」、「義」作「𢍁」、「聖」作「𡈼」、「美」作「羙」等等。這三類文字中，當然還是楷字所佔的比例為最多，隸古定字次之，俗字最少。俗字少主要是因為《尚書》畢竟是經書，經典的正統、崇高的特性拒絕俗字的過分侵入，即使抄手們趨新求俗而將一些俗體混雜其間，但數量有限，與滿紙俗字的敦煌文書、變文畢竟不可同日而語。

這裡需要對隸古定字略作說明。通常所理解的「隸古定」，是用隸書的筆勢來轉寫原來是用六國古文寫定的典籍。根據《穆天子傳》等傳世的隸古定寫本來看，在隸古定的過程中，一般文字的隸定與通常隸書的寫法並無不同，也就是說，很多容易識別的古文其實是用一般隸變的原則進行轉寫，這樣轉寫來的文字基本上也就是後代的正體文字。那些「雖隸而猶古」的隸古定主要有兩種情況，一是結構奇特

形義不明的字，二是字雖可識而結構特殊的字。根據這樣的理解，用隸古定方法轉寫的《尚書》，當然並非全文都是奇怪難識的文字，所以陸德明在《經典釋文》〈條例〉中說：「《尚書》之字，本為隸古。既是隸寫古文，則不全為古字。今宋齊舊本及徐、李等音，所有古字蓋亦無幾。」敦煌一系的古本《尚書》，楷字為主而兼雜隸古，正是這種情況的反映，其淵源有自殆無可疑；而像《書古文訓》那樣，詭異奇怪的隸古定字太多，反而顯露出人為整理的跡象，給人一種不太真實的感覺。

古本《尚書》文字的另一個特點是異體繁多，一字往往有多種不同的寫法。如「斷」字，敦煌本作「𣏚」、「𢿞」、「𢽤」，岩崎本作「𣏚」、「𣏚」，九條本作「𣏚」，內野本作「𤾲」、「斷」、「断」、「�」，上〔元〕本作「𣏚」、「𣏚」，足利本作「𣏚」，上〔影〕本作「𣏚」，上〔八〕本作「𣏚」，《書古文訓》作「𣂸」、「𣂩」、「𣂩」等，若迥別微殊均計在內，其不同寫法幾近二十種。又如「難」字，敦煌寫本作「難」、「難」、「𩁧」、「難」等，日本抄本作「𨿽」、「𨿽」、「難」等，《書古文訓》變異最甚，作「𪇰」、「𩁿」、「𩁋」、「𩁋」、「𩁋」、「𩁋」、「𩁋」、「𩁋」、「𩁋」、「𪇰」等，達十餘種。再如「享」字也有十幾種寫法，如作「亯」（伯3670、岩崎本）、「亯」（伯2748、斯2074、岩崎本、九條本）、「亯」（伯2643、斯6017、上〔元〕本）、「亯」（伯3767、內野本、上〔影〕本、上〔八〕本）、「亯」（伯2748、內野本、上〔影〕本）、「亯」（內野本、足利本、上〔八〕本）、「亯」（斯799、神田本）、「亯」（九條本）、「亯」（九條本）、「亯」（九條本）、「亯」（斯2074）、「亯」（斯2074）、「亯」（內野本、上〔八〕本）、「亯」（上〔元〕本）、「亯」（岩崎本）等，幾乎令人無所適從。異體繁多是隸古定字缺少規範，且古本《尚書》抄手非一所造成的現象。

古本《尚書》文字的第三個特點是訛混。訛混的情況大致可分為

以下三種：

　　一、形近義同相混。比如「艱」、「難」二字常常相混。如〈太甲〉篇「無輕民事，惟難。」內野本「難」作「艱」。〈無逸〉篇「弗知稼穡之艱難」，上〔八〕本「難」亦為「艱」[1]。反過來，「艱」字也誤為「難」，而且更為常見，計有二十七次之多。如〈秦誓〉篇「惟受責俾如流，是惟艱哉。」敦煌本伯3871「艱」作「難」。又如「開」、「闢」二字古文形相因、義相屬，也容易相混。「開」字《說文》古文作「𨴌」，古璽作「𨴌」[2]。楊樹達《積微居小學述林》云：「古文從一從収。一者，象門關之形⋯⋯從収者，以兩手取去門關，故為開也。小篆變古文之形，許君遂誤以為從幵爾。」其說可從[3]。「闢」字錄伯簋作「𨴌」，中山王方壺作「𨴌」，郭店楚簡〈語叢三〉作「𨴌」，《說文》或作「𨴌」，與「開」在字形上只是有無門閂之別，而意義又相同[4]，故二者容易訛混。敦煌本伯3315《舜典釋文》辟（闢）字下云：「本又作闡（按當為「闢」之誤字），婢亦反，徐甫赤反，開也。《說文》作𨴌。」按「𨴌」即「闢」之異寫，皆《說文》「𨴌」之隸定。古本《尚書》中，「開」字〈費誓〉〈序〉九條本作「𨴌」，內野本作「𨴌」，《書古文訓》或作「𨴌」，顯然都是「𨴌」即「闢」之寫訛。《古文四聲韻》引《籀韻》錄「開」字古文作「𨴌」，當即古代文獻「開」「闢」互混情況的反映[5]。

1　《龍龕手鑒》「難」字錄古文或作「𦰩」，即《說文》「艱」字籀文隸定。此書是根據古寫本而編撰的一部字典（參見潘重規：〈《龍龕手鑒》及其引用古文之研究〉，《中國語文研究》第8期，1986年8月），以「艱」為「難」，正與古寫本相合。

2　徐無聞主編：《甲金篆隸大字典》（成都市：四川辭書出版社，1991年7月），頁830。

3　從一從収之「開」，馬王堆帛書《十六經》一三七作「𨴌」（《馬王堆簡帛文字編》，頁475），後來規範的繁體字作「開」，都是「從一從収」的正常隸變和楷化。「开」、「幵」只是橫線的連斷之別，容易訛誤，故《說文》誤以為從幵。

4　《說文》〈門部〉：「闢，開也。」

5　如《呂氏春秋》〈不廣〉「闢土安疆」，「闢」字一本作「開」。參孫啟治：〈略論《尚書》文字〉附註2，收入上海圖書館歷史文獻研究所編：《歷史文獻》（上海市：科學技術文獻出版社，2001年8月），第5輯，頁251。

　　此外，〈武成〉篇「俟天休命」，「俟」字神田本作「待」，〈泰誓〉篇「剖賢人之心」，「剖」字足利本、上〔影〕本均作「割」，也是相同的例子。另按，〈顧命〉篇有「率循大卞」句，阮元《校勘記》指出古本「循」作「修」而未解釋二者如何變化。今據古寫本，「循」、「修」之變化軌跡可以推求，說明如下：〈胤征〉篇「遒人以木鐸徇于路」，「徇」字敦煌本伯2533作「循」，敦煌本伯3352、伯5557因之作「循」，九條本作「循」，均與「脩」字近同。「脩」、「修」古通，因此〈顧命〉篇「率循大卞」之「循」，到了足利本、上〔影〕本、上〔八〕本，終皆訛為「修」。其實，「循」、「脩」的訛混，漢晉碑中亦常見之，如〈石門頌〉「循禮有常」之「循」作「循」，〈景北海碑〉碑陰「循行」之「循」作「循」，皆似脩字。趙明誠《金石錄》卷第十四漢北海〈相景君碑陰〉跋尾云：「豈『循』、『脩』字畫相類，遂致訛謬耶？」王引之《經義述聞》卷十四論《禮記》中「謹脩其法」、「反本脩古」、「脩乎軍旅」諸「脩」字皆為「循」字之誤，云：「隸書『循』、『脩』二字相似，故書傳中『循』字多訛作『脩』。」可見「循」、「脩」的訛混，自有淵源且頗為多見，古本《尚書》中的訛誤自非個別現象。

　　二、單純義同相混。如〈洪範〉篇「是人斯其辜」，上〔影〕本「辜」作「罪」。岩崎本、足利本、上〔影〕本之〈呂刑〉篇，內野本、上〔八〕本之〈多方〉篇，上〔影〕本之〈酒誥〉篇等亦多見「辜」被寫作「罪」或「皋」。又如〈顧命〉篇「太保承介圭」之「承」字，觀智院本作「奉」。〈湯誥〉篇「爾萬方百姓罹其凶害」之「害」字，內野本、足利本和上〔八〕本皆作「虐」。

　　單純義同相混的原因各不相同，需要具體分析。比如上舉「辜」字訛成「罪」，可能經過「皋」這個橋樑，包含形近的因素[6]。上

6　就「辜」、「皋」二字而言，當屬之「形近義同相混」類。

〔元〕本之〈說命〉篇、岩崎本之〈呂刑〉篇，「辠」字都寫作「皐」。上〔影〕本之〈說命〉篇作「罪」，旁注「皐」，可見是先有「皐」，後才寫作「罪」。「辠」與「皐」義同形近，而「皐」即「罪」之古字[7]，所以「辠」才訛成「罪」。〈顧命〉篇之「承」字被寫作「奉」，可能確是同義替換，也可能涉下句「上宗奉同、瑁」之「奉」字而誤。

　　三、形近義不同相混。如〈康誥〉篇「旡道極其辠」（今本作「既道極厥辠」），足利本「旡」作「无」，〈無逸〉篇「殺无辠」，足利本「无」作「旡」，正好相反。唐人張守節《史記正義》〈論字例〉認為將「旡」混「无」，便成兩失，所言當是。又如〈益稷〉篇「至於海隅蒼生」之「蒼」字，足利本、上〔影〕本皆誤為「崟」字[8]。「裕」字《尚書》共六見，古寫本多作「裒」，變左右結構為上下結構，而九條本之〈君奭〉篇誤為「裒（裒）」，《書古文訓》全部誤為「裒」。「泰誓」之「泰」字，上〔八〕本誤作「秦」。「敢」字古本《尚書》多作「敊」，〈湯誥〉篇「爾有善，朕弗敢弊」之「敢」，上〔影〕本誤為「乳」，〈多方〉篇「今我曷敢多誥」之「敢」，九條本誤為「教」，皆因與「敊」相近之故。〈多士〉篇「繼爾居」，敦煌本伯2748「居」作「立」，則可能因古寫本「居」多作「屈」而致訛的。「終」字伯3169之〈禹貢〉篇、伯2643之〈說命〉篇作「兵」，與兵甲之「兵」同形，乃由《說文》古文「夬」形隸訛。敦煌本伯3315《舜典釋文》「臮」字下云：「本又作兵，皆古終字。《說文》作兵。」正顯示出此字的訛變軌跡。

　　再如「享」和「荅」字隸定古文亦多相混。「享」字〈多方〉篇魏石經古文作「㒆」，《說文》作「㒰」，正常隸變作「亯」，隸古定作

<hr>

7　《說文》〈辛部〉：「秦以辠似皇字，改為罪。」「罪」本訓竹网。《說文》〈网部〉：「罪，捕魚竹网。」

8　曾憲通師垂示：崟當是古文「崟」之訛。

「舍」、「眘」、「含」、「畣」、「畗」等，變體達十餘種。「答」字古作「合」，孳乳為「畣」，訛變為「畗」[9]，隸古定變體亦有與「享」字同形者，如〈牧誓〉篇「昏棄厥肆祀弗答」之「答」，斯799作「舍」，〈洛誥〉篇「奉答天命」之「答」，斯6071作「舍」，同篇「答其師」之「答」，伯2748作「畣」，皆與「享」字或體同。另外，「含」字也偶與「享」字同形，如〈無逸〉篇「不啻不敢含怒」之「含」，伯3767作「舍」，便是一例。

　　古本《尚書》在抄寫的過程中，常見使用「＝」符。這也是古寫本的一個特點。「＝」是一種表示重文或省略的符號，這種符號的運用，可以節省時間，加快書寫的速度，因而在靠手工抄寫的古書中用得比較普遍。「＝」符在古本《尚書》中主要有下面三種作用：

一　表示字、詞的重複

　　裘錫圭先生說：

> 秦漢時代的書寫習慣，還有一點應該注意，那就是表示重文的方法。在周代金文裏，重文通常用重文號「＝」代替，而且不但單字的重複用重文號，就是兩個以上的詞語以至句子的重複也用重文號。秦漢時代仍然如此（就抄書而言，其實直到唐代

9　參見河南省文物研究所《信陽楚墓》（北京市：文物出版社，1986年），圖版一一四‧1-09及其釋文，頁125；黃錫全：《汗簡注釋》（武漢市：武漢大學出版社，1990年），頁212；湖北省文物考古研究所、北京大學中文系編：《望山楚簡》（北京市：中華書局，1995年），頁125；李家浩：〈包山二六六號簡所記木器研究〉，《國學研究》，第2卷，頁544（該文收入《著名青年語言學家自選集》〈李家浩卷〉，合肥市：安徽教育出版社，2002年12月）；李學勤：〈釋戰國玉璜箴銘〉、裘錫圭：〈戰國文字釋讀二則〉，二文皆載《于省吾教授百年誕辰紀念文集》（長春市：吉林大學出版社，1996年）。

都還常常如此）[10]。

　　裘先生所說的單字的重複、詞語的重複用重文號的情況，在古本《尚書》中都有表現，如足利本之〈堯典〉篇「湯＝洪水方割，蕩＝懷山襄陵，浩＝滔天。」上〔影〕本、上〔八〕本均同。其中的「湯＝」「蕩＝」「浩＝」分別即「湯湯」、「蕩蕩」、「浩浩」。這種重文，直到現在仍在使用。上〔八〕本之〈舜典〉篇「賓於四門＝＝穆＝」，即「賓於四門，四門穆穆」。上〔元〕本之〈盤庚〉篇「我先后綏乃＝祖＝乃＝父＝乃斷棄女」，應讀為「我先後綏乃祖乃父，乃祖乃父乃斷棄女」。

二　表示一個字中相同偏旁的重複

　　在古本《尚書》中，一個字如果有多個相同的偏旁，其相同部分也使用重文符號來表示，從而造成一些特殊的字形。如〈舜典〉篇「協於上帝」之「協」，上〔八〕本作「㤹」（其「忄」為「十」之訛，「刀」為「力」之訛），〈堯典〉篇「共工方鳩僝功」之「僝」，足利本作「㑴」，〈盤庚〉篇「暫遇姦宄」之「姦」，足利本、上〔影〕本皆作「亥」，〈顧命〉篇「綴」字共四見，足利本皆作「綴」，上〔影〕本也有三個作「綴」，皆其例。另外，足利本、上〔影〕本之〈說命下〉「羹」字作「羹」（見《合編》，頁1161、1165），情況比較特殊。由於「羹」字上下兩部分比較相近，因此敦煌本伯2516和岩崎

---

10 見裘錫圭：〈考古發現的秦漢文字資料對於校讀古籍的重要性〉，《中國社會科學》1980年第5期，收入《古代文史研究新探》（南京市：江蘇古籍出版社，1992年6月）。曾憲通師指示，明代抄本潮州戲文亦有如此用法。參見〈明本潮州戲文所見潮州方言概述〉，《方言》1991年第1期，又收入《曾憲通學術文集》（汕頭市：汕頭大學出版社，2002年7月）。

本都把「羹」字類化為「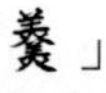」;「」的寫法應該即因「」字而來，其中的「＝」符也是表示相同偏旁的重複。

三　表示偏旁的省略

「＝」號還用於表示單字偏旁的簡省，也造成了一些特殊的字形。如「謂」作「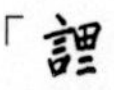」(如〈伊訓〉篇中的「謂」字，內野本、足利本、上〔影〕本、上〔八〕本多如是作)、「渭」作「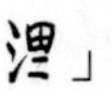」(見足利本之〈禹貢〉篇，《合編》，頁421)、「歲」作「」[11]（見足利本之〈洪範〉篇，《合編》，頁1525。足利本之〈泰誓〉篇「穢」字也因此類推作「」)、「曾」作「」(見上〔影〕本之〈武成〉篇，《合編》，頁1452)、「會」作「」(見足利本、上〔影〕本之〈武成》篇，《合編》，頁1448、1454)，等等。「幾」字足利本之〈顧命〉篇或作「」，雖略有不同，但也大致可歸於此類。

追溯這種省略現象，其實也是古已有之。如戰國文字「馬」字或作「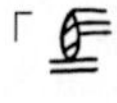」(《古璽彙編》0293)，馬首馬鬃俱在而馬身馬尾則以「＝」代之。「為」字或作「」(《馬王堆簡帛文字編》，頁48)，其「象」字只保留了象鼻部分，軀體則以「＝」代之[12]。馬王堆帛書「者」字〈經法〉作「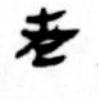」，〈易之義〉作「」(《馬王堆簡帛文字編》，頁138)，其下之「日」以「＝」代之。〈五十二病方〉「署」字作「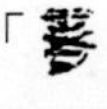」(《馬王堆簡帛文字編》，頁545)，其上之「罒（网)」亦以「＝」代替。銀雀山漢簡「焉」字作「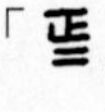」，「＝」則代替其下半部分[13]。此類例子尚多，不贅舉。

---

11 徐在國先生謂此形待考，大概是沒有意識到省略符號在手寫字中的運用情況。見《隸定古文疏證》(合肥市：安徽大學出版社，2002年6月)，頁39。

12 參見曾憲通:〈戰國楚地簡帛文字書法淺析〉,《古文字與出土文獻叢考》(廣州市：中山大學出版社，2005年)，頁58。

13 參見陳偉武:《簡帛兵學文獻探論》(廣州市：中山大學出版社，1999年)，頁154。

第二節　古文與俗字、俗字與經書

一　古文與俗字

　　隸定古文在比較寬泛的範疇裡一般也被當作俗字來看待，本書如果也將隸定古文和俗字混為一談，將影響有關問題的論述和邏輯處理，因此需要將古文和俗字的關係問題做一些新的界定。

　　漢字有正俗體之分，所謂正體就是在比較鄭重的場合使用的正規字體，所謂俗體就是相對於正字而言的、主要流行於民間的通俗字體[14]。歷代漢字都有正體和俗體，這是無可置疑的。比如，在商代，「我們可以把甲骨文看作當時的一種比較特殊的俗體字，而金文大體上可以看作當時的正體字。」[15]西周春秋時期一般金文的字體，大概可以代表當時的正體。一部分寫得比較草率的金文，則反映了俗體的一些情況，侯馬盟書裡使用了不少簡體字，也可以看作當時的俗體[16]。在秦系文字裡，大小篆是正體，睡虎地秦簡則可視為俗體。在楚系文字裡，鄂君啟節上的文字，一般認為是楚國官方的正規字體，而楚地簡帛文字中則有大量的俗體字[17]。等等。需要注意的是，在古文字階段，正俗體的關係除了指結構的不同外，有時還體現在筆勢和風格上，如篆、隸的筆勢和風格就顯然有別，而進入隸楷階段以後，筆勢

---

14 裘錫圭：《文字學概要》（北京市：商務印書館，1988年8月），頁43；張涌泉：〈試論漢語俗字研究的意義〉，《中國社會科學》1996年第2期，後收入《舊學新知》（杭州市：浙江大學出版社，1999年12月）；張說又見《敦煌俗字研究》（上海市：上海教育出版社，1996年12月），頁2。

15 裘錫圭《文字學概要》（北京市：商務印書館，1988年8月），頁42-43。

16 裘錫圭《文字學概要》（北京市：商務印書館，1988年8月），頁48。

17 參見曾憲通：〈戰國楚地簡帛文字書法淺析〉，《古文字與出土文獻叢考》（廣州市：中山大學出版社，2005年），頁58-59。

風格沒有太大的變化，正俗體的關係則主要側重於結構的差異和筆劃多少的不同。

　　正體和俗體的關係不是一成不變的，而是可以互相轉化的。裘錫圭先生指出：「有時候，一種新的正體就是由前一階段的俗體發展而成的。比較常見的情況，是俗體的某些寫法後來為正體所吸收，或者明顯地促進了正體的演變。」[18]比如一般所說的隸書（古隸），在戰國中晚期直至西漢前期，都可看作俗體文字，而到「今隸」時期，則登上了大雅之堂，成了正體文字。現代漢字中的「躬」、「乱」、「耻」在以前分別是「躳」、「亂」、「恥」的俗體，而現在則成了規範文字。可見隨著時間的推移，字體的變化，正俗的關係也會隨著發生改變。

　　文字學中「古文」的概念有廣狹之分，在與「俗字」相提並論的時候，「古文」一般指商周以來的先秦古文字。如果考慮到上述正俗體的情況，那麼後代所謂的「古文」，在先秦時期很多也就是「俗字」。在這種情況下，「古文」與「俗字」其實很難區分。因此我們這裡所說的「古文」和「俗字」，應將時間限定在今文字階段，「古文」包括先秦時期的正俗體文字以及它們在今文字階段仍然可以追溯其源流變化的變體，如隸古定等，但在今文字階段已經被視為正體文字或規範文字的則除外。而「俗字」則專指後代產生的有別於正體的新體，它們的源頭在後代，而不能追溯到先秦[19]。

　　在這個前提下考察歷代關於「古文」和「俗字」的研究情況，我們可以發現兩個主要問題：一是把俗字當作古文，二是把古文當作俗字。

---

18 裘錫圭：《文字學概要》（北京市：商務印書館，1988年8月），頁44。

19 當然這也只是理論上的說明，是一種大概的區分，涉及到具體文字的時候，處理起來還比較複雜。比如某個字本是隸古定字形，自然是「古文」，但是後來抄寫者每有變革，漸離原形，在這種情況下，謂之「古文」固無不可，謂之「俗字」似亦有理由。對於這種情形，本文不作細究，而以論述方便為準。

　　把俗字當作古文，非古而指為古，主要原因是有些俗字，「看起來很像隸古定《尚書》一類的文字」[20]。比如唐代武則天所造新字，「國」作「圀」、「照」作「曌」、「地」作「埊」等，顯然都是後起俗字，但這些字看起來特殊怪異，因此往往被當作古文來看待，《龍龕手鑒》就是如此[21]。不過武周新字只有十幾字[22]，區別起來並不困難。倒是其他俗字，轉寫多訛，奇形怪態，是「古」是「俗」，甄別起來頗非易事。

　　把古文當作俗字，情況更加普遍，原因更為複雜。其中一個主要原因是出土古文字資料不夠豐富，人們對古文的認識不多，古文所無，自然就是後世的俗字。比如「凷（塊）」的簡化字作「块」，《集韻》、《廣韻》等字書皆無之，最早見於一九三五年的《手頭字第一期字彙》[23]，可能是借用見於《龍龕手鑒》、《字彙補》等書而讀為「於決反」（yué）[24]的那個字來作為「凷（塊）」的簡化字，也可能是重新創造的一個後起形聲字而正好與「於決反」的那個字同形。不管其來源如何，按照通常的看法，此形古文字無之，因此絕不是「古文」而只能歸於「俗字」。但現在我們在郭店楚墓竹簡〈太一生水〉篇中卻

20　潘重規：〈《龍龕手鑒》及其引用古文之研究〉，《中國語文研究》第8期（1986年8月），頁133。

21　參見潘重規：〈《龍龕手鑒》及其引用古文之研究〉，《中國語文研究》第8期（1986年8月）；徐在國：《隸定古文疏證》〈前言〉（合肥市：安徽大學出版社，2002年6月），頁3-4。

22　唐代武周新字的字數，有十二字說（《新唐書》、《續通志》、《資治通鑒》），有十四字說（《通鑒》胡注），有十六字說（《通志》、《集韻》），有十九字說（《宣和書譜》），董作賓曾撰有《唐武后改字考》，參見潘重規〈《龍龕手鑒》及其引用古文之研究〉，《中國語文研究》第8期（1986年8月），頁131。

23　張書岩等：《簡化字溯源》（北京市：語文出版社，1997年11月），頁66。《手頭字第一期字彙》是二十世紀三〇年代由蔡元培、陶行知、郭沫若等文化教育界知名人士發起的手頭字運動的一個成果，參見《簡化字溯源》，頁14。

24　參見《漢語大字典》（縮印本）（武漢市、成都市：湖北辭書出版社、四川辭書出版社，1992年12月），頁180。

發現了這個字，寫作「块」[25]，用作「缺」。古文用借字乃是通例。由
於有了楚簡中的這個新材料，我們就可以將「块」看作是「凷
（塊）」或「缺」的古文了。又如偏旁「示」寫作「爪」或「爪」，
如敦煌本伯3315「禮」作「爪」，「祖」作「胆」，學者多認為是俗
字的寫法，其實不是。敦煌本伯3315「爪」下注云：「古文礼。」
「胆」下注云：「古文祖字。古『示』邊多作『爪』，後放此。」可
見這是古文的寫法。《說文》「示」字古文作「爪」，「禮」字古文作
「爪」，郭店楚簡「福」字作「熹」（《郭店楚簡文字編》，頁2），包山
楚簡「盟」字從「示」作「眔」（《包山楚簡文字編》，頁4），皆可以
為證。黃德寬先生指出：「其實爪當是『示』之古文的隸定而稍有變
化，這種『俗』只是隸楷階段對偏旁『礻』而言的一種不同寫法，究
其來源，當是由隸定古文而訛變。」[26]這是符合事實的。

　　把古文當作俗字的另一個原因是研究俗字的學者囿於「與正字相
對的即為俗字」這個概念，又沒有考慮時間的界限和源頭的遠近，因
而把古代的鳥蟲書之類的美術字以及存在於小篆階段的古文、籀文也
都看作俗體，就把俗字的範圍定得太寬了[27]，混淆了古文和俗字的區
別。而研究古文字的學者則比較注意後代的俗字與先秦古文之間的不
同，努力把被誤認為俗字的「古文」還原出來。比如羅振玉曾論古文
間存於今隸，共得五十四字[28]，于省吾亦以為俗書每合於古文，謂
「自漢以來之篆、隸、真楷，每有背於許書而合於商周古文者，不應
一概視作俗體。李斯作小篆以『書同文字』，然民間之於古文，往往
積習未改，故時有殘遺。」[29]他於羅文之外又得六十四字，這些都是

25　張守中等：《郭店楚簡文字編》（北京市：文物出版社，2000年5月），頁185。

26　黃德寬：〈序〉，《隸定古文疏證》（合肥市：安徽大學出版社，2002年6月）。

27　裘錫圭：〈漢語俗字研究序〉，見張涌泉：《漢語俗字研究》（長沙市：嶽麓書社，
　　1995年4月）。

28　羅振玉：〈古文間存於今隸說〉，見《遼東雜著丙編》〈車塵稾〉。

29　于省吾：〈論俗書每合於古文〉，《中國語文研究》第5期（1984年2月），頁13。

古人誤把古文當作俗字的例子。徐在國先生在《隸定古文疏證》一書中，對何為古文、何為俗字亦多有辨析。

　　根據以上對古文和俗字的界定，古本《尚書》中的特殊字形主要是隸定古文，少數是新生的俗字，二者的比例並不相當。

二　俗字與經書

　　經書乃聖賢經典，其中的文字不得隨便書寫，更不能隨意更改。俗字乃鄙俗所用，難登大雅之堂，自然不得廁身於經典之中。因此經書不用俗字的觀念，自是深入人心。清雷浚《說文外編》卷十二〈俗字〉下云：「俗字者，不見於經而見於《玉篇》、《廣韻》者也。」[30]蔣斧云：「古人寫書，凡經文中字不敢苟簡，注中則否。」[31]就是這種觀念的反映。其實這是尊經觀念根深柢固以後而形成的看法，並不全面。隨著我們對古書形成過程的深入認識，我們對俗字與經書的關係也有更清楚的了解，後來所謂的經書，在其早先階段，其實並不排斥俗字。陳偉武先生指出：「從出土文獻看來，寫經俗體省體訛體俯拾即是。」[32]古本《尚書》的出現，完全可以證明這一點。

　　前已論及，《尚書》古寫本的文字特點是隸古定古文、正體字和俗體字三者混用，懷舊與趨新並存，尊經與從俗兼備。懷舊與尊經的表現是除了使用正體，還保留了不少古體，畢竟《尚書》是「隸古定」的始祖，又是儒家的重要經典，非此無以顯示它的古雅和尊崇。趨新與從俗的表現是摻雜了一些俗字，如「德」字作「𢛳」、「義」

---

30 轉引自張涌泉：《漢語俗字研究》（長沙市：嶽麓書社，1995年4月），頁190。

31 見《敦煌石室遺書》，收入王重民：《敦煌古籍敘錄》，又見《合編》附錄三，頁416。

32 陳偉武：〈雙聲符字綜論〉，《中國古文字研究》（長春市：吉林大學出版社，1999年6月），第1輯，頁335。

字作「茂」、「聖」字作「𡉟」,「賴」字作「頼」、「亂」字作「乱」,
「惡」字作「恶」等等。眾所周知,六朝以來,漢語俗字大量產
生[33],晚唐五代流風未變,敦煌文書可以為證。「我們隨便打開一個
敦煌卷子來看,就會發現俗字的使用不是個別的、偶然的現象,而是
連篇累牘,觸目驚心,誠如任二北先生所說:『句裡行間,叢脞混
亂,荒幻詼詭,至於不可想像!』」[34]古本《尚書》乃六朝以來主要是
唐代的寫本,自然不能不受時代的影響,多少染點「俗」氣,用些俗
字。雖然古本《尚書》中的俗字,較之隸定古文和正體楷字,可謂少
之又少,但其存在的事實卻完全可以打破「經書不用俗字」的神話,
對我們考察《尚書》文字的流變和衛包改字等問題,都是頗具啟發意
義的。

---

33 如《北史》〈江式傳〉云:「世易風移,文字改變,篆形謬錯,隸體失真。俗學鄙
　習,復加虛造,巧談辯士,以意為疑,炫惑于時,難以釐改。乃曰追來為『歸』,
　巧言為『辯』,小兔為『𪔀』,神蟲為『蠶』。如斯之流,皆不合孔氏古文、史籀大
　篆、許氏《說文》、石經三字也。」《顏氏家訓》〈雜藝〉篇亦云:「北朝喪亂之餘,
　書跡鄙陋,加以專輒造字,猥拙甚於江南。乃以百念為『憂』,言反為『變』,不用
　為『罷』,追來為『歸』,更生為『蘇』,先人為『老』,如此非一,遍滿經傳。」
34 張涌泉:《敦煌俗字研究》(上海市:上海教育出版社,1996年12月),頁19-20。

第四章
古本《尚書》特殊文字研究（上）

　　古本《尚書》中隸古定字、正體楷字和俗字混雜並用，既保留了許多古字形，也產生了不少新寫法，有的可能還是獨此一家的特殊形體，呈現出多姿多彩的境界。它們上可追溯商周以來的先秦文字，中可反映漢魏碑刻印章，下可聯繫楷書和俗字，對於探討漢字的源流演變，是極有裨益的，因此其文字學的研究價值是不言而喻的。饒宗頤先生曾就敦煌本伯2643發表評論說：「伯2643古文字學之價值甚高，近賢考論《說文》古文者，尚未充分加以利用。」[1]當然古本《尚書》文字學價值之高，非獨敦煌本伯2643為然；其有益於文字學之研究，也並非侷限於《說文》古文。本章和下章將對古本《尚書》中的特殊文字進行個案研究，以具體的例證深入揭示古本《尚書》文字材料在古文、俗字等方面的重要價值，同時探討《尚書》文字的流變軌跡。

　　為敘述方便，本章主要討論隸古定字，下章主要討論俗字。但是古文和俗字的關係問題比較複雜（已詳上章），古本《尚書》中有些字的書寫是古文、俗體兩者兼備（比如「美」字既有古文寫法作「媺」，又有俗體寫法作「羙」），又有一些字的寫法一時還無法明確地歸為古文或者歸為俗字（比如「詩」字根據《說文》古文的結構隸定作「詘」，自然是古文的寫法，但足利本根據「之」的正常隸變寫

1　見《法藏敦煌書苑精華》（廣州市：廣東人民出版社，1993年11月），第二冊，〈經史（一）解說〉，頁249-250。

法而把古文「詩」寫成「訳」，就很難說它是古文還是俗字），因
此，若以字頭為單位進行疏證，在歸類上就很難做到非此即彼，截然
分明，而只能以一種為主而兼及其他，所以本章和下章的大題目就不
用「隸古定字」和「俗字」而只用「特殊文字」概括稱之。章內小節
雖以「隸古定字」或「俗字」為題，但所列舉的字例，也只是一個大
致的歸類，並非純粹。特此說明。

第一節　古本《尚書》隸古定字舉例

　　潘重規先生說：「自敦煌文書發現了唐寫本古文尚書殘卷，隸古
定的面目，才得到了較明確的認識。」[2]「隸古定」之稱傳出於孔安
國〈尚書序〉，若其說可信，則「隸古定」中的「隸」應該指隸書。
真正用隸書筆法寫定的古文，我們可以在記載和收錄隸書的書籍中發
現若干，如清代顧藹吉的《隸辨》，採擷漢碑之字，多見來源於古文
的隸書，比如〈楊震碑〉陰「風」字作「凨」，〈度尚碑〉「智」字作
「𣋎」，〈校官碑〉「房」字作「厉」，〈無極山碑〉「天」字作「兂」，
〈堯廟碑〉「流」字作「沠」，〈袁良碑〉「崇」字作「宗」等等，都
是名副其實的「雖隸而猶古」之字，當是寫碑者書以求異而取之先秦
古文者。不過遺憾的是，「隸古定」之名所從出的《尚書》的隸古
定，由於《尚書》寫本在歷史上的種種變故，我們已經無緣得見。現
在所謂《尚書》的隸古定字實際上都是用楷書筆法寫定而結構猶存古
字原貌的「古文」，比如上舉〈無極山碑〉的「兂」字，古本《尚
書》內野本〈堯典〉篇作「兂」，敦煌本伯2516〈說命〉篇作
「兂」；上舉〈校官碑〉的「厉」字，古本《尚書》伯2533、伯

2　潘重規：〈《龍龕手鑒》及其引用古文之研究〉，《中國語文研究》第8期（1986年8
　　月），頁125。

5557、九條本、《書古文訓》之〈胤征〉篇和觀智院本之〈顧命〉篇
作「**防**」[3]；上舉〈袁良碑〉的「**宓**」字，古本《尚書》敦煌本伯
3315之〈舜典釋文〉、斯799之〈武成〉篇、內野本之〈牧誓〉篇和
〈武成〉篇、上〔八〕本之〈牧誓〉篇和〈周官〉篇以及《書古文
訓》各有關篇章皆作「**宓**」，等等。因此許多學者認為，《尚書》以及
其他字書中的所謂隸古定，實際上都是用楷書的筆法來寫的古字。比
如裘錫圭先生說：隸古定「指用隸書的筆法來寫『古文』的字形。後
人把用楷書的筆法來寫古文字的字形稱為『隸定』。」[4]顧廷龍先生認
為「隸古定」就是用正書按科斗古文筆劃寫定的本子[5]。陳公柔先生
認為隸古定「在寫法上是正書；而在字畫結構上較之六國文字則不能
省改。」[6]徐在國先生在《隸定古文疏證》中所指的「隸定古文」，也
是指用楷書的筆法來寫「古文」的字形[7]。既然如此，那麼現在的
「隸古定」之稱只不過是承襲傳統的說法而已；如果我們把這類字稱
為「楷古定」，其實也是未嘗不可的[8]。前已論及，古本《尚書》中的
特殊文字主要是隸定古文，本節選檢一部分字例進行疏證，以為後面

3　掃葉山房本《穆天子傳》卷五「房」字亦如此作。

4　裘錫圭：《文字學概要》（北京市：商務印書館，1988年8月），頁78。

5　顧廷龍：〈前言〉，《尚書文字合編》（上海市：上海古籍出版社，1996年1月），頁13。

6　陳公柔：〈評介《尚書文字合編》〉，《燕京學報》新4期（1998年5月），頁296。

7　徐在國：〈前言〉，《隸定古文疏證》（合肥市：安徽大學出版社，2002年6月），頁1。

8　這裡牽涉到對傳抄古文形態的劃分和命名的問題。如果撇開歷史上隸楷名實關係的
　　糾纏不管，根據名實相符的原則，我們可以把傳抄古文改分為三種形態：一是篆體
　　古文，二是隸體古文，三是楷體古文。篆體古文的主要特點是保留先秦文字的圓轉
　　筆勢，它們是傳抄古文的早期形態，比如保存在《說文》、三體石經、《汗簡》中的
　　古文都屬於此類；隸體古文是用隸書筆勢寫定的古文，是篆體古文和楷體古文的中
　　間環節，上舉漢碑中的古字就屬於此類；楷體古文是以楷書的筆法寫定的古文，保
　　存在古本《尚書》以及《玉篇》、《廣韻》、《集韻》、《一切經音義》、《龍龕手鑑》、
　　《篆隸萬象名義》等字書中的傳抄古文都屬於此類。從傳抄古文演變的邏輯序列來
　　說，這三種形態正好代表了傳抄古文的發展過程。參見拙文〈論傳抄古文的形態
　　變化及相關問題〉，《漢字研究》（北京市：學苑出版社，2005年6月），第1輯。

分析隸古定的前提和基礎。字例大致以象形裂變類、偏旁訛混類、因聲假借類為順序進行排列。

一　虞

「虞」字《書古文訓》作「𠇷」。其他古寫本多作「𠇷」，寫異；足利本、上〔影〕本或作「𠇷」，上〔八〕本或作「𠇷」，皆其訛體。敦煌本伯2643〈西伯戡黎〉篇作「𠇷」，可視為「𠇷」和「𠇷」、「𠇷」之間的一個過渡形體，從中可以看出「𠇷」和「𠇷」是如何從「𠇷」逐漸演變過來的。「𠇷」字的構形頗為難解，李遇孫《尚書隸古定釋文》卷二云：「《汗簡》入部引《尚書》『虞』作『𠇷』，《集韻》：『虞，古文作𠇷。』案《左傳》〈隱公元年〉正義引唐叔有文在手曰虞，云：『石經古文虞作𠇷。』又華山神廟碑引虞書，字亦作𠇷。」[9]只是羅列材料，未能提出解釋。曾憲通師在〈從曾侯乙編鐘之鐘虡銅人說虞與業〉中對「虞」作「𠇷」這一難解之謎作了精彩的索解。他認為石經古文乃借「虡」為「虞」，「虞」為疑母魚部字，「虡」為群母魚部字，二者音近可通。秦簡〈司空律〉：「載縣（懸）鐘虡用輻（膈），皆不勝任而折……皆為用而出之。」鐘虡即鐘虡，是「虞」「虡」相通之證。「虡」字取象於古代向上擎舉的鐘虡銅人，其構件由「𤕫」變「𤕫」變「𤕫」，「𤕫」乃鷹節、雁節之「𤕫」、「𤕫」的省變，「𠇷」則疑是「𤕫」即「𤕫」之訛文。「這種省變，與叕字秦簡日書作𤕫、𤕫，馬王堆帛書《老子》後作𤕫，隸變作𤕫，楷寫作叕屬同類現象，都是由人形的大字裂變而成的。」[10]所

9　見《尚書文字合編》附錄一，頁20。

10　曾憲通：〈從曾侯乙編鐘之鐘虡銅人說虞與業〉，收入湖北省博物館、美國聖迭各加州大學、湖北省對外文化交流協會編：《曾侯乙編鐘研究》（武漢市：湖北人民出版社，1992年11月），頁537；又收入饒宗頤、曾憲通：《楚地出土文獻三種研究》（北

論甚是。「✸」在隸古定古文中變為「灸」還有一例可為旁證：「勝」字隸定古文作「龕」、「龕」、「麥」、「麥」諸形，徐在國先生已經證明作「龕」「龕」者乃假「乘」字為之，作「麥」、「麥」者則為从力乘聲之字（「勝」字異體）的訛變[11]。「乘」字戰國文字作「龕」（鄂君啟車節）、「龕」（郭店簡〈語叢二〉），省作「✸」、「✸」[12]，「龕」、「龕」、「麥」、「麥」諸形中都有「灸」形，它顯然就是「✸」形的變化寫法，它們之間的演變關係與「虞」字借「虘」為之而字形由「✸」形變為「灸」顯然也是同類現象。曾憲通師云：「欲研究古文一系的文字，有賴於戰國文字的發現與研究。」[13]誠哉斯言。

二　風

「風」字古本《尚書》作「風」、「風」、「凡」、「凬」，分別為正體、俗體、草體和古體。作「風」者多見於內野本，《篆隸萬象名義》「風」及从「風」之字，下皆作「山」形，這種寫法，與宋代婁機《漢隸字源》所錄梁相費汎碑作「風」者相同，可見並非古本

京市：中華書局，1993年8月），頁221。關於「叕」字的形義關係和源流演變，湯餘惠先生也曾有過很好的解釋。他說：「從地下出土未經後人改篡的秦簡寫法看，叕字本該是从大的，手足處加八，疑象有所繫縛之形，字義引申則有連綴之義。小篆則作㲯，傳世字書《汗簡》作㲘（下之二）⋯⋯都是簡文的變體，訛舛的跡象不難尋繹。」見〈略論戰國文字形體研究中的幾個問題〉，《古文字研究》（北京市：中華書局，1986年），第15輯，頁61。

11　徐在國：《隸定古文疏證》（合肥市：安徽大學出版社，2002年6月），頁284。徐寶貴：〈古文字研究六則〉亦可參看，載《松遼學刊》2001年第5期。

12　「✸」為中山王墓刻石文，見《甲金篆隸大字典》（成都市：四川辭書出版社，1991年7月），頁356；「✸」形參見《郭店楚簡文字編》（北京市：文物出版社，2000年5月），頁188从力乘聲之字的寫法。

13　曾憲通：〈三體石經古文與《說文》古文合證〉，《古文字研究》（北京市：中華書局，1982年6月），第7輯，頁284。

《尚書》寫手的個人習慣使然。作「凬」者僅見於上〔八〕本之〈大禹謨〉篇，甚為難得。「風」字何以从「虫」，其古文為什麼寫作「凬」，以前一直是個謎。後經黃錫全先生、曾憲通師研究，此字的源流關係才得以明晰。特別是曾師先後有《楚文字釋叢》、《釋「鳳」、「凰」及其相關諸字》等專文詳論，多所發明。今承師說，將「風」字的演變情況簡要說明如下：原來甲骨文假「鳳」（其原型即孔雀）為「風」，本為象形字，作「𩾏」，象鳳鳥高冠修尾之形。後加「凡」為聲，且增畫鳳尾之珠毛紋飾，寫作「𩾏」。西周金文將鳳尾紋飾與鳳體分離，並移置聲符「凡」之下，寫作「𩾏」（《集成》2752。薛尚功《歷代鐘鼎彝器款識》卷十南宮中鼎三「風」字作「𩾏」，其左乃古「鳳」字寫訛，其右乃「𩾏」形寫訛）。〈碧落碑〉作「𩾏」，《汗簡》錄《周禮》字作「𩾏」，皆以上甲金文之變體。「𩾏」形右旁之「𩾏」，為後代「風」字之濫觴。三個珠毛尾飾省其二，則作「𩾏」。〈夏承碑〉作「𩾏」，〈孟孝琚碑〉作「𩾏」，皆「𩾏」形之變。「𩾏」再省尾飾之下部，則成《說文》古文「𩾏」；其「凡」字右邊旁出一筆，和楚帛書相同，是戰國楚文字的特殊寫法，在郭店簡、包山簡中很常見。古本《尚書》之「凬」，即是源自「𩾏」形。《隸辨》所載〈楊震碑〉陰之「凬」，〈綏民校尉熊君碑〉之「凬」，正顯示出從「𩾏」到「凬」的隸變楷化軌跡[14]。「𩾏」形若省尾飾的上部，則成楚帛書之「𩾏」。「𩾏」形所从的尾飾下部，其形如古文「虫」字，《說文》「風」字小篆从「虫」，即是因此而誤。此誤積非而成是，經過隸變逐漸發展成楷書「風」。《說文》誤認古文「風」从「日」，小篆「風」从「虫」，故綜合兩者而為之解曰：「風動蟲生，故蟲八日而化。」這顯然是不足為據的。曾憲通師云：「越來越多的出土材料證明，漢以後傳鈔的古文一系資料，與出土的

---

14 《隸辨》中的「風」字，承張振林先生告知。

戰國文字不但是『一家之眷屬』（王國維語），並且與商周文字也有一脈相承的聯繫。」[15]良非虛言。下圖可以顯示「風」字的演變軌跡：

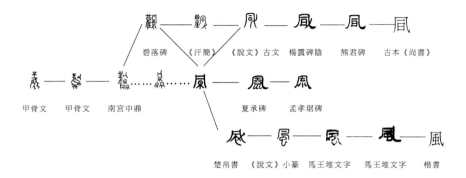

三　象

「象」字古本《尚書》除作正常楷體外，還有兩類寫法，一類寫作「為」、「爲」、「鳥」、「鳥」、「寫」、「寫」、「寫」等，另一類寫作「象」和「象」。前一類的寫法互相之間有所不同，但都萬變不離其宗，它們與昭明鏡的「為」、吾作鏡三的「象」（《金文續編》，頁228）都相似，與漢印中的「爲」（「豫」字偏旁，《漢印文字徵》第九·十四）則更為接近。往前追溯，甲骨文的「象」（《甲骨文字典》，頁1065），金文的「象」（《金文編》，頁673），都是它們的原始形態。後一類的寫法是楷體字的變寫，其中作「象」者中有兩豎畫，似乎只是偶然增筆，但證之吳郡趙忠鏡之「象」（《金文續編》，頁228）、漢印之「象」（「豫」字偏旁，《漢印文字徵》第九·十四）以及〈鄐閣頌〉之「象」、〈北海相景君銘〉之「像」（《隸辨》，頁432），其非妄加之筆自可明白。從「象」字在古本《尚書》中的寫法可以看出，它們上則承繼先秦古體，中則印證漢魏金石，下則顯示楷體之變，源流脈絡，清楚分明，若謂傳抄古文乃向壁虛造，其誰信之！

---

15 曾憲通：〈釋「鳳」「凰」及其相關諸字〉，《中國語言學報》第8期（1997年3月）。

四　拜

「拜」字在古本《尚書》中的不同寫法比較多，大致可分為兩個系列：一系作「拜」，另一系作「𢷎」。「拜」系變體作「拜」、「拜」、「拜」，所異在橫畫的多少和點筆的有無。此系之較特別的寫法作「琴」，見於足利本和上〔影〕本，乃訛體，二本於此字旁常注「拜」字，說明讀是書者亦以之為異，注以備忘。此系之較古老的寫法為上〔影〕本〈益稷〉篇之「𢳎」，僅一見，為魏石經「𢱭」之隸變，其源頭可追溯至郭店簡之「𢳎」（《郭店楚簡文字編》，頁166）。《說文》引楊雄說「拜从兩手下」，即此系列之構形理據也。《說文》所收之「𢱭」和「𢳎」[16]，亦同屬此系。另一系之「𢷎」，見於敦煌本伯3315《舜典釋文》，《書古文訓》作「𢷎」、「𢷎」，亦屬同類。此系來源於秦篆之「𢷎」和金文之「𢷎」「𢷎」（《金文編》，頁775-776）等形，所不同者為「𢷎」字左邊「手」旁的寫法。按「𢷎」字之「手」旁的寫法雖然特殊，但在隸古定文字中也有一定的規律可尋。如「抯」字《類篇》作「𢪢」，《集韻》作「𢪢」，「搜」字《玉篇》、《類篇》、《集韻》等書作「𢯱」，「折」字《集韻》作「靳」，其「手」旁的變寫都與「𢷎」字「手」旁相同或相似。徐在國先生認為這種寫法可能受《說文》「折」字籀文「𣂚」的影響，其說可從[17]。另外，「𢷎」字右邊「山」下所从之二「巿」，乃二「中」之變，古本《尚書》「鬬」（鬭）字又寫作「鬬」，可資比勘。

當然，「拜」的這兩個系列，從更遠的源頭來說，仍是一字之分

16 敦煌本伯3315《舜典釋文》「𢷎」下注文云：「古拜字。《說文》以為今字，云古文作𢳎，又作𢱭，今本止作拜字。」其中之「𢳎」和「𢱭」，即「𢱭」、「𢳎」二形之訛變。

17 徐在國：《隸定古文疏證》（合肥市：安徽大學出版社，2002年6月），頁250。

化。「拜」本从手从𠦶，由於「手」、「𠦶」二旁的古文寫法比較容易接近趨同，如善夫山鼎作「[字]」，字兩邊的寫法就比較相近[18]，終於形成郭店簡的寫法「[字]」和三體石經的寫法「[字]」，也即所謂「拜从兩手下」也。

五　岳

「岳」字古本《尚書》的特殊寫法頗具「系統性」，即敦煌本、日本古寫本和《書古文訓》各成一系：敦煌本作「[字]」（伯3315《堯典釋文》）、「[字]」（伯3315《舜典釋文》）、「[字]」（伯3615〈禹貢〉篇），日本寫本作「[字]」（內野本〈堯典〉篇）、「[字]」（足利本〈堯典〉篇）、「[字]」（足利本〈堯典〉篇），《書古文訓》作「[字]」（〈堯典〉篇）、「[字]」（〈舜典〉篇）。三系的不同主要表現在字的上部。按「嶽（岳）」字《說文》古文作「[字]」，是從甲骨文「[字]」、「[字]」等形漸變而來[19]。隸變後，〈魯峻碑〉作「[字]」，《耿勳碑》作「[字]」（《甲金篆隸大字典》，頁638），後代字書如《五音集韻》則作「[字]」[20]，皆一脈相承。古本《尚書》敦煌本的寫法，與〈魯峻碑〉、〈耿勳碑〉比較接近，日本古寫本的寫法主要來源於《說文》古文而有所訛變，《書古文訓》的寫法則與《五音集韻》的寫法一樣也是訛變的楷化字。這樣看起來，三個「系統」雖有所不同，但依然是「一家之眷屬」。

18　參見黃錫全：〈《汗簡》、《古文四聲韻》中之石經、《說文》古文的研究〉，《古文字研究》（北京市：中華書局，1992年），第19輯。

19　參見黃錫全：《汗簡注釋》（武漢市：武漢大學出版社，1990年），頁335。

20　見冷玉龍等：《中華字海》（北京市：中國友誼出版公司，1996年），頁442。

六　飲

「飲」字《尚書》共四見，皆在〈酒誥〉篇。九條本作「汵」，內野本「𣲐」，足利本、上〔影〕本同。《書古文訓》作「淦」。按「飲」字甲骨文作「□」(《甲骨文字典》，頁986)，象人俯首張口吐舌捧尊就飲之形，本為會意字。後口形分屬人形與口舌之形而分離，人形和口形變為「欠」，口舌之形訛為「今」。如善夫山鼎作「□」(《金文編》，頁623)，中山王方壺作「□」(《中山王譽器文字編》，頁70)。《說文》據訛變之形說「飲」字从欠，酓聲，而「酓」从酉，今聲(見《說文解字繫傳》)，則《說文》「飲」字古文「□」，也應解釋為从水，今聲。上揭古本《尚書》之「汵」、「𣲐」，皆「□」之隸訛。「淦」則易从「金」聲。「飲」、「金」皆侵部字，故「飲」可以「金」為聲符。不過這個「金」符的來源，可能也是《說文》「□」字上部訛變來的。因為「□」既然可以訛成「汵」、「𣲐」等形，也就未必不能訛成「淦」。

有關大型字典收有「汵」、「淦」、「𣲐」等形，而所解皆當有誤。如《漢語大字典》據《字彙補》以為「汵」同「陰」[21]，《中華字海》據《龍龕手鑒》以為「淦」亦同「陰」，而「𣲐」則據《篇海》只注「音引，義未詳。」[22]其實「汵」、「淦」、「𣲐」皆「飲」字古文隸訛，借為「陰」字。《古文四聲韻》卷二錄崔希裕《纂古》之「汵」字，以為「兵」字古文。徐在國先生《隸定古文疏證》注「待考」[23]。今按，就字形而言，此字當也是《說文》「飲」字古文「□」的隸定，

21 《漢語大字典》(縮印本)(武漢市、成都市：湖北辭書出版社、四川辭書出版社，1992年12月)，頁78。

22 見冷玉龍等：《中華字海》(北京市：中國友誼出版公司，1996年)，頁104。

23 徐在國：《隸定古文疏證》(合肥市：安徽大學出版社，2002年6月)，頁61。

借為「兵」字。不過，「飲」、「兵」雖都是陽聲韻，但「飲」為侵部字，「兵」為陽部字，為什麼可以借用，尚有疑問。

另按，《說文》「飲」字古文又作「𩚴」，从食，今聲。按此古文及後代「飲」字所从之「食」，疑皆「舍」字訛變。「舍」字筆劃稍微糅合移位，就與「食」字相近。如馬王堆帛書〈五行〉篇二五六作「飲」（《馬王堆簡帛文字編》，頁367），其左邊頗類「食」字，可為佐證。（編按：戰國時期「飲」字已从「食」，作𩚁（《璽匯》，頁0808），上說不確，當正）

七　美

「美」字敦煌本伯2643和《書古文訓》作「𡜰」、伯2516作「𡜰」、上〔元〕本作「𡜰」，頗存古形。按「𡜰」形來源於戰國古文，上海博物館藏戰國楚簡〈緇衣〉作「𩑶」，郭店楚簡〈緇衣〉作「𡜰」、《老子》作「𡜰」、「𡜰」，皆「𡜰」之源頭。所不同者，上博簡从「頁」，郭店簡或从「女」，或从「攵」，「𡜰」則棄「頁」而並取「女」、「攵」。「𡜰」、「𡜰」二形，其「敚」旁寫異，而追溯其源，也並非無據：遠則可追至郭店楚簡，近則可聯繫馬王堆文字。郭店簡《老子》丙簡七之「美」字作「𡜰」形，其左旁與「敢」字所从相同，乃上舉「𡜰」、「𡜰」二形中「肖」、「耳」的源頭所在，而馬王堆簡帛文字的「微」字作「𡜰」、「𡜰」、「𡜰」、「𡜰」等形（《馬王堆簡帛文字編》，頁76），所从「敚」旁與「𡜰」、「𡜰」二形所从酷似[24]。〈武榮碑〉「微」字作「𡜰」，〈老子銘〉、〈白石神君碑〉、〈北海相景君銘〉等皆類似[25]，晉〈徐美人墓誌〉（陰）所書亦近同[26]，可資

---

24 參見黃德寬：〈序〉，《隸定古文疏證》；徐在國：《隸定古文疏證》（合肥市：安徽大學出版社，2002年6月），頁82-83。

25 參見顧藹吉：《隸變》（北京市：中國書店，1982年3月），頁66。

佐證。〈牧誓〉篇敦煌本斯799「微」字作「微」，應該也是由馬王堆「微」字一類的寫法變化而來。〈立政〉篇「予旦已受[27]人之徽言」的「徽」字，漢石經（《隸釋》）作「徵」，當是借「微」字為之，其寫法即與馬王堆文字相同。由此可見，古本《尚書》所見的古字，淵源甚早，漢魏以來遞相承襲，變化有據，非向壁虛造者所能為也。

「美」字古本《尚書》除古文寫法外，還有俗體作「羙」，見於岩崎本、內野本、足利本、上〔影〕本、上〔八〕本等。唐人張守節《史記正義》〈論字例〉謂「美」下為「火」，直是訛字。馬王堆帛書《戰國縱橫家書》八作「羙」（《馬王堆簡帛文字編》，頁146），下亦從「火」，〈衡方碑〉、〈曹全碑〉、〈夏承碑〉「美」字皆從「火」作[28]，上引晉〈徐美人墓誌〉之「美」字亦皆從「火」，可資比勘。可見此類俗體也自有淵源。從文字演變的角度看，「美」下之「火」其實是「大」形的割裂訛變[29]，固定為從「火」，實是以訛傳訛。

八　辟

「辟」字《尚書》常見，古本《尚書》作「侵」、「侵」、「侵」、「侵」等形，最後一形與侵犯之「侵」同形，「侵」則在魏〈元顯墓誌〉中亦以為「侵」字[30]，也可視為與「侵」同形。按「辟」字三體石經〈君奭〉篇作「㑴」（《合編》，頁2251），〈多方〉篇作「㑴」（《合編》，頁2390），《汗簡》卷三人部作「㑴」，卷四辟部作「㑴」，古本《尚書》中的「侵」、「侵」等形皆從此類形體變化

---

26 見趙超：《古代石刻》（北京市：文物出版社，2001年4月），頁137圖。

27 「受」字漢石經作「前」，見《隸釋》，《合編》頁2491。

28 參見顧藹吉：《隸變》（北京市：中國書店，1982年3月），頁341。

29 承陳煒湛師垂教。

30 見冷玉龍等：《中華字海》（北京市：中國友誼出版公司，1996年），頁80。

而來。三體石經和《汗簡》中的「辟」字，則又是從「」（師害
簋）、「」（子禾子釜）、「」（《郭店楚簡文字編》，頁129）等形體
變化而來，其主要區別是：三體石經「辟」字的「辛」旁下部以兩垂
筆對稱；《汗簡》的「辟」字則脫落了左邊的「口」符，而「辛」旁
又訛作「」或「」。

　　後代字書韻書收錄了不少「辟」字的古文，其中有些字形可與古
本《尚書》進行比對。如《玉篇》〈人部〉收有「」、「」二形，
《中華字海》亦有之（頁77、84）。《集韻》〈昔韻〉收有「」形，
亦見於《漢語大字典》（頁78）。這些都與古本《尚書》字形相似。

　　另九條本之〈酒誥〉篇和〈多方〉篇的「辟」字作「枲」，又是
一怪。按「枲」字見《說文》〈木部〉，段注以為茬葉之「茬」的本
字，與「辟」字可謂風馬牛不相及。從古本《尚書》來看，此字當也
是「辟」字古文「」的進一步訛變。敦煌本斯2074之〈多方〉篇
「辟」字作「」，可視為從「」變為「枲」的橋樑。其變化的
邏輯過程可以推定為：「」字右上之「彐」橫畫超過中間豎畫，
與左邊「人」旁形成「任」字居字之上部，下部則由「火」訛成
「水」[31]，再由「水」訛成「木」，遂成「枲」字。此例可見古抄本文
字之訛，有時簡直匪夷所思，但細為尋繹，亦不難發現其蛛絲馬跡。

九　好

　　「好」字在古本《尚書》中比較特殊的寫法是作「」、「」
二體。前者多見於唐寫本及《書古文訓》，後者見於日本古抄本。在
討論這兩種寫法之前，我們先把「好」字的情況簡單梳理一下。

---

31 「吾」字古本《尚書》或借「魚」字為之，敦煌本伯2516、伯2643之〈微子〉篇均
　作，神田本〈泰誓〉篇作，其下部也是由「火」（本象魚尾形）訛成「水」，可
　以比勘。

　　關於「好」字，傳世的文字材料有「好」、「㚻」、「𡛊」三種寫法，如《集韻》〈皓韻〉「好」字即收此三形。鄭珍《汗簡箋正》云：「《說文》有『好』、『㚻』，無『𡛊』字……『𡛊』則合二字別造，不知何出，亦有所本。」根據現有資料，此三體之本源皆可尋繹。作「好」者淵源甚早，自甲骨文而下，歷代皆有，自不必說。作「㚻」者見於古璽，《古璽彙編》2840「𡶡義」印，前字即「㚻」字[32]。作「𡛊」者今見於郭店簡和上博簡，郭店簡〈語叢二〉簡二一作「𡥀」（《郭店楚墓竹簡》〈圖版〉，頁90），上博簡〈緇衣〉篇作「𡥀」（《上海博物館藏戰國楚竹書（一）》〈圖版〉，頁45），从丑从子，正是「𡛊」字所本，可免鄭珍「不知何出」之歎，也可證其「亦有所本」之識。

　　論者或謂「𡛊」之「丑」旁為「女」字之訛，恐不確。理由如下：（一）郭店簡、上博簡「𡥀」、「𡥀」二字所从之「丑」，與「女」字不類；（二）歷代傳抄古文中从「女」之字亦未見訛成「丑」者[33]；（三）「𡛊」又作「㚻」，若「丑」為「女」之訛，則「㚻」字豈非从二「女」？又如何一邊訛成「丑」，另一邊仍其舊？難圓其說。

　　其實「𡛊」與「㚻」當為異體，从女从子無別。而「好」與「㚻」「𡛊」二字，則是本字與借字的關係：「好」為本字，「㚻」、「𡛊」則為其借字。《說文》有「㚻」字，云：「人姓也，从女，丑聲。〈商書〉曰：『無有作㚻』。」段注云：「〈洪範〉文。今《尚書》『㚻』作『好』。此引經說叚借也。『㚻』本訓人姓，好惡自有真字，

32　原釋「奴」，非。吳振武先生認為「此字當是《說文》中的『㚻』字，典籍或借為
　　『好』。」見〈試說齊國陶文中的「鐘」和「溢」〉，《考古與文物》1991年第1期，
　　頁73。轉引自徐在國：《隸定古文疏證》（合肥市：安徽大學出版社，2002年6月），
　　頁255。〈洪範〉篇《書古文訓》或作「𡛊」，乃左右偏旁互換。

33　參見徐在國《隸定古文疏證》（合肥市：安徽大學出版社，2002年6月），頁253-
　　257。

而壁中古文叚『敀』為『好』，此以見古之叚借不必本無其字，是為
同聲通用之肇耑矣。」以與「好」字的假借關係來考慮「玕」字的構
形，就不至於得出「丑」為「女」訛的結論。

　　現在回過頭來看古本《尚書》中「好」字的兩種寫法：「玕」、
「**玏**」。「玕」非「好」之訛，而是其借字，已如上述。至於「**玏**」
字左旁寫法的緣由，筆者反覆思考，經歷了一次否定之否定的過程。
最初的想法即認為「**刃**」就是「丑」的省筆，後來由於看到日本古抄
本「姓」字作「**姓**」，很常見，左邊所从與「**玏**」字相同，而「姓」
字又未見从「丑」作者，因此傾向於把「**刃**」看成「女」旁的異寫。
再後來又發現日本寫本从「丑」之字作「**刃**」者比較多見，如「羞」
之「丑」旁，唐寫本惟伯2630之〈立政〉篇作「**刃**」（《合編》，頁
2511），而日本寫本之內野本、觀智院本、上〔影〕本各一見，上
〔八〕本則五見。在日藏唐代傳寫本《篆隸萬象名義》中，「丑」字
亦多作「**刃**」，可資比證。如《部首總目》「彳，丑亦反」，「辵，丑略
反」，「丑，勑（敕）九反」，三「丑」字皆作「**刃**」；金部「鈕」字所
从之「丑」亦作「**刃**」（見頁173）。因此「丑」省寫為「**刃**」，可以看
成源於唐寫本而流行於日本古寫本的一個特點。根據這個情況，
「**玏**」字之「**刃**」旁，還是最初的想法是對的，它是「丑」旁的省
寫[34]。至於「姓」字所从之「**刃**」，大概是抄手誤認「丑」為「女」旁
異寫而類推出來的寫法，不足為憑。

十　「𠂰」與从「𠂰」之字

　　「旅」字《尚書》共十九見，比較特別的寫法有「**𠂰**」、「**𣃨**」、
「**𠂢**」、「**烾**」等幾種。按「旅」字甲骨文作「**𣃼**」（〈佚〉七三五），

---

34 上舉「敀」字《龍龕手鑑》（北京市：中華書局，1985年5月），卷2，〈女部〉，頁
　　282。錄四形，第二形作「**妞**」，亦可說明「**刃**」為「丑」之省寫。

金文作「［字］」（〈城虢遣生簋〉），从「放」从「竹」。〈薛子仲安簠〉作「［字］」，「放」符已開始簡化訛變。〈燕王職劍〉作「［字］」，《古璽彙編》三二四八作「［字］」，包山簡一一六作「［字］」（《戰國古文字典》，頁564-565），《說文》古文作「［字］」，皆為古本《尚書》諸寫法之所本。字上部之「山」、「止」皆「放」之訛，與「族」字既从「山」作「［字］」，也从「止」作「［字］」相類似；字下部之「衣」、「衣」則為「竹」的變寫。「农」字《中華字海》注云：「音呂。義未詳。見朝鮮本《龍龕》。」[35]張涌泉先生已經正確指出此即旅字[36]，古本《尚書》的例子正可補證其說。不過由於張先生的俗字概念比較寬泛，所以定此字為「旅」的俗字，其實應該是「旅」的隸定古文。

　　敦煌本伯3315《舜典釋文》有「［字］」字，注云：「本又作『［字］』，古『諸』字。」古本《尚書》中的「諸」字的特殊寫法除《釋文》所列這兩形外，還有「［字］」、「［字］」、「［字］」、「［字］」、「［字］」等幾種。《汗簡》引古《尚書》作「［字］」。古本《尚書》「山」、「止」作為偏旁常常相混，此字亦然。「彡」寫作「彳」也是古寫本的一個特點。「都」字三體石經〈立政〉篇作「［字］」，《汗簡》作「［字］」（卷三），《書古文訓》作「［字］」或「［字］」。「圖」字古本《尚書》有作「［字］」、「［字］」等形的，《汗簡》除作「［字］」形外，還收了「［字］」（卷三）、「［字］」（卷四）二形。以上「諸」、「都」、「圖」三字或从「农」，或从「［字］」，聯繫上舉「旅」字之形，當都可以認為从「旅」得聲。

　　但這三個字所從的「农」和「［字］」，其來源卻可能並不是古文「旅」字。黃錫全先生把「［字］」形當作「者」字，認為此字與《說文》「旅」字古文「［字］」形近而字實別[37]。從古文字材料來看，像「［字］」（者汈鐘）、「［字］」（中都戈「都」旁）一類寫法的「者」字訛變成

---

35 見冷玉龍等：《中華字海》（北京市：中國友誼出版公司，1996年），頁439。

36 見《漢語俗字叢考》（北京市：中華書局，2000年1月），頁338。

37 參見黃錫全：《汗簡注釋》（武漢市：武漢大學出版社，1990年），頁322。

「旅」，與「旅」成為同形字，是完全可能的。新出上海博物館所藏戰國楚竹書「者」字多有類「旅」形者，如〈緇衣〉篇「又國者」之「者」字作「旅」，與「旅」字幾無別[38]。不過到了後代的傳抄古文裡，「者」字和「旅」字的字形並不混同，《尚書》「者」字共六見，古寫本皆作「者」，未見與「旅」有形體相近的寫法。且從語音來看，「旅」、「者」與「諸」、「都」、「圖」三字在上古雖都是魚部字，音理相通，但到了後來，「者」音與「諸」、「都」、「圖」三字的讀音區別則越來越大，而「旅」音卻仍與它們很接近。在文字的演變過程中，因訛變而形成的偏旁正好成為這個字的聲符或取代了其原有的聲符的例子並非僅見[39]，因此上舉「諸」、「都」、「圖」三字所從之「旅」，就算是由「者」訛變而來，但在共時系統裡，我們因其與「旅」同形而認為從「旅」得聲，這種「理據重解」應該也說得過去。

　　〈文侯之命〉篇「盧弓一、盧弓百」之「盧」，九條本、內野本、足利本、上〔影〕本、上〔八〕本皆作「𤣥」，从「玄」，「旅」聲。此處之「盧」訓「黑色」，此字从「玄」，正與黑色義相關。因此這個字當是訓黑色之「盧」的後起形聲字，亦即《說文》〈玄部〉新附之「𤣥」字。《書古文訓》此字訛作「𤣥」。《字彙補》〈玄部〉有一「𤣥」字，釋曰：「疑即旅字。」按此字亦「𤣥」之訛，是「盧」字，非「旅」字。《漢語大字典》以《字彙補》之疑為實，確定此字

38　《上海博物館藏戰國楚竹簡（一）》（上海市：上海古籍出版社，2001年11月），圖版，頁43。

39　如「龍」字本為象形字，後象龍頭的部分變成與童字上部寫法相同，《說文》便以為「童省聲」；「恥」字本从心耳聲，漢隸「心」與「止」近，後遂訛為从耳从止，以止為聲符；「年」字本為會意兼形聲字，从人从禾，人亦聲，後在人符上加點並拉伸為一橫，形成「千」字，《說文》便以為从禾千聲；「羞」字本是會意兼形聲字，本从又（手）持羊，會進獻食物之意，「又」還充當聲符，後「又」訛為「丑」，遂以「丑」為聲，皆其例。

「同『旅』」 [40]，可謂錯上加錯了。

十一　割

　　「割」字古本《尚書》主要作「割」、「刽」、「割」三種形體，此外上〔八〕本之〈大誥〉篇作「剑」，九條本之〈多方〉篇作「割」，比較特殊。內野本、足利本之〈堯典〉篇作「刨」，顯係偶誤。以上形體中，「割」為「割」的俗寫簡體，是一種較常見的寫法，無需多說。下面主要討論「刽」字的寫法。

　　三體石經〈多士〉篇有一古文作「剑」，當為「刽」形之所本。「剑」字所從之「仝」，與三體石經〈益稷〉篇「蒼」字古文所從之「倉」作「仝」和《說文》「倉」字奇字作「仝」均近同。「仝」由「倉」字之古文省變而來，黃錫全先生論之已詳，此不贅 [41]。因此「刽」字當是從「倉」從「刀」的「創」字。《汗簡》引孫強《集字》，「創」字作「剑」。《正字通》〈刀部〉：「剑，古文創。」均可以為證。

　　但是上引三體石經〈多士〉篇的古文「剑」，與其對應的今文卻是「割」字。看來「割」字作「剑」，與「創」構成了同形字，其本身當另有來源。包山簡一二二「割」字偏旁「害」作「害」（《戰國文字編》，頁276），而「倉」字包山簡一七六作「倉」（「蒼」字所從，《戰國文字編》，頁32），兩者頗有相似之處。《古文四聲韻》卷四泰韻「害」字引《古孝經》作「全」，乃「害」之省。「全」字又可以省作「仝」 [42]，再經過演變，古文「害」字簡省為「仝」，也並不是不

40　《漢語大字典》（縮印本）（武漢市、成都市：湖北辭書出版社、四川辭書出版社，1992年12月），頁122頁。

41　參見黃錫全：《汗簡注釋》（武漢市：武漢大學出版社，1990年），頁76頁、181。

42　參見湖北省文物考古研究所、北京大學中文系編：《九店楚簡》（北京市：中華書局，2000年5月），頁91-92。

可能的。

以此觀之，「剑」字所从的「仝」，應該有兩個來源：一是來源於古文「倉」，二是來源於古文「害」。來源於前者的「剑」字，是為「創」字；來源於後者的「剑」字，是為「割」字。黃錫全先生說：「創（割）字所从之仝與倉字省作仝形近而字形演變實別。」[43]其說可從。所以，古本《尚書》「割」字作「剑（創）」，可以看作因特殊的演變途徑而與「創」字殊途同歸。

不過，《尚書》古寫本中的「創」字，除《書古文訓》作「剉」外，餘皆作「創」，與「割」字並不混同。其他如「滄」、「蒼」二字所从之「倉」，除正常寫作「倉」外，也寫作「峑」；其中「蒼」字內野本、上〔八〕本作「峑」、足利本、上〔影〕本作「峑」（與《說文》〈山部〉表示「山之岑崟」之「崟」同形），皆其訛體[44]。這些寫法也與「割」字所从的「仝」不同。因此在寫本系統裡，從「害」演變來的「仝」與从「倉」之字其實並不混同，「割」「創」同形只是一個特別的例子。

十二　敄

古本《尚書》作「敄」形者有二字：（一）「敢」字古本《尚書》除正常作「敢」外，也作「敄」形，如伯3670、2516、岩崎本、內野本、上〔元〕本、上〔八〕本的〈盤庚〉篇，伯2516、岩崎本、內野本、上〔元〕本的《西伯戡黎》篇等。這種寫法早自六朝寫

---

43 參見黃錫全：《汗簡注釋》（武漢市：武漢大學出版社，1990年），頁181。

44 這些字上部所从之「山」乃「屮」之訛，「艸」之省。此類例子古文字材料多見，如郭店楚簡「芒」作「屮」、「藥」作「欒」，包山楚簡「薔」作「欒」等，不贅舉。敦煌本伯2643「藥」字上从「山」（見《合編》，頁1141），亦屬此類。用「中」為「艸」的情況，曾憲通師有詳說，見〈楚帛書文字新訂〉，《中國古文字研究》（長春市：吉林大學出版社，1999年6月），第1輯。

本伯3871，晚到日本寫本上〔八〕本，流傳不絕。（二）古本《尚書》中「奏」字也偶作「𡙹」形，見於伯3315《舜典釋文》：「奏，如字。字又作奉[45]。古文作𡙹。」按「敢」之「𡙹」形當是「敢」之篆文或古文訛變。「敢」字古本《尚書》又作「𠬝」形，即本《說文》小篆「𣅦」或古文「𢽿」（三體石經〈無逸〉篇古文作「𣉩」，近同）。「𡙹」與「𠬝」比較有兩點不同：一是攵、又之別，屬同義偏旁互換；二是「𡙹」中之「子」與「𠬝」中之「古」不同。但是，如果把「古」看成倒「子」之形（猶如「棄」、「育」等字所从者），正寫之即可成「𡙹」形。「奏」作「𡙹」，則源於其古文訛變。《說文》「奏」字古文一作「𠬝」形，此形隸定訛變成「𡙹」形是有可能的[46]。

　　另外，楚帛書有「𡙹」字，隸定即作「𡙹」，與古本《尚書》「敢」字同形。楚帛書此字所在的句子是：「炎帝乃命祝融以四神降奠三天，以累思𡙹奠四亟，曰：非九天則大𣅦，毋敢蔑天霝。」其中「毋敢」之「敢」字作「𣅦」，因此可以肯定「𡙹奠」之「𡙹」不是「敢」字[47]。何琳儀先生以「思𡙹」為詞，讀「𡙹」為「保」，「思保」即「慈保」，慈愛保養之意[48]；饒宗頤先生以「𡙹奠」為詞，讀「𡙹」為「敷」，「敷奠」即布定之意[49]。二人均以其字所从之「孚」

---

45 龔道耕《唐寫殘本尚書釋文考證》云：「『奉』，疑當作『𡙹』，以篆體書之也。」見《合編》附錄頁382。

46 徐在國先生肯定「𡙹」即《說文》古文訛變。說見《隸定古文疏證》（合肥市：安徽大學出版社，2002年6月），頁217。

47 李零先生在〈《長沙子彈庫戰國楚帛書研究》補正〉一文中認為「𣅦」非「敢」字，否定了其原先的考釋。即便如此，「𡙹」非「敢」字大概也是可以確定的，因為從上下文看，「敢奠」不成辭。李文見《古文字研究》（北京市：中華書局，2000年3月），第20輯。

48 參見曾憲通：《長沙楚帛書文字編》（北京市：中華書局，1993年2月），頁75。

49 參見李零：〈《長沙子彈庫戰國楚帛書研究》補正〉，《古文字研究》（北京市：中華書局，2000年3月），第20輯。

為聲而轉讀。按李零先生主張在「天」字下補「以」字，認為「累思」應是一詞，可從。因此從句讀和語言節奏的角度來看，當以「**豺**奠」成詞為是。「**豺**奠」之「**豺**」既非「敢」字，我們根據古本《尚書》「奏」字古文訛作「**致**」的情況，楚帛書裡的「**豺**」也有可能就是「奏」字，說不定它與《說文》「奏」字古文「**紳**」還有某種聯繫。此句讀為「奏奠四亟（極）」，與前「降奠三天」正相呼應，「奏奠」謂以祭品進獻奠祭神靈。是否如此，值得進一步研究。

十三　春

「春」字古本《尚書》作「**書**」、「**旹**」、「蓉」等形。按「春」字本從艸，從日，屯聲，戰國以來或省艸，只作從日，屯聲，如古璽作「**屯**」、「**旹**」（《古璽文編》，頁11），郭店簡作「**芽**」、「**旹**」（《郭店楚簡文字編》，頁7），楚帛書作「**求**」（《長沙楚帛書文字編》，頁52），秦簡作「**旹**」（《睡虎地秦墓竹簡》〈圖版〉，頁135），三體石經作「**旹**」（《甲金篆隸大字典》，頁53）[50]，皆「**書**」、「**旹**」之所本。「**書**」、「**旹**」相較，後者更接近古字結構，當屬正常隸變，而前者當由後者增筆訛變。在古本《尚書》中，作「**旹**」者僅一見於內野本之〈秦誓〉篇，其餘均作「**書**」，說明訛變之形已經盛行。此類訛變，均由不明字形結構和形義關係而誤，例甚夥。

至於作「蓉」，當與秦漢時期「春」字和「秦」、「奉」、「奏」、「泰」等字偏旁的訛混有關。如秦隸作「**舂**」（《睡虎地秦墓竹簡》〈圖版〉，頁15），漢隸作「**春**」（《馬王堆簡帛文字編》，頁19）、「**舂**」（《甲金篆隸大字典》，頁53），均非從「屯」隸變，而與「秦」、「奏」等字的上部寫法相同或相近。這類寫法就是「蓉」形的來源。

---

50 《汗簡》卷三・日部「春」作「**旹**」，注出石經，與三體石經正同。

十四　析

「析」字《尚書》共三見。古本《尚書》除作「析」外，尚有「𣂪」（敦煌本伯2516、伯2643）、「斦」（岩崎本，與《說文》〈斤部〉訓「二斤」之「斦」同形）、「𣂪」（九條本）、「斦」（上〔元〕本）等寫法。

「析」字從「木」作，與格伯簋等所作相同，自是傳統的寫法；而從「片」作者，則為其異體，「片」者半「木」也。〈析君戟〉作「牆」（《集成》，17.11214），中山王方壺「載之簡策」之「策」字以「析」為聲，寫作「𥳑」，〈魯峻碑〉作「斨」，都是從「片」的寫法。敦煌本伯2516、伯2643之「斨」，正是這種寫法的隸定，而岩崎本之「斦」、九條本之「𣂪」和上〔元〕本之「斦」，皆其訛體。說明敦煌所出之古本《尚書》與日本所藏者乃同宗同源，血脈相通。

敦煌本之「斨」，與「斦」、「𣂪」、「斦」三形相較，顯示後三種寫法的兩個偏旁正走向同化或已經同化。這種同化，是「斤」、「片」兩個偏旁互相訛混的結果。按「析」字〈張遷碑〉作「枡」，〈魏王墓殘碑〉作「枡」，其右邊皆由「斤」變成「片」。《楚辭》〈九章〉〈惜誦〉：「令五帝以枡中兮，戒六神與嚮服。」王充《論衡》〈量知篇〉：「斷木為槧，枡之為板，力加刮削，乃成奏牘。」「析」之右邊皆從「片」作。「新」字〈孔耽神祠碑〉作「新」，〈魯峻碑〉陰作「新」（《隸辨》，頁119-120），所從之「斤」亦訛作「片」。「鼎」字右下既似「斤」，又似「片」，洹鼎蓋作「鼎」，美陽鼎作「鼎」（《金文續編》，頁157），前者右下作「片」，後者右下作「斤」；隋〈尉氏女墓誌〉作「鼎」，隋〈暴永墓誌〉作「鼎」，唐〈王郅墓誌〉作「鼎」，唐〈潘卿墓誌〉作「鼎」，則皆從「斤」作。此皆可證「斤」、「片」可以互相訛混類化。「片」字魏〈皇甫驎墓誌〉作

「斤」，「鼎」字魏〈司空西元瞻墓誌〉作「鼎」，隋〈元禕墓誌〉作「鼎」，「圻」字隋〈右翊衛大將軍張壽墓誌〉作「坼」[51]，證明「斦」、「所」二形中的「片」和「斤」，也是「斤」、「片」訛混類化的結果。這正是「所」、「斦」、「所」三字兩個偏旁近似或相同的原因。

十五　「始」與「治」

　　「始」字古本《尚書》除作楷書「始」外，主要寫作「乿」或「乿」。後者為前者的省筆寫法。日本膽澤城遺址出土的漆紙文書《古文孝經》「始」字也寫作「乿」[52]，與古本《尚書》相同。按衛始簋蓋「始」字作「𤔲」（《金文編》，頁803），伯康簋「佀」字作「𠂤」（《金文編》，頁565），《汗簡》「始」字作「𠂤」。「𠂤」為「𤔲」之偏旁，「𠂤」即「𠂤」之訛體[53]。古本《尚書》及《古文孝經》中的「乿」，顯然就是「𠂤」形的隸定。因此，「始」字隸古定作「乿」，乃是借「佀」為之。「佀」即「似」，《老子》四章：「淵兮似萬物之宗。」漢帛書甲本「似」作「始」，可證二者相通[54]。

　　古本《尚書》「治」字的特別寫法可分為三個系列：（一）作「𡉼」（略有殘損）、「乿」，分別見於三體石經〈禹貢〉篇和薛本〈說命〉篇，此乃借「佀」為「治」，其中之「𡉼」當為上述「𠂤」形之變體；（二）作「始」，見於漢石經〈益稷〉篇[55]，此乃借「始」

51　以上有關墓誌的字形皆出秦公輯：《碑別字新編》（北京市：文物出版社，1985年7月）。

52　參見李學勤：《走出疑古時代》（修訂本）（瀋陽市：遼寧大學出版社，1997年12月），頁312。

53　參見黃錫全：《汗簡注釋》（武漢市：武漢大學出版社，1990年），頁403。

54　參見高亨纂，董治安整理：《古字通假會典》（濟南市：齊魯書社，1989年7月），頁393。

55　〈益稷〉篇此字所在的句子為「在治忽」，《史記》〈夏本紀〉引作「來始滑」，《漢

為「治」；（三）作「乿」，見於薛本〈說命〉篇以外的各篇，此即訓「治」之「亂」字的古文省寫。

　　由上可知，在古本《尚書》裡，「㠯」、「始」、「治」關係密切。〈盤庚序〉云：「盤庚五遷，將治亳殷，民咨胥怨。作〈盤庚〉。」《孔疏》：「束晳云：『《尚書序》「盤庚五遷，將治亳殷」……孔子壁中《尚書》云「將始宅殷」，是與古文不同也。』……然孔子壁內之書，安國先得其本，此『將治亳殷』不可作『將始宅殷』。『亳』字摩滅，容或為『宅』。壁中之書，安國先得，『治』皆作『乿』，其字與『始』不類[56]，無緣誤作『始』字，知束晳不見壁內之書，妄為說耳。」根據上述古本《尚書》「治」、「始」相亂的情況，束晳之說當為有據，《正義》批評束晳為妄說是不對的。李學勤先生指出：「束晳所據應係隸古定本，釋文不同，故『始』與『治』似，『宅』與『亳』似。」[57]這是正確的。

十六　蒙

　　「蒙」字《尚書》共五見。古寫本多作「蒙」（下或从「豕」，寫訛），惟島田本〈洪範〉篇作「𧐐」、「𧑐」，特異。內野本作「蒙」，旁注「蟲」，讓人覺得「𧐐」、「𧑐」二形可能是「蟲」字寫訛。查日藏唐代傳寫本《篆隸萬象名義》，「蟲」字作「蟲」[58]，與「𧐐」「𧑐」頗相似，儼然「蒙」字古本《尚書》確有以「蟲」字為之者。然「蒙」為明紐東部字，「蟲」為定紐冬部字，古書似未見二者

書》〈律曆志〉引作「其始詠」。「治」皆作「始」。《孟子》〈萬章下〉：「始條理也。」《音義》：「始本亦作治。」參見《古字通假會典》，頁392-393。

56 此句原作「『始』皆作『亂』，其字與『治』不類」，據阮元《校勘記》改。

57 李學勤：〈論魏晉時期古文《尚書》的傳流〉，《當代學者自選文庫》〈李學勤卷〉（合肥市：安徽教育出版社，1999年5月），頁644。

58 見《篆隸萬象名義》（北京市：中華書局，1995年10月），頁5、260。

相通之例。〈洪範〉篇「曰蒙，恒風若」之「蒙」，古籍在徵引時或作「霿」，或作「霧」，或作「霜」，或作「眊」，或作「孟」[59]，而未見作「蟲」者，故古本《尚書》之以「蟲」為「蒙」，又令人頗生疑惑。再查《汗簡》卷六「蟲」部「蒙」字作「𧒭」，注出《尚書》。鄭珍云：「薛本不見此形，不知本采何書。疑是蝱字，以音近借作蠓。郭氏誤認上為虫，收入此部。今蠓又誤蒙。」黃錫全先生已經正確指出古寫本之「蟲」、「蟲」等並為「蝱」字訛誤[60]。《古文四聲韻》卷一東部之「蒙」字隸古定作「蟲」，徐在國先生云：「《四》（引者按，即《古文四聲韻》）1·東·10下引古尚書冢（引者按，即「蒙」）字作𧒭，《海》（引者按，指《集篆古文韻海》）1·東·1下或作𧒭，並從蚰亡聲。蟲乃蝱字訛變。蝱字見於《說》（引者按，即《說文》）。古音蝱，明紐陽部；冢，明紐東部，東、陽旁轉。此蓋假蝱為冢。」[61]按「蝱」即「虻」字異體，从蚰、从虫可互換，漢簡即从虫作「𧉚」、「𧉚」（《甲金篆隸大字典》，頁931）可證。然則古本《尚書》之「蟲」、「蟲」，即「蝱」字古文寫訛，可以確定無疑，內野本所注，當然也是錯字。

　　不過內野本注「蟲」的錯誤，從傳抄古文的角度來看，當有其緣由而非偶然筆誤：《汗簡》「蟲」字作「𧒭」，「蒙」字作「𧒭」而居其次，正如鄭氏所言此乃郭氏誤認上為虫而收入此部，此其一；《篆隸萬象名義》「蟲」字的寫法與「蟲」、「蟲」極其相似，此其二。所以像這樣的例子，如果單靠古寫本本身，而不結合其他傳抄古文資料，是難以辨明的；同時也說明，倘非借助前輩時賢之研究成果，見識淺

59　參見高亨纂，董治安整理：《古字通假會典》（濟南市：齊魯書社，1989年7月），頁29-30。

60　參見黃錫全：《汗簡注釋》（武漢市：武漢大學出版社，1990年），頁450。

61　徐在國：《隸定古文疏證》（合肥市：安徽大學出版社，2002年6月），頁165。

陋如我者，走彎路是不可避免的[62]。

　　《汗簡》和《古文四聲韻》明言此字出古《尚書》，島田本的寫法正可與之相印證，則《汗簡》等書所收古字與《尚書》古寫本之價值不言而喻矣。

十七　憸

　　「憸」字〈盤庚〉篇敦煌本伯2643作「患」，岩崎本作「思」，上〔八〕本作「恩」，〈冏命〉篇岩崎本作「患」，內野本作「思」。其中以作「思」者為近真，其餘皆訛體。《說文》〈心部〉：「愻，疾利口也，从心从冊。《詩》曰：相時愻民。」《段注》：「《詩》無此語。《尚書》〈般庚上〉曰『相時憸民』，《集韻》引《說文》作『〈商書〉相時愻民』，豈丁度等所見不誤與？《玉篇》、《廣韻》、《集韻》、《類篇》皆不言『憸』『愻』為一字，〈立政〉兩言『憸人』，《釋文》曰：『憸，本又作愻。』是則當為一字矣。而『愻』从冊，蓋从刪省聲，如『珊』、『姍』字之比。漢石經《尚書》殘碑此字作『散』，『散』即『散』，疑古文〈般庚〉作『愻』，今文〈般庚〉作『散』，異字同音。『愻』訓『疾利口』，與『憸』訓『詖邪』，異字異音異義，不知者乃掍而一之。〈般庚〉或作『憸民』，〈立政〉或作『愻人』，皆淺者所為耳，無容同字而許異訓也。凡《釋文》云『本又作』之下往往出古字，序內所云兼采《說文》、《字詁》以示同異者，此云『本又作愻』，正用《說文》，仍襲舊說，未宷定〈般庚〉有『愻』而〈立政〉無『愻』也。」可見段氏以「憸」、「愻」非一字，〈盤庚〉作「愻」不作「憸」，〈立政〉作「憸」不作「愻」。從古本《尚書》來看，〈立政〉篇「憸」字兩見，除《書古文訓》作「愻」外，餘皆作「憸」，

---

62 筆者最早曾懷疑島田本之寫法為「蠢」字訛體，更是臆測無稽。

確如段氏所言。但〈盤庚〉則是「憸」、「㦖」互作，〈冏命〉篇亦是，因此「㦖」、「憸」為同義通用之字應該是沒有問題的，《釋文》所說不誤，段氏的批評過於嚴苛。或許段氏也意識到這一點，故在《撰異》中有所修正。他說：「『相時㦖民』即『相時憸民』也……『㦖』與『憸』，義同而音異。」所論近是。不過他又說：「古文《尚書》作『㦖』，枚氏古文《尚書》作『憸』，今文《尚書》作『散』。」[63]強分古文《尚書》和枚（梅）氏《尚書》用字的不同，則又與我們現在看到的古本《尚書》的情況不相符合。

十八　變

　　「變」字在古本《尚書》中作「𤕦」、「𢽟」、「𢽔」、「𢽕」、「㚅」、「𢽗」、「𢽖」等形。《汗簡》引《尚書》作「𢽗」、「𢽖」（卷四彡部）。關於此字的源流演變，李家浩先生、黃錫全先生、徐在國先生先後進行了研究探討[64]，其形體演變的情況大致如下：字之左邊由侯馬盟書之「𢼂」、楚簡之「𠂤」、「𠂤」、三體石經之「𢆶」等隸變，字右邊之「彡」的來源較為費解，可能是「彡」（欠）旁訛變（黃錫全說），也可能即「攴」旁訛變（徐在國說），當然還有可能只是飾筆。上列此字實即「覍（弁）」字，借為「變」，覍、變古音相近可通。在古本《尚書》中，後出的字形基本上可從較早的三體石經古文得到解釋，其源流演變構成了一個自足的解釋系統，這是頗為可貴的。其演變的邏輯軌跡可以推想如下：

63　《尚書》，收入《四部要籍注疏叢刊》（北京市：中華書局，1998年8月），頁1908。

64　參見李家浩：〈釋「弁」〉，《古文字研究》（北京市：中華書局，1979年），第1輯；
　　黃錫全：《汗簡注釋》（武漢市：武漢大學出版社，1990年），頁320-321；徐在國：
　　《隸定古文疏證》（合肥市：安徽大學出版社，2002年6月），頁73。

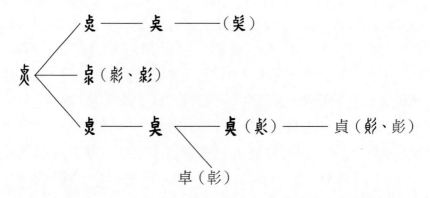

　　至於此字右邊之「彡」或作「彡」，乃是古寫本的習慣變寫，例多不贅。另外，日本古寫本此字簡體作「変」，與現代規範簡化字有一筆之差。

十九　剛（強）

　　敦煌本伯3315《舜典釋文》：「但，古剛字，古文作佀。」《集韻》〈唐韻〉也收有此二形，說明「剛」字古文既作「但」，也作「佀」。在古本《尚書》中，作「但」者還見於內野本、足利本、上〔影〕本、薛本之〈舜典〉篇和九條本、薛本之〈酒誥〉篇；作「佀」者則見於內野本、薛本之〈洪範〉篇，此外，內野本、足利本之〈酒誥〉篇作「但」，乃其訛體。按「剛」為見紐陽部，「強」為群紐陽部，可以算是雙聲疊韻，「剛」之古文「但」或「佀」，其實皆為古「強」字而借用為「剛」。「強」字甲骨文作「弜」（《甲骨文編》，頁49），金文作「弜」（《四版〈金文編〉校補》，頁149），因為此字與「弘」字同形，春秋戰國文字便在「口」旁下增加了「＝」符以示區別[65]，郭店簡〈成之聞之〉一三作「弜」，《老子》甲・七作「弜」，皆其例。

---

65 參見裘錫圭：〈釋「弘」、「強」〉，《古文字論集》（北京市：中華書局，1992年8月）。

其所增加的「＝」符也可以放在「口」符之上，如《古陶文彙編》三・一五一作「𤶠」，《說文》古文作「𠇷」。這些例子也顯示出古「強」字弓旁訛為「人」旁的過程。由古「強」字隸定而成的「但」、「𠇷」這兩種寫法，後來在傳抄古文裡都成了「剛」的借字並且已為「剛」字所專，因為傳抄古文「強」字或作「彊」，或作「彊」，未見作「但」或「𠇷」者。〈洪範〉篇「強弗友剛克」，既有「強」，也有「剛」，但內野本「強」字作「彊」，《書古文訓》作從力從彊，「剛」字二本皆作「𠇷」，與「強」不相混。這個例子可以說明「𠇷」雖是「強」之古字，但在傳抄古文中確為「剛」字所專，已經與「強」字無牽無掛了。這正是《說文》以「𠇷」為「剛」字古文的文獻基礎。這種基礎可以追溯到戰國時期的出土文獻。郭店簡〈六德〉篇簡三二有「宜（義）強而柬」之句，李零先生指出這跟簡本〈五行〉「柬，義之方也」、「強，義之方」有關，裘錫圭先生認為「這是很正確的。『強，義之方』當依原釋文讀為『剛，義之方』，這樣才跟下文『柔，仁之方也』相對，也與所引《詩》『不剛不柔』相應。馬王堆帛書〈五行〉正作『剛，義之方』。據此，〈六德〉『義強而柬』一句中的『強』字應該讀為『剛』。《說文》『剛』字古文從字形上看應是『強』字，從郭店簡的用法來看，《說文》是有根據的。反過來，《說文》也可以作為〈六德〉『義強而柬』一句中的『強』應該讀為『剛』的證明。」[66]這樣看來，《說文》應是根據古書的用字情況來收古文的，不過像這類似乎已經「專業化」、「固定化」的借字，許慎對其來源可能也不甚了了，因此解說也不免有些含糊，只是說「古文剛如此」而不能作進一步的解釋，有點兒知其然而不知其所以然的味道。

　　古「強」字既為「剛」字所借，強弱之「強」則又有新的變化：

---

66 張富海：〈北大中國古文獻研究中心「郭店楚簡研究」項目新動態〉，「簡帛研究」網站，2000年10月12日。

或是增加「虫」符作「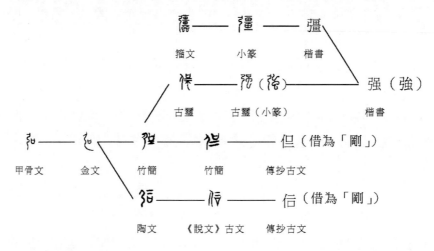」（《上海博物館藏印選》一四‧三），省為
「」（《十鐘山房印舉》三‧二二），《說文》作「」。因其從
「虫」，《說文》遂以為其本義是「蚚」，其實典籍仍常用作強弱之
「強」。從「虫」的強籀文作「」，從蚰從彊，而「彊」的本義《說
文》以為是「弓有力」，引申為「凡有力之稱」（《段注》），實即強弱
之「強」[67]。因此一般人以《說文》為依據，認為「彊」為強弱之
「強」的本字，而「強」乃其借字，後世借字行而本字廢，又為
「強」字留下一段迷離的歷史。下表擬示「強」字的演變軌跡：

二十　述（遂）

　　傳世文獻中的「遂」字，出土文獻中常借「述」字為之。「述」
字的形體演變以及「遂」、「述」二字之關係，曾憲通師論之已詳[68]。
而「述」字古文訛體，在古本《尚書》中又與多字同形：（一）九條
本的〈仲虺之誥〉篇、〈費誓〉篇，敦煌本伯2516、岩崎本、上

67　「彊」在金文裡常用為萬年無疆之「疆」。
68　參見〈敦煌本《古文尚書》「三郊三逢」辨證——兼論遂、述二字之關係〉，《于省
　　吾教授百年誕辰紀念文集》（長春市：吉林大學出版社，1996年9月）。

〔元〕本的〈微子〉篇，島田本的〈旅獒〉篇，敦煌本伯3871的〈費誓〉篇，觀智院本、上〔八〕本的〈康王之誥〉〈序〉等均作「逋」（有的右上少一點），與逋亡之「逋」同形；（二）《書古文訓》之〈費誓〉篇作「速」，與速度之「速」同形；（三）上〔八〕本的〈仲虺之誥〉篇作「遼」，與遼遠之「遼」同形。按作「逋」者源於《說文》「遂」字古文「述」。敦煌本伯2643〈微子〉篇作「遄」，觀智院本〈康王之誥〉〈序〉「逋」之左邊注「遄」，皆「述」之隸定寫法。「述」右上似「山」，「遄」右上作「止」，隸古定字「山」、「止」相混是通例。「遄」再省訛而成「逋」，遂與逋亡之「逋」同形[69]。作「速」者當源於《汗簡》「遂」字古文「遾」[70]。內野本〈微子〉篇作「速」、「迷」，亦皆《汗簡》古文之隸定。此中之「速」，稍訛即與速度之「速」同形。作「遼」者當也與《汗簡》古文有關。內野本〈仲虺之誥〉篇作「逵」，足利本、上〔影〕本此篇同。內野本〈旅獒〉篇、〈康王之誥〉〈序〉亦同。「逵」當也是「速」或「迷」之寫訛，此字再訛則與遼遠之「遼」同形。上〔八〕本〈仲虺之誥〉篇「遼」旁注「逵」，雖屬以訛注訛，但已顯示出此二者之關係。

　　曾憲通師指出：「述字古文省變而為速、為速，繁變而為遄、為逋。其與遲速之速、逋亡之逋，來源有別，音義各殊。它們之間的關係是形同而字異，充其量，只不過是在某種特定條件下『曇花一現』的異代同形而已。」[71]從古本《尚書》來看，「述」（遂）字「曇花一現」之同形字，還應加上「逵」、「遼」一類。

69　《尚書》逋亡之「逋」共四見，古本《尚書》中無異寫。

70　見卷一辵部，《汗簡》卷三穴部之「遾」，云出孫強《集字》，所从之「遂」，亦與「遾」近。

71　見〈敦煌本《古文尚書》「三郊三逋」辨證──兼論遂、述二字之關係〉，《于省吾教授百年誕辰紀念文集》（長春市：吉林大學出版社，1996年9月）。

二十一　使（事）

　　「使」字敦煌本伯3315、斯799作「峚」，島田本、內野本、上〔八〕本亦有如此作者。這種寫法也見於後代字書，如《原本玉篇殘卷》、《古文四聲韻》等。典籍亦偶見之，如《新書》〈服疑〉：「是以天下見其服而知貴賤，望其章而知其勢，峚人定其心，各著其面。」此字看起來怪異，其實乃「事」字之變，證之如下：

　　首先，古文字「事」「使」本一字分化，乃諸家所共識，典籍中亦見二字通用之例。如《易》〈損〉〈六四〉：「損其疾，使遄有喜。」漢帛書本「使」作「事」。《書》〈君奭〉：「故一人有事于四方。」《文選》〈四子講德論〉引作「迪一人使四方。」[72]《墨子》〈經上〉：「使謂故。」于省吾先生云：「按金文使事同字，此應作事謂故。」[73]于省吾先生所說的「金文使事同字」的情況，〈小臣守簋〉、〈蔡簋〉、〈梁其鐘〉、〈多友鼎〉、〈五祀衛鼎〉、〈蝨鼎〉等皆有其例[74]。就傳抄古文的材料來說，《三體石經》〈僖公〉的「使」字與石經〈多士〉的「事」字寫法完全相同，《汗簡》和《古文四聲韻》所錄「使」字亦同，《汗簡》並注明「使亦事字」[75]，這正說明「事」、「使」二字的密切關係。《尚書》「使」字，《書古文訓》作「叓」、「嗌」等形，皆是古「事」字，也是明證。

　　其次，根據先秦古文字和後代傳抄古文的材料，「事」字演變為

72　參見高亨纂，董治安整理：《古字通假會典》（濟南市：齊魯書社，1989年7月），頁404-405。

73　〈雙劍誃墨子新證〉，《雙劍誃群經新證　雙劍誃諸子新證》（上海市：上海書店出版社，1999年4月），卷3，頁291。

74　參見華東師大中國文字應用與研究中心編：《金文引得》（南寧市：廣西教育出版社，2001年），頁263-264。

75　見《汗簡》卷三「之」部。

「㐅（使）」在字形上可謂環環相扣，密合無間。「事」字哀成叔鼎作「㪿」，《古璽彙編》1867作「㪿」，郭店簡《語叢》二作「㪿」，三體石經〈多士〉作「㪿」，《說文》古文近同，《古文四聲韻》去聲實韻錄《古孝經》和《石經》作「㪿」。這些字形中，其上部的寫法多與「之」字無別[76]，「之」字隸古定寫法除寫作「㞢」外，也可將橫畫分左右兩筆寫成撇捺而成「㐅」形，見於岩崎本之〈說命〉篇、〈微子〉篇等處，亦見於《古文四聲韻》平聲之韻引《籀韻》，而「㐅」與「㐅」字的上部寫法則完全相同；「詩」字古文从「之」，所从的「之」在《古文四聲韻》引《籀韻》中也寫作「㐅」，亦資佐證。最值得注意的是，石經〈多士〉「㪿」之下部已近於「子」形，《古文四聲韻》「㪿」之下部則已完全變成「子」形。這樣，這個字形在隸古定裡寫作「㐅」就完全是順理成章的了。這個演變軌跡可以圖示如下：

㪿 —— 㪿 —— 㪿 —— 㪿 —— 㪿 —— 㐅

哀成叔鼎　《古璽彙編》一八六七　郭店楚簡　石經〈多士〉　《古文四聲韻》　古本《尚書》

　　關於「㐅」字，還有一種看法認為來源於「李」字。按「李」字戰國晚期的金文作「㦊」[77]，與「㐅」形相同。李家浩先生在本人博士學位論文的評閱意見中指出，睡虎地秦簡《日書》乙種67「李」字作「㦊」，馬王堆漢墓帛書〈春秋事語〉作「㦊」，此是將「李」字所从「木」旁一豎下半省去的一種寫法。「使」字古文「㐅」即此種寫法「李」的隸定。古代「李」「使」音近可通。李先生的說法在形、音上都是沒有問題的。林義光《文源》卷六舉出〈離騷〉「吾令蹇修

76　這也正是《汗簡》把此字歸於「之」部的原因。或謂「事」从「之」聲，亦據此類形體立說。

77　見嚴志斌：《四版〈金文編〉校補》（長春市：吉林大學出版社，2001年8月），頁63。

以為理兮」和《左傳》〈僖公三十年〉「行李之往來」二例，以為「理、李皆借為使」。章炳麟《官制索隱》說：「行人之官，其名曰使，亦或借理為之，〈周語〉云『行理以節逆之』是也。亦或借李為之，《左氏》云『行李之往來』是也。」相同的例子還有《左傳》〈昭公十三年〉的「行理之命，無月不至」等。用這些例子來證明「理」「李」通「使」，在音義上也是無礙的。這樣看起來，「⿱山子」來源於「李」字的說法在形音義上都能說得通，理論上是完全可行的，只是從實證的角度來看，似還有所欠缺。因為在古書中似乎未見將「行李」或「行理」直接替換為「行使」的異文證據，上述《日書》和〈春秋事語〉中的「李」字也都不作「使」字用，因此「⿱山子」形是否真正來源於「李」字，尚需新的實證，此存以待考〔校讀補記：朱葆華先生《原本玉篇文字研究》（齊魯書社，2004年9月）一書論及《玉篇》中的「⿱山子」字。他認為古書中作「使人」解的「行李」，是「行使」的訛誤，「李」是「使」字的形訛所致（見該書第84頁）。按此說頗有道理。因為《左傳》諸書，皆經後人整理，古文「事（使）」作「[illegible]」、「[illegible]」，與「李」字近同，整理者把這些字轉寫成「李」字，確有可能。至於「行李」之「李」古書又作「理」，當與「事（使）」字沒有字形上的聯繫，而是同音通用的現象〕

二十二　莀

「農」字古本《尚書》除作正常的「農」外，還作「莀」，見於敦煌本伯2643、岩崎本、上〔元〕本之〈盤庚〉篇，斯6017之〈洛誥〉篇。《書古文訓》除〈洪範〉篇作「[illegible]」屬於比較規範的隸定外，其餘多有訛變。岩崎本之〈呂刑〉篇、九條本之〈酒誥〉篇作「[illegible]」，也是「莀」字訛體。按从「艸」作的「農」字，淵源甚早。甲骨文有「[illegible]」（乙二八二）、「[illegible]」（乙八五〇二），皆「莀」形之本。

字亦從「林」作，甲骨、金文皆有之，如《殷契佚存》八五五作「藚」，牆盤作「藚」（《金文編》，頁168），從「林」與從「艸」同意。後世字書，《說文解字》收了從「林」作的古文，《說文解字繫傳》收了從「艸」作的古文。《玉篇》、《集韻》、《汗簡》則從「林」從「艸」二者兼收，流傳不絕。「蓐」中之「辰」即「蜃」，古以蜃殼為農具，即所謂「蚌鐮」[78]。「蓐」字從辰從艸，乃會以蚌鐮除草之意，形義關係較「農」字更為清楚，可惜沒有成為正字。

第二節　隸古定文字的形音義特點

　　隸古定文字給人的總體感覺是詭異多變，這是隸古定文字形音義三方面交叉變化的結果。根據上節所舉之例，結合相關隸古定資料，本節對隸古定文字在形音義三方面的特點略作分析。

一　隸古定之形體特點

（一）象形裂變

　　象形裂變是指古字本為象形字，而經過歷代變寫，筆劃斷裂偏移，象形意味漸失，最終部分或完全喪失構形理據的現象。如上舉「虞（虞）」字作「众」者，實是表示擎舉之人的象形文逐漸裂變而成的。「乘（勝）」字中的「众」形，也是人形的裂變。「叕」字的變化也是同樣的道理，只不過它後來進入了正字的行列。「風」字本象鳳形，省變其尾飾珠毛，逐漸裂變為「凩」（凬）和「凮」（風），前者為隸古定，後者則被看成正字。「象」字也是象形字的變化，只不過它的變化程度沒有上舉諸字那麼大，即以楷書視之，大象之形象還

---

78 參見徐中舒主編：《甲骨文字典》（成都市：四川辭書出版社，1989年），頁1590。

依稀可見，倒是「罵」、「寓」、「穹」一類隸古定的寫法，去其本形更遠。這也正是隸古定的詭異之處。「拜」字所從的「手」，本也是象形字，變而為「帬」，也是象形裂變所致。

（二）偏旁訛混

偏旁訛混的現象在隸變中大量存在，情況十分複雜，隸古定字也是如此。大致說來，一個古文或其偏旁的隸古定有多種寫法，大多是因為偏旁分化造成的；而不同的古文或其偏旁構成同形的隸古定寫法，則是因為偏旁混同的結果。

偏旁分化的情況，如上舉「岳」字上部或從「四」，或從「北」，蓋皆《說文》古文「𡶡」形上部分出；「飲」字上部或從「金」，或從「合」，或從「人」下「上」，或從「人」下「立」，或從「人」下「止」，則是該字古文所從聲符「今」的變寫；「農」字之「山」，本是「𠩵」字，而又變為「止」；其下之「农」，則為「艸」符，而又寫作「衣」，皆其例證[79]。

偏旁混同的情況，如上舉「媺（美）」字「散」旁寫異而與「敢」字混同，「辟」字左右皆訛而與「侵」字無別，「𡇒」之「丑」旁省訛為「刃」，「諸」、「都」、「圖」所從之「者」混同於隸古定的「旅」，「割」與「創」的偏旁混同為「仝」，「敢」與「奏」的偏旁混同為「孚」，「𠋉（使、事）」字的上部同於「之（㞢）」，下部同於「子」，例子甚多，不備舉。在偏旁混同的過程中，筆劃變異和移位是一個重要的因素，上舉諸例基本上都存在這個因素。此外如「辟」字或作「枀」，「變（覓）」字偏旁或訛為「貞」，或訛為「卓」，更是筆劃變異和移位的結果。這也是隸古定字之所以特別怪異的主要原因

---

79 這些分化，只是就其來源而言，若就其結果來說，其實也是混同。如「𠩵」字變為「山」和「止」是分化，但「山」和「止」不分，則是混同。分為「分化」和「混同」，其實只是為了敘述的方便，請讀者諒之。

之一。

　　根據古本《尚書》隸古定字偏旁混同的情況，筆者思慮所及的關於隸古定文字偏旁混同的類例，下面三條是比較常見的：

1 「山」、「止」相混

　　顧藹吉在《隸辨》中說：「（止）亦作山，與从山之字無別。」[80]「山」、「止」作為偏旁相混的例子在古本《尚書》中比較多見，是隸古定文字的一個明顯特點。如「戰」字既寫作「𢧜」、也寫作「𢧜」[81]；「困」字既寫作「朱」，也寫作「朱」；「歲」字既寫作「崴」、也寫作「歲」；「族」字既寫作「㞢」，也寫作「㞢」；「涉」字既寫作「涉」、也寫作「沙」；「動」字既寫作「𨊠」，也寫作「𨊠」。又如「前」字既从「止」作「𠦂」，又从「山」作「𠦂」；「歸」字既从「止」作「婦」，又从「山」作「嶬」。此外，「耻」字也作「耻」，「剛」字也作「剛」，「越」字也作「𧻞」，均是同類現象。

2 「水」、「木」相混

　　「水」、「木」相混也是傳抄古文的一個特點。如「辟」字古文或作「㑺」，但九條本之〈酒誥〉篇、〈多方〉篇的「辟」字卻作「㑺」，下从「木」。這個「木」，實際上是由「㑺」下之「火」先訛成「水」，再由「水」訛成「木」的，敦煌本斯2074〈多方〉篇的「辟」字作「㑺」，正是「㑺」、「㑺」形變的橋樑，已詳上節。又如〈禹貢〉篇上〔影〕本「滎」字訛成「榮」，也是「水」旁訛為「木」。「水」可訛成「木」，反過來「木」亦可訛成「水」。《訂正六

80　顧藹吉：《隸變》（北京市：中國書店，1982年3月），頁803。

81　按「𢧜」、「𢧜」皆「𣃔」字，借為「戰」。郭店簡《語叢三》簡二有「𣃔」字，即此「𣃔」字。參見湯餘惠：〈釋「𣃔」〉，《吉林大學古籍整理研究所建所十五周年紀念文集》（長春市：吉林大學出版社，1998年12月），頁66-67。

書通》卷四錄崔希裕《略古》，「苦」字作「𦳝」，實假「枯」字為之，上部之「水」即「木」旁之訛。《玉篇》卷一「社」字古文作「祙」，右上之「水」亦為「木」之訛[82]。「困」字古文從木作「朱」，而足利本、上〔影〕本之《太甲》篇也訛从「水」，作「朱」。「梅」字古文作「槑」，下本从「木」，而內野本、上〔元〕本作「槑」，下訛作「水」，結果與「海」字古文相混。岩崎本作「𣡆」，則是古體今體混作，其下之「水」，也是「木」旁寫訛。〈洪範〉篇「謀」字《隸釋》錄作「諜」，亦是其例。

3 「矢」、「天」相混

「矢」、「天」相混也是常見的現象。如「族」字本從「矢」，敦煌本伯3015之〈堯典〉篇、足利本、上〔影〕本之〈泰誓〉篇皆作「族」，从「天」。「族」字之隸古定作「𤓯」或「𤓪」，其下之「失」或「矢」，在古本《尚書》中也寫作「天」，如九條本、上〔八〕本之〈仲虺之誥〉篇的「族」字就寫作「𤓯」。《原本玉篇殘卷》也收有「𤓯」形。「俟」字的「矣」旁下部从「矢」，島田本、內野本之〈金縢〉篇，內野本之〈武成〉、〈顧命〉篇也都寫作从「天」。「癸」字春秋以後有訛从「矢」者，如石鼓文作「癶」，《說文》籀文作「𤼩」，漢代金文、碑文承之並逐漸變成「天」，如新量斗作「癸」[83]，〈夏承碑〉作「癸」，〈楊統碑〉作「癸」[84]。凡此皆足以證明從「矢」之字演變為從「天」。

分析「矢」、「天」相混的現象可能有助於解決「奏」字的構形問

---

82 參見徐在國：《隸定古文疏證》（合肥市：安徽大學出版社，2002年6月），頁24。

83 參見容庚：《金文續編》（上海市：上海書店出版社，2000年），頁334；孫慰祖、徐谷富：《秦漢金文彙編》（上海市：上海書店出版社，1997年），頁355-356。

84 洪鈞陶編：《隸字編》（北京市：文物出版社，1991年6月），下冊，頁1120。

題，一併附此作簡要討論。按「奏」字春秋時期的秦公磬作「🦴」[85]，從廾、從🦴。甲骨文作🦴（《合集》，937正），從兩手持一有枝葉有根鬚的植物，其本義當是雙手持樹枝或穀物之類以舞蹈作樂[86]。《說文》小篆當本於「🦴」形而有所訛變，許慎謂字從「卒」，乃從「🦴」形析出，不可信[87]。《說文》所錄「奏」字古文作「🦴」、「🦴」，其形義關係也頗費解。要之，這些字形和後來從「天」作的「奏」字，可能沒有直接的源流關係。根據秦漢時期的文字材料，從「天」作的「奏」字很可能本從「矢」，如睡虎地秦簡作「🦴」[88]，馬王堆文字作「🦴」[89]，漢印作「🦴」[90]，皆從「矢」作。〈石門頌〉作「🦴」[91]，「矢」已訛成「夫」，與上舉「癸」字〈夏承碑〉的寫法近同。因此「奏」字後來從「天」，很可能是從「矢」到「夫」再到「天」演變過來的。張涌泉先生利用敦煌寫本及漢魏文字材料對「奏」字的演變有很精彩的解釋，今移錄於下，以便合觀互證：

> 「奏」字何以從本、從廾、從中，其字理不明；「本」旁隸書何以變作「天」，也是疑問。睡虎地秦簡「奏」字有作🦴者，上似從奉，下從矢，何琳儀以為係「會承矢以進之意。小篆則秦文字之省變。」（原注：《戰國古文字典》侯部「奏」字條下，中華書局1998年，頁384）其說頗為新穎。但由於缺乏更

85　此字轉引自徐寶貴：〈石鼓文年代考辨〉，《國學研究》（北京市：北京大學出版社，1997年8月），第4卷，頁408。

86　參見王輝、程學華：《秦文字集證》（臺北市：藝文印書館，2000年），頁85。

87　《說文》「皋」字下云：「禮，祝曰皋，登謌曰奏，故皋奏皆从本。」按「皋」本非从「本」，它是从「睪」分化出來的一個字，詳第五章。因此許慎據《禮》說而主張「皋」、「奏」皆从「本」的說法也不可信。

88　湯餘惠主編：《戰國文字編》（福州市：福建人民出版社，2001年12月），頁691。

89　陳松長：《馬王堆簡帛文字編》（北京市：文物出版社，2001年6月），頁419。

90　羅福頤：《漢印文字徵補遺・十・五》（北京市：文物出版社，1982年12月）。

91　徐無聞：《甲金篆隸大字典》（成都市：四川辭書出版社，1991年），頁719。

堅強的證據，故何說的可靠性人們仍存有疑問。今查敦煌寫本
《正名要錄》「各依註腳」類「侯、奏、雉、族、矣」五字下
註腳：「从矢」。《正名要錄》「奏」字寫作「奏」，並且特意注
明下部从「矢」，這說明當時應以「奏」為正字，從而可證何
說是很有見地的，而今字「奏」下部的「天」應即「矢」旁之
訛。「矢」旁訛變作「天」為俗書通例。如漢《韓敕碑》「族」
字作「族」，（原注《隸辨》卷五屋韻，中華書局1986年，頁
161）魏〈元靈耀墓誌〉「矣」字作「矣」，（原注《碑別字新
編》，文物出版社1985年，頁43）是其比。而今本《說文》小
篆「奏」字下部从「本」，疑為唐代前後人所妄改（引者按，
據前引秦公磬之「奏」字，《說文》當有所本，只是有些訛
變，故「妄改」之說恐非），《正名要錄》作者所見《說文》應
尚非如此也。《正名要錄》「本音雖同，字義各別例」載
「湊」、「輳」、「膝」三字，右旁亦皆作「奏」，右下部从
「矢」，可以比勘。蔡忠霖《敦煌字樣書〈正名要錄〉研究》
以古今字書皆無「奏」字，而以《正名要錄》「奏」字从矢為
無據，可謂視珍寶為沙礫矣。（原注：《敦煌字樣書〈正名要
錄〉研究》，中國文化大學碩士論文，1994年，頁277）[92]

二　隸古定文字之因聲假借的特點

傳抄古文與其相對應的釋文本字之間，音同音近假借的現象最為
多見[93]。上節所舉之例中，「虞」與「虜」、「勝」與「乘」、「好」與
「丑」、「覓」與「變」、「始」與「治」、「事」與「使」、「蒙」與

---

92 張涌泉：〈從語言文字的角度看敦煌文獻的價值〉，《中國社會科學》2001年第2期；
　　人大複印報刊資料《語言文字學》2001年第7期。

93 參見裴大泉：《傳抄古文用字研究》（廣州市：中山大學碩士論文，1992年），頁10。

「虵」、「述」與「遂」、「剛」與「強」等等，都是因聲假借的例子，當然這類字的借用，有的還跟形體上的近似有關，上舉之例如「好」與「丣」、「始」與「治」、「事」與「使」、「述」與「遂」等在形體上還都有一定的聯繫，這是我們需要注意的一個地方。關於隸古定字的因聲假借，還有一種現象值得我們加以注意，那就是被借字職能的固定化和單一化。即是說，某一詞在古文中借某一音同音近之字記錄它，被借字的字形發展與其本身的演變有所區別，字形分化後的被借字為借義所專，在職能上更加固定和單一。這種現象也可叫做被借字職能的專業化。如「者」字被借為「諸」字，但作為「諸」的「者」與「者」字本身並不混同，「諸」作「㟞」、「㮰」、「㮰」、「㮰」、「㮰」、「㮰」、「㮰」等形，與「者」字並不一樣。古本《尚書》「者」字多見，沒有一例混同於「諸」。「勝」字隸古定假「乘」字為之，字作「龕」、「龕」，而「乘」字隸古定字形則未見有作「龕」、「龕」二形者[94]，也就是說，「乘」字隸古定作「龕」、「龕」已為「勝」義所專，不與其本字「乘」的隸古定字形相混。「使」以「事」字為之，而「事」字隸古定作「叓」、「叓」諸形，未見作「岑」者，則「岑」形為「使」義所專。又如「剛」字古文作「㣟」、「信」，實是借「強」字古體為之。而「強」字傳抄古文或作「彊」，來源於《說文》籀文，而未見作「㣟」或「信」者。亦即說，「㣟」、「信」既被借為「剛」字，就為「剛」義所專，不再作為「強」字來使用。「吾」字《尚書》除用本字外，也借「魚」字為之[95]：敦煌

94　參見徐在國：《隸定古文疏證》（合肥市：安徽大學出版社，2002年6月），頁124-125。

95　史籍中的「勾吳」、「攻吳」，在古文字裡又寫作「工𢿑」、「攻敔」（詳施謝捷：《吳越文字彙編》，南京市：江蘇教育出版社，1998年），「𢿑」、「敔」二字即顯示「魚」「吾」相通。今本《戰國策》〈燕策二〉「吾欲用所善」，帛書《戰國策》〈蘇秦自趙獻書燕王章〉作「魚欲用所善」，亦「魚」、「吾」相通之證。詳吳辛丑：《簡帛典籍異文研究》（廣州市：中山大學出版社，2002年10月），頁25、48註24。

本伯二五一六、伯二六四三之〈微子〉篇均作「象」，上〔元〕本作
「象」，神田本之〈泰誓〉篇作「象」，《書古文訓》作「象」、「象」。
而「魚」字《尚書》除〈伊訓〉篇上〔八〕本作「莫」外，餘皆作
「魚」或「魚」，與「吾」之借字「魚」的寫法基本上也不混同。
「戰」字古文或借「旃」字為之，字作「㞢」或「㞢」，當是用隸古
定的方法從郭店簡的「㞢」字一類寫法變來，皆與「旃」的正常寫法
有別。這些例子似乎可以說明，傳抄古文的發展也有其自己的特殊
性，它們有著長期沿用的系統，存在一定的變化規律。

三　隸古定文字在意義上的聯繫

　　隸古定文字在意義上的聯繫，主要表現為同義字的替換。如果把
形、音的因素也考慮進去加以分析，隸古定文字的同義替換大致可以
分為下面四種情況：一是有關形義的替換，比如〈盤庚〉篇「朕及篤
敬」句，上〔八〕本「篤」作「厚」[96]。「篤」、「厚」表面上看似乎只
是單純的同義換用，其實不然。因為「篤」字古或作「箇」，而
「箇」乃从宣竹聲；《說文》以「厚」字从畐从厂，畐即反宣。所以
從淵源看，「篤」、「厚」二字應該還有更深層次的形上的聯繫，二者
替換，並非純義之故[97]。又如古本《尚書》中「艱」用為「難」、
「難」用為「艱」、「闢」用為「開」、「皋」用為「辜」等都屬於形近
義同替換之例。這些例子在本書第三章中已經做了分析，此不贅敘。
二是有關音義的替換，如上舉「強」用為「剛」，二者不僅意義相
近，聲音也相同。又如「臻」字，惠琳《一切經音義》作「臸」。《說

---

96 表示篤厚義的字，《說文》本字作「竺」、「竺」。古本《尚書》多寫作「竺」、
　「竺」，敦煌本伯2516、2643、岩崎本、內野本、上〔元〕本之〈盤庚〉篇等皆如
　此，可見古本還多用本字。
97 「篤」、「厚」字形上的深層關係，蒙曾師賜教。

文》〈至部〉：「臻，至也。」「銍，到也。」二字義近。「銍」為日紐質部，「臻」為莊紐真部，質、真對轉，二者音近[98]。「隨」字《類篇》、《集韻》皆有作「追」者，也是同類的例子。三是單純義同義近的替換，例如「敬」字《古文四聲韻》引崔希裕《纂古》或作「敄」。「敄」即「穆」，見於敦煌本伯3315等處。《書》〈金縢〉：「我其為王穆卜。」孔傳：「穆，敬。」〈洛誥〉篇「旁作穆穆」，內野本和上〔八〕本將「穆穆」寫作「敬敬」，正是這種現象的反映。又如「續」字，《類篇》作「賡」，即《說文》「續」字古文「賡」之隸定。《爾雅》〈釋詁下〉：「賡，續也。」《尚書》〈益稷〉：「乃賡載歌。」孔傳：「賡，續也。」可見二字義近。又如「禍」字，《古文四聲韻》引崔希裕《纂古》或作「袂」，「袂」即「殃」字古文。「禍」「殃」也是義近替換。四是形音義的綜合作用，如〈胤征〉篇「遒人以木鐸徇于路」，「徇」字敦煌本伯2533作「循」，此二字不僅形、義皆近，而且音也相同。

　　相對於因聲假借現象而言，傳抄古文因義同義近而通用的現象則比較少見。但即使是在有限的幾個例子中，我們還是可以看到隸古定同義字的替換仍然表現出形音義的交互作用，可見研究漢字的時候，形音義三者不可偏廢。

　　最後需要特別指出的是，本節所分析的隸定古文之形音義的變化情況，大都有其流變因由，並非都是後世傳抄的結果。黃德寬先生曾就隸定古文之假借和同義近義字誤置的現象發表了這樣的看法：「隸定古文中假借字為古文的情況反映了古文字使用的實際面貌。比較上個世紀七〇年代以來發現的戰國秦漢古文字資料，許多假借字的運用與隸定古文保存的假借情況相一致，這證明隸定古文有可靠來源。誤置是一種張冠李戴的錯誤……但從文獻流傳的角度看，這種同義或近

---

98 徐在國：《隸定古文疏證》（合肥市：安徽大學出版社，2002年6月），頁242。

義字的誤置，很可能源於古文文獻的異文分歧。我們將馬王堆、銀雀山等漢帛書、簡書，郭店簡、上海簡等戰國古書文本與後世的相同文獻進行比較，就會發現『同近義替換』而形成的異文分歧，是普遍存在的現象。這啟發我們這類義近誤置的隸定古文有的很可能就是參照傳世的版本對寫古本而造成誤解並流傳下來，這從一個方面反映了隸定古文來源的可靠性。形近誤置因古形或訛變之形相近而發生，細緻比較也能尋繹出這些隸定古文的原始形態，從而看出它們是在什麼情況下發生訛誤。」[99]至於隸定古文之象形裂變和偏旁訛混等現象，亦當作如是觀，它們反映的是古文字的演變實際，我們根據出土文字資料來推求其流變始末，證其同而析其異，方能得出正確結論。

第三節　隸古定的作用及隸古定字詭異的原因

孔穎達在給《尚書序》作疏時說隸古定的方法「存古為可慕，以隸為可識，故曰隸古，以雖隸而猶古。」[100]我們覺得可慕不可慕倒還在其次，隸古定的重要價值，關鍵在於「存古」，「以雖隸而猶古」。在整理古文字材料的時候，我們對於已認識的字可以直接轉寫，而對於不認識的字，或者其字可識而其形特異之字，則需要存其古形，以便將來認讀和解釋。因此隸古定實際上是一種權宜之計，但又深得闕疑之旨，即所謂君子闕其所不知以俟後之高明者也。而實際情況正是如此。有些前人不識而以隸古定的方法記錄下來的文字在後代由於新材料的出現或古文字學水準的提高而得到認識，不能不歸功於隸古定的方法。如李學勤先生在二○○二年八月舉行的「新出文獻與古代文明研究」國際學術研討會的總結報告中指出，《穆天子傳》中「舂山

99　黃德寬：〈序〉，《隸定古文疏證》，見徐在國：《隸定古文疏證》（合肥市：安徽大學出版社，2002年6月），頁4。

100　《十三經注疏》（北京市：中華書局，1980年9月），頁116。

之虎」的「虎」字是「陰」字，他說：「《穆天子傳》中有『春山之虎』，這是什麼東西，怎麼會有個地名叫這個名字？我忽然想到，『虎』這個字應該就是『陰』，『春山之陰』，『陰』古文字有時不寫『阜』字旁，上邊一個『今』字，底下與『虫』完全一樣。這個『虎』字應該就是『陰』。西晉的學者認不了這個字，就把它準確地摹寫下來。」[101]這個字以前不認識，而現在問題解決了；提供解決問題線索的，就是用隸古定方法保留下來的古字形。古人發明的這種辦法，至今仍不失為整理古文字的有效辦法，尤其對於不識字的考釋認讀極有好處。

　　隸古定的方法是受隸變影響而產生的，我們可以把它當作隸變的一種特殊方式。隸古定的總的原則，與正常隸變應該沒有大的不同。比如在解散篆體方面，它把古文字的筆劃進行改造，變曲筆為直筆，變連筆為斷筆，這些都與正常隸變沒有很大的區別。但是隸古定字總是給人一種詭怪的感覺，這主要是因為隸古定畢竟有它的特殊之處。我們知道，正常的隸變是一種循序漸進的過程，屬於正常隸變的漢字，其變化前後的不同寫法之間具有漸變性、過渡性和繼承性，人們對漢字的變化寫法是在自然流變的過程中接受下來的，因此在感覺上並不覺得突兀；而隸古定則不然，它是一種臨時性的措施，同時帶著隸定者的個人因素，在轉寫的過程中也不一定遵守漢字的演變規律，因而減少了普遍性而增加了特殊性。其特殊之處主要表現在以下幾個方面：

　　一、隸古定在解散篆體的過程中只是注意筆劃的機械轉寫而不太考慮偏旁的構成，同時筆劃又有變異偏移，象形裂變而不象形，偏旁訛混而難統一，自然只見奇形怪態了。如「肰」字郭店簡加「虍」旁作「㦰」，《說文》古文訛作「𤟒」，隸古定作「𤝵」、「脕」、「𦝠」等

形，就是單純從《說文》古文進行「筆劃化」而來的；若從偏旁著眼，「劦」、「胁」、「勆」等都應該寫作「𢊱」[102]。又如「之」字若寫作「屮」，還算比較平常，但把底下一橫分兩筆寫作「火」，就顯得奇特了。

　　二、某些隸古定字雖然注意到了偏旁的構成，但其偏旁位置又往往發生錯位，如古本《尚書》和《穆天子傳》「房」字作「戶方」，《書古文訓》「穢」字作「藏」，《龍龕手鑒》「即」字作「皀」，「剔」字《集韻》隸古定作「券」，若從《汗簡》所引〈義雲章〉則又可隸定為「犭分」，其偏旁都有所錯位，結果給人的感覺也是特殊詭怪的。「諸」字之「𡉥」、「㣺」、「裊」等異構的形成，除了筆劃的變異外，偏旁移位也是明顯的原因。

　　三、古文或因聲而借，或因義而借，而隸古定直接以借字為本字，如以「㫃」為「戰」，以「乘」為「勝」，以「強」為「剛」，以「艱」為「難」等，結果造成形義聯繫的中斷；而且如上節所言，有些假借已經形成定勢，相沿不絕，除非有原始材料可供人們探究源流，否則自然讓人百思不得其解。

　　總而言之，隸古定字之詭異自有其詭異的原因，我們如果對其詭異的原因有所認識，也就可以見怪不怪了。

---

102 參見徐在國：《隸定古文疏證》（合肥市：安徽大學出版社，2002年6月），頁93。

第五章
古本《尚書》特殊文字研究（下）

第一節　古本《尚書》俗字舉例

　　相對於隸古定字而言，古本《尚書》中的俗字顯得較少。本節略舉數例，以見一斑。

一　德

　　「德」字在古本《尚書》中有「德」、「德」、「悳」、「惪」、「悳」、「㤫」諸種寫法，其中最為特別的就是寫作「㤫」。足利本〈堯典〉篇「克明俊德，以親九族」傳文：「能明俊㤫之士任用之，以睦高祖玄孫之親也。」內野本傳文同，只是「㤫」作「德」。〈皋陶謨〉：「天命有德」，內野本作「天命有悳」，足利本、上〔八〕本均作「天命有德」，上〔影〕本則作「天命有㤫」。因此「㤫」為「德」字俗寫應該是沒有疑問的。從古本《尚書》來看，「㤫」字經常出現在日本古寫本的傳文中，偶爾也出現在正文中，如〈立政〉篇「迪知忱恂於九德之行」、「乃惟庶習逸德之人」等句的「德」字皆作「㤫」。

　　「德」字的這種寫法不見於歷代各種字書，筆者見聞所及的有關研究敦煌俗字的著作難覓此字蹤跡，劉復、李家瑞的《宋元以來俗字譜》亦未見收錄，值得探討。從其偏旁構成來看，「㤫」字左旁顯係「彳」旁的變寫，這在《尚書》古寫本中可以得到充分證明。如上

〔影〕本〈堯典〉篇「往欽哉」之「往」字，足利本〈胤征〉篇「胤往征之」之「往征」二字，其左旁均與「德」之左旁相同。此類例子尚多，不備舉。把「彳」的第一筆寫作一點，應是當時書手的一種習慣。至於「德」字右旁的「㝰」，與能力的「能」字俗寫相同，但二者只是同形關係，與「德」字的形義無關，因此只能另求答案。按「德」字草書或作「㤳」[1]，其右旁頗似「㝰」形。《合編》頁二五四眉批「德」字草書作「㤳」，其右旁與「㝰」形也很相似。因此可以肯定「德」字右旁的「㝰」是從「德」字草書楷化而來。綜合起來看，「德」字作「德」形是一邊遵從習慣寫法一邊根據草書楷化重新組合而成的新體。這樣獨特的構形，可謂一絕〔校讀補記：「德」字見於日本江戶時期的學者新井白石所著的《同文通考》，為所謂日式「省文」。與《同文通考》同類的著作，還有近藤西涯之《正楷錄》等。第三章所舉之「姦」作「亥」，下文所論之「聖」作「埕」、「怨」作「惌」等，《同文通考》、《正楷錄》皆有收錄。日式「省文」或「倭楷」，除一部分是由日人創製外，大多源於中國歷代異體俗字，而流行於日本。因此像古本《尚書》這類材料，對研究日本漢字有著相當重要的作用。參見何華珍《日本漢字和漢字詞研究》（北京市：中國社會科學出版社，2004年12月，頁106-113）〕。

二　聖

「聖」字《尚書》共二十二見。《說文》〈耳部〉：「聖，通也。從耳，呈聲。」按許氏字形分析有誤。「聖」字甲骨文作「𦔻」或「𦕡」（《甲骨文字典》，頁1287），從人而突出其耳，或加口，則所謂

1　書學會編纂：《行草大字典》所錄「德升」字（北京市：北京出版社，1992年9月），頁200。

「聖」者，耳聰之謂也。文獻中「聖」、「聽」每互作，如《尚書》〈無逸〉「此厥不聽」，《隸釋》所錄漢石經作「不聖」，《禮記》〈樂記〉「小人以聽過」，《釋文》云：「『以聽過』，本或作『以聖過』。」《史記》〈秦始皇本紀〉「皇帝躬聖」，泰山刻石拓本作「皇帝躬聽」[2]，此亦可證「聖」、「聽」形義相因，「聖」以耳聰為其本義。「聖」字金文作「聖」、「聖」、「聖」（《金文編》，頁771-772），郭店楚簡作「聖」（《郭店楚簡文字編》，頁165），可以看出此字「耳」下之「人」逐漸變為「壬（他鼎切）」，「壬」又與「口」合而為「呈」的過程，是為《說文》所說之「呈」聲也。此字《尚書》古寫本有「聖」、「聖」、「聖」、「亚」四種寫法。第二種是第一種的結構移位，變上下結構為左右結構，第四種是第三種的省筆寫法。值得注意的是三、四兩種寫法。這顯然是「聖」字的俗字，《宋元以來俗字譜》中所收《古今雜劇》、《三國志平話》等也作「聖」，與「亚」的簡化字恰成同形。此種寫法見於足利本、上〔影〕本、上〔八〕本，以前二本居多。也常見於寫本眉批等處。「聖」的俗字為什麼是這樣寫，筆者頗費思索。《龍龕手鑒》收「聖」之俗字多達九文[3]，作「聖」、「聖」等形，皆與「聖」、「亚」不類，查其他有關字書，亦無所獲。後來從草書楷化的角度進行思考，問題才得以解決。原來「聖」字草書作「聖」、「聖」、「聖」等形[4]，「聖」、「亚」就是從這類草書楷化而成的俗字。

　　「亚」字，《漢語大字典》既注明是「『聖』的簡化字」，也注明「同『聖』」[5]，這是對的；《中華字海》只注明是「『聖』的簡化

2　參見王彥坤：《古籍異文研究》（廣州市：廣東高教出版社，1993年），頁90-91。

3　據潘重規：〈《龍龕手鑒》及其引用古文之研究〉統計，《中國語文研究》第8期（1986年8月），頁133。

4　參見書學會編纂：《行草大字典》申集耳部（北京市：北京出版社，1992年9月），頁515。

5　見《漢語大字典》縮印本，頁184。

字」[6]，就有所欠缺，應當補上「同『聖』」或「『聖』的俗字」。作為收字最多的大型字典，「⿱王土」形似乎也應該收入。

三　漆

「漆」字《尚書》共五見，其中〈禹貢〉四見，〈顧命〉一見。「漆」字在古本《尚書》中有多種寫法：敦煌本伯3615作「⿰坐彡」，伯5522作「⿰坐乀」，伯3169作「⿰坐彡」、「漆」，岩崎本作「⿰坐彡」，九條本作「⿰坐乀」、「淶」、「㯃」，內野本作「漆」、「漆」、「漆」，觀智院本作「淶」，足利本、上〔影〕本皆作「漆」，上〔八〕本作「漆」，《書古文訓》作「⿰坐彡」、「⿰坐刂」。此外，日本古寫本的傳文中還有寫作「⿰氵朱」、「⿰亻朱」等形體的。這些寫法大致可分為三個系列：「⿰坐彡」系、「⿰氵朱」系和「漆」系。下面試加說明。

「⿰坐彡」字與《汗簡》引古《尚書》「漆」字作「⿰坐彡」者結構相同，但其來源卻頗為難解。鄭珍《汗簡箋正》根據《玉篇》「漆」字古文作「⿰坐彡」而解釋其來源云：「蓋隸變『桼』多作『来』，俗又以『来』正書之，故六朝俗體有『漆』字，單作『桼』，則分『水』於旁斜書之，『夾』則下『人』橫書，移上一橫於下，是成『⿰坐彡』字也。此左仍是『坐』字，漢隸『坐』或从二口，此依作之。」[7]此說輾轉牽合，似非。按「⿰坐彡」字所从的「坐」，又寫作「坐」，皆為「坐」字俗寫。「坐」為從紐，「漆」為清紐，二者聲母相近，因此這裡不妨用理據重解的辦法將「⿰坐彡」看成是「漆」的後起形聲字。「⿰氵朱」字的右邊从「七」从「木」，當是從漢隸「⿱七木」[8]一類的寫法省變來的。不過其上之「七」，正與「漆」字音同，二者皆清紐質部，

6　見《中華字海》，頁224。

7　轉引自黃錫全：《汗簡注釋》（武漢市：武漢大學出版社，1990年8月），頁321-322。

8　見《隸辨》（北京市：中國書店，1982年3月），頁668。

因此也不妨認為是「漆」的後起形聲字。

「𣲏」、「洓」、「漆」三系之中，「漆」系的寫法具有較早的歷史淵源。「桼」、「漆」古本一字分化。「漆」之「桼」旁金文作「枈」（「黍」字所从，《金文編》，頁1250），〈五十二病方〉三八二作桼，〈新中尚方鐘〉作「枺」，《武威漢簡》〈士相見〉作「枺」，後兩例的寫法與「来」（「來」的別體）字無別，故「漆」可作「涞」。「㴱」則殆因「涞」、「漆」兩形而混訛。作「㴱」者則因與「漆」形近而訛，其下所从之「水」，或作「小」，或作「小」，亦皆形近而誤。

今本《尚書》〈益稷〉篇有「在治忽」一句，歷來就有多種異文。據有關材料[9]，此句首字有「在」、「七」、「來」、「采」等不同寫法，變化至多。但從文字形體演變的角度來看，其實都有其蹤跡可尋：「在」字古時或作「十」，與「七」字古作「十」形近而混。「七」、「桼」則音同假借，漢人以「桼」代「七」之例並不鮮見，如王莽候鐙「重五十七斤」作「重五十桼斤」[10]。根據上述「漆」字的情況，「來」由「桼」而訛，「采」則因「來」而誤[11]。根據前人的研究，此句當以「在治忽」為正，其意正如王引之所說：「忽讀為滑……滑，亂也。在治滑，請察治亂也……滑忽古同聲，故字亦相通。《史記》〈夏本紀〉正作滑。」[12]

9　《漢書》〈律曆志〉作「其始詠」、《隋書》〈律曆志〉作「七始訓」、漢唐山夫人《房中歌》作「七始華」、漢《熹平石經》殘石作「七始滑」、《史記》〈夏本紀〉作「來始滑」、〈夏本紀〉〈索引〉作「采政忽」，鄭玄注本則作「在治智」。古本《尚書》內野本亦作「在治智」，足利本、上〔影〕本、上〔八〕本則作「在治忽」。

10　參見《隸辨》（北京市：中國書店，1982年3月），頁668-669。

11　段玉裁《古文尚書撰異》〈卷二〉「在治忽」條：「桼或誤作來，或誤作采。」「來者桼之字誤，漢隸桼……與來之變體作來不甚別，轉寫竟作來字。楊氏用修曰：《史記》來字乃桼字之誤，此語殊可信。」見《四部要籍注疏叢刊》《尚書（中）》（北京市：中華書局，1998年8月），第2冊，頁1840-1841。

12　《經義述聞》（南京市：江蘇古籍出版社，2000年9月），卷3，「在治忽」條，頁77。

　　汲塚竹書《穆天子傳》中的一些隸古定文字，亦可與古本《尚書》相比勘。陳煒湛師在〈《穆天子傳》疑難字句研究〉一文中說：「卷一：『癸酉天子舍于漆（一本作漆，引者按：掃葉山房本作「漆」）澤。』末二字不識，漆似漆而非漆。」因此文末將此字列為不識而待問之字[13]。今據古本《尚書》「漆」字的寫法，此字是「漆」字就確定無疑了。「漆」後一字陳師以為「澤」字，甚是。翟雲升校本正作「澤」。

四　刑

　　「刑」字比較特別的寫法是敦煌本伯3315《堯典釋文》的「㓝」和內野本、足利本、上〔影〕本〈堯典〉篇以及上〔八〕本〈呂刑〉篇的「𠛬」，皆為「刑」字俗寫。吳承仕對「㓝」的來源作了解釋，他在〈唐寫本《尚書》舜典釋文箋〉中說：「其形從一從州，無以下筆。疑形（引者按：當為「刑」。）字引長首畫，即變為㓝，故訛作㓝。本非古文，寫者偶誤作此形……《古文四聲韻》引崔希裕《纂古》，『形（刑）』字正作『㓝』，可證。《纂古》所收，即誤據《尚書》隸古定本。」[14]至於「𠛬」字，乃是「㓝」的進一步訛變，「一」下之「州」變寫成了三個「习」。按「州」字連筆快寫，豎筆容易帶出橫畫而形成折筆，連同點筆則似「刀」字，故俗字有以三刀為「州」字者。《晉書》〈王濬傳〉：「濬夜夢懸三刀於臥屋樑上，須臾又益一刀，濬驚覺，意甚惡之。主簿李毅再拜賀曰：『三刀為州字，又益一者，明府其臨益州乎？』」這種似三刀的「州」字，應該是三习之「州」的過渡環節。

---

13 陳煒湛：〈《穆天子傳》疑難字句研究〉，《中山大學學報》1996年第3期。
14 見《尚書文字合編》第四冊附錄二，頁312。

《改併四聲篇海》〈一部〉引《川篇》：「冊，音形。」《篇海直音》〈一部〉：「冊，義未詳。」《漢語大字典》、《中華字海》只注引此二書之語而皆無說，今據古本《尚書》文字的研究，當釋為「『刑』之俗體」。作為廣收俗字的《中華字海》，「冊」形也應該收入。

五　職

「職」字《尚書》共三見，〈胤征〉、〈周官〉、〈秦誓〉各一見。比較特別的寫法作「軄」，「耳」旁訛為「身」。這種寫法敦煌本伯3752、伯3871（含伯2980）、九條本、內野本、觀智院本、足利本、上〔影〕本、上〔八〕本皆可見之。敦煌本伯2533「職」字所從之「耳」寫作「身」（見《合編》，頁555），為僅見之例，可以看作「耳」旁訛為「身」旁的中間環節。按從「身」作的「軄」，當來源於隸變寫法，〈曹全碑〉、晉〈石尟墓誌〉已見之。從「耳」之字寫作從「身」，其實是隸書俗體的常見寫法，〈隸辨〉中常見其例，所以顧藹吉總結說：「從耳之字……與從身之字無別。」[15]「聃」、「耽」、「聑」、「聖」、「贈」、「聹」等從「耳」之字，後代也都有從「身」作的異體[16]。因此「耳」、「身」之訛，並非個別現象。

六　怨

「怨」字在古本《尚書》中的寫法也很多，歸納起來，主要有「怨」、「惌」、「㤯」三類寫法。此外還有寫作「怨」、「惌」等形狀，屬於「怨」或「惌」的訛體。下面對「惌」、「㤯」的寫法略作說明。

---

15 見《隸辨》（北京市：中國書店，1982年3月），卷6，頁932。

16 見《漢語大字典》〈身部〉。

　　按「怨」作「惢」，是以形近字替代其聲符而形成的俗字。張涌泉先生云：

> 敦煌寫本伯2845劉商〈胡笳十八拍〉之七：「龜茲觱篥愁中聽，碎葉琵琶夜深惢。」按：《古今韻會舉要》〈願韻〉：「怨，亦作惢。」「怨」本是从心夗聲，但「夗」字載籍罕覯，是個生僻字，俗書便改从形近的「死」。清李調元《卍齋璅錄》卷三：「《韻會》引《封禪書》：『百姓惢其法。』今《史記》無『惢』字。」按：今本《史記》作「百姓怨其法」，「惢」即「怨」的俗字。[17]

　　「怨」作「𢘹」都出現在薛季宣的《書古文訓》中，也見於《集韻》等字書，其來源當是《說文》「怨」字古文「𢙌」和魏石經「怨」字古文「𢙌」。「𢘹」與「𢙌」、「𢙌」相比較，除古文上部的「人」形訛作「宀」外，其餘部分都屬於正常的隸變楷定，都是隸古定的結果。

　　〈君牙〉篇「夏暑雨，小民惟曰怨咨」之「怨」，郭店楚簡〈緇衣〉篇第十號簡作「𢝊」，與《說文》「悁」字籀文「𢝊」形近，當即「悁」字訛體。《說文》〈心部〉：「悁，忿也。」「怨，恚也。」兩字義近，且古音同屬元部，可以通用[18]。由此可見，《尚書》古文一系的「怨」字，曾經還以「悁」字為之，後來的傳本沒有留下這種用法。

---

17 張涌泉：《漢語俗字研究》（長沙市：嶽麓書社，1995年4月），頁78。

18 李家浩一九九八年六月十日在炎黃藝術館「郭店楚簡學術研討會」上的發言；廖名春：〈郭店楚簡引《書》論《書》考〉，《郭店楚簡國際學術研討會論文集》（武漢市：湖北人民出版社，2000年5月）。

七　義

　　古本《尚書》「義」字多作「誼」。比較特殊的寫法出現在日本的足利本和上〔影〕本，作「茇」。由「義」作「茇」，「儀」也類推寫作「佅」，亦只見於足利本和上〔影〕本。《古陶文字徵》頁十九「伐」字下有一字作「筏」，乃从「羊」从「我」的省變之形，其實是「義」字，而非「伐」字[19]，說明「義」字的「羊」符可以省寫；上〔八〕本〈顧命〉篇有一「儀」字的偏旁「義」作「羑」，可視為从「義」到「茇」的過渡形體，顯示「義」字的「我」符也可以省寫。以上二例，為我們提供了由「義」變「茇」的線索，說明「茇」字的寫法，是由「義」字的「羊」旁省為「丷」和「我」旁省為「戈」而形成的。

　　《說文解字》〈我部〉：「義，己之威儀也，从我羊。」可見許慎是把「義」字作為會意字來解釋的，只是他把「義」中的「我」作為第一人稱來理解而已。如從許說，「義」字簡化作「茇」只能看作單純的筆劃簡省，與形義無關。但如果從「我」字的本義來看「茇」，那麼這種簡化應該看作仍然保留了其原來的形義關係的簡化。從古文字來看，「我」字本是象鋸形的武器。根據曾侯乙墓出土的多戈戟的形狀，「我」字可能就是多戈戟一類的象形文[20]。因此「義」字簡化作「茇」，就其从「戈」而言，與从「我」旁的形義關係還能保持一致。但是現在多數學者是把「義」字理解為从「羊」、「我」聲的形聲字，由於俗字从「戈」从「弋」每無別，因此「義」之簡體「茇」應該看作與「釋」之簡體「釈」一樣都是俗寫形聲字，「釋」从「尺」得聲，「義」則从「戈（弋）」得聲。

19　參見陳偉武：〈《古陶文字徵》訂補〉，《中山大學學報》1995年第1期。

20　參見曾憲通：《長沙楚帛書文字編》（北京市：中華書局，1993年2月），頁85。

八　從「睪」之字

　　古本《尚書》從「睪」之字有兩種情況：一是將「睪」改為「尺」，二是將「睪」寫作「睪」，二者皆有形音方面的內在聯繫。

　　從「睪」之字改從「尺」者，皆見於日本古寫本。如「釋」作「釈」、「鐸」作「鈬」、「驛」作「駅」、「嶧」作「岰」，「澤」作「沢」、「擇」作「択」、「懌」作「忊」、「繹」作「紤」等[21]。這些字形，有些是在經文、傳文中都出現，有些如「鈬」、「駅」、「岰」等則只出現在傳文中，經文仍作規範繁體。「經用古字，注用今字」的現象在古本《尚書》中多有體現，從「睪」諸字大致也能說明這種情況，只是並不嚴格而已。此類寫法對日本漢字頗有影響，這也是應該要注意的問題。現代日本漢字中，除鐸、嶧、懌、繹四字外，「釋」作「釈」、「驛」作「駅」、「澤」作「沢」、「擇」作「択」，與古本《尚書》的寫法全同。「睪」、「尺」古音相通，皆鐸部字。所以從「睪」之字改從「尺」，既有音的聯繫，又有形的簡化，是用簡單的聲符代替複雜的聲符，符合漢字簡化的總趨勢[22]。

　　古本《尚書》中從「睪」之字也寫作從「睪」，如「澤」字岩崎

21　以上從「睪」諸字改為從「尺」，其「睪」旁皆在字之右邊；若在字之左邊，則並不改從「尺」。如「斁」字凡五見，皆不改。

22　不過由於從「睪」之字改為從「尺」皆見於日本古寫本，「睪」、「尺」之間的語音聯繫可能還與日語有關。承張振林先生相告，日語「釋」、「尺」音同，日本留學生在傳抄佛經時就把「釋」字改寫成「釈」，以求簡省，其他從「睪」之字改為從「尺」，則是從「釈」字類化而來，這是有一定道理的〔校讀補記：何華珍先生《日本漢字和漢字詞研究》，對「睪」簡作「尺」的問題，有詳細的論證，其結論說：「『睪』旁為『尺』，源出同音借用，並非草書楷化。初露麟爪者，蓋在中國而非日本；承而用之，推而廣之，乃至進入《常用漢字表》成為規範文字者，則在日本而非中國。」請讀者參看《日本漢字和漢字詞研究》（北京市：中國社會科學出版社，2004年12月），頁165-171。〕

本、九條本之〈禹貢〉篇皆作「濘」，三體石經〈多士〉篇小篆作「濘」（《說文》小篆與此不同），「斁」字敦煌本伯2748之〈洛誥〉篇作「斁」，「釋」字敦煌本斯799之〈武成〉篇作「釋」，「鐸」字九條本之〈胤征〉篇作「鐸」，「嶧」字岩崎本之〈禹貢〉篇作「嶧」，「懌」字內野本之〈康誥〉篇、觀智院本之〈顧命〉篇皆作「懌」等，皆其例。這些例子可以說明，「睪」應該是从「罕」分化出來的一個字。

「睪」字从「罕」分化出來的現象，還可與「皋」字結合起來考察。《書》〈皋陶謨〉之「皋陶」，《困學紀聞》六引《列女傳》作「睪陶」[23]。《康熙字典》〈目部〉引《列子》〈天瑞〉篇「望其壙，睪如也。」今本《列子》「睪」作「罕」，楊伯峻集釋：「劉台拱曰：『罕即皋。』」可見在古文獻裡，「睪」、「罕」、「皋」三者可以通用。「睪」、「罕」為一字分化，那麼「罕」、「皋」的關係又是如何呢？按「皋」字《漢印文字徵補遺》十‧五「成皋丞印」作「皋」，〈天發神讖碑〉作「皋」，與小篆近同，《說文》以為「皋」字乃从夲从白，似乎與「罕」字了無牽涉，但我們認為「皋」也是从「罕」分化而來的。

「皋」、「罕」之間的密切關係，張頜、劉釗、趙平安等先生皆作過深入研究[24]。劉釗先生指出：「罕字从目訛為『日』，又由日訛為『白』……『皋』字上即來源於此，而下部之『夲』，其實只不過是『夲』之省訛。」[25]今以秦漢以後的文字材料，側重於此二字所从「夲」和「夲」的關係，再作一番簡單的梳理。

---

23 參看高亨纂著，董治安整理：《古字通假會典》（濟南市：齊魯書社，1989年），頁710。

24 參見張頜：〈成皋丞印跋〉，《古文字研究》（北京市：中華書局，1986年6月），第14輯；劉釗：《古文字構形學》（福州市：福建人民出版社，2006年1月）；趙平安：《說文小篆研究》（貴林市：廣西教育出版社，1999年8月）。

25 劉釗：《古文字構形學》（福州市：福建人民出版社，2006年1月），頁183。

「皋」字馬王堆文字作「[字形]」、「[字形]」，其下部與「[字形]」（報）字左邊所從相同（《馬王堆簡帛文字編》，頁418-419），乃是「夲」字。睡虎地秦簡作「[字形]」（《戰國文字編》，頁691），其下部所從者與「夲」字近似，但比照馬王堆的寫法，當也是「夲」字。其上部從豎「目」者亦與「睪」字的異寫相同，如《漢印文字徵》第十·十三「睪」下收「[字形]」（解睪）、「[字形]」（張庶睪）兩字也都從豎「目」。趙平安先生指出：「皋的出現是比較晚起的事情，它在秦漢早期簡帛文字中還沒有形成專字，只寫作睪。」他舉馬王堆漢簡醫書《雜禁方》一，與馬王堆漢墓帛書《戰國縱橫家書》九八和銀雀山漢簡《孫臏兵法》一九一中的「皋」字（前二者即上舉之「[字形]」、「[字形]」二字）為例，說「儘管簡帛的整理者都把它隸定為皋，而實際上它的寫法和睪沒有什麼不同。」[26]可見「皋」、「睪」二字本為一字而分化是符合實際情況的。

還有其他材料可以證明「皋」字從「夲」，與「睪」本為一字異寫。《東觀記》云：光武帝時，城皋縣衙官員的印章，同一「皋」字卻有三種寫法：「成皋令印，『皋』字為『白』下『羊』；丞印『四』下『羊』；尉印『白』下『人』、『人』下『羊』。」張涌泉先生的《漢語俗字研究》在此條材料後加注云：「漢〈曹全碑〉『皋』作『[字形]』，即所謂『白』下『羊』的俗字；〈王未卿買地券〉作『[字形]』，近似於『四』下『羊』的俗字。」[27]按除〈王未卿買地券〉外，〈禮器碑〉陰之「皋」作「[字形]」（《甲金篆隸大字典》，頁720），也近似於「四」下「羊」的結構，《漢印文字徵》第十·十三所收皋遂印之「皋」作「[字形]」，則是「人」下「羊」的寫法。這些所謂的「皋」字其實也就是「睪」字，因為「睪」字下部的「夲」旁也常訛為「羊」，如《漢印文字徵》第十一·八收孫澤印，「澤」字作「[字形]」，所從之「睪」正作「四」下「羊」。《漢印文字徵補遺》第十·五「睪」字作「[字形]」，下部

---

26 趙平安：《說文小篆研究》（南寧市：廣西教育出版社，1999年8月），頁187。

27 張涌泉：《漢語俗字研究》（長沙市：嶽麓書社，1995年4月），頁19、40。

正是「人」下「羊」。《顏氏家訓》〈書證第十七〉謂俗書「皋」分「澤」片，魏〈昭玄沙門大統僧令法師墓誌〉「皋」作「**罩**」，魏〈于景墓誌〉作「**罩**」，正是「澤」字的一半[28]，亦「皋」、「罩」同源之證。「釋」字唐〈處士口琳墓誌〉作「**糧**」，《佛說天公經》作「**糧**」[29]，也可以互證。

　總之，「罩」、「皋」二字在形體上是同源分化的關係，這是沒有問題的，它們分化的時間，劉釗先生認為大約在漢代[30]，趙平安先生也認為「《說文》小篆皋是在罩之異體的基礎上改造而來的，時間不會早於西漢早期。」[31]「皋」、「罩」既為一字分化，自然音義俱通[32]，後人每分為二字而持通假之說，其實是不準確的。

九　能

　「能」字古本《尚書》除作正常的「能」外，還有「耐」、「**能**」、「**弓**」等三種不同的寫法，分別是「能」的古字、隸古定和俗體。

　作「耐」者見於敦煌本伯3315《堯典釋文》，並注「古能字」；薛季宣《書古文訓》除一例作異體「刵」外[33]，餘皆作「耐」。按「能」

28　參見張涌泉：《漢語俗字研究》（長沙市：嶽麓書社，1995年4月），頁41，註9。

29　見秦公：《碑別字新編》（北京市：文物出版社，1985年7月），頁447。

30　劉釗：《古文字構形學》（福州市：福建人民出版社，2006年1月），頁184。

31　趙平安：《說文小篆研究》（南寧市：廣西教育出版社，1999年8月），頁188。

32　「罩」、「皋」在語音上的關係，劉釗先生已有論述，參見《古文字構形學》（福州市：福建人民出版社，2006年1月），頁184-185。按喻、見二紐相通之例甚多，如古文字「均」以「勻」為聲、「舉」以「與」為聲、「遺」以「貴」為聲、「姜」以「羊」為聲、「裕」以「谷」為聲、「冀」以「異」為聲、「君」以「尹」為聲等（參見師玉梅：《喻四、書母古音考——由金文舍余聲說開》，稿本頁3），因此「罩」皋在聲母上的聯繫是沒有問題的。就韻而言，「罩」為鐸部字，「皋」為幽部字，未見二者直接相通之例，待考。

33　《集韻》〈代韻〉：「耏，《說文》：『罪不至髡也。』亦作刵。」「耏」即「耐」字。

「耐」同源，古書常見二者通用，如《禮記》〈禮運〉：「故聖人耐以
天下為一家、以中國為一人者，非意之也。」鄭玄注：「耐，古能
字。」《漢書》〈食貨志上〉：「能風與旱。」師古曰：「能，讀曰
耐。」[34]餘例尚多，不贅。

　　作「𦰩」者見於《隸釋》之〈盤庚〉篇和〈洪範〉篇，乃是隸書
「能」字的楷定。三體石經〈君奭〉篇「能」字隸書作「𦰩」，《隸
辨》所錄孔羨碑「能」字作「𦰩」，皆「𦰩」形之源。

　　作「㠯」者常見於日本的《尚書》古寫本，如上〔影〕本〈咸有
一德〉篇：「常其德，保厥位，厥德匪常，九有以亡。」傳文：「人㠯
常其德，則安其位，九有諸侯也。桀不㠯常其德，湯伐而兼之也。」
足利本同。內野本、天理本、上〔八〕本傳文同，但「㠯」皆作
「能」。因此可以肯定「㠯」即「能」字。此類例子尚多，不繁舉。
新加坡民間漢語俗字中，「能」亦作「㠯」[35]，也是一個旁證。「能」
字這樣寫，大概是為了簡省筆劃。

　　張涌泉先生在《漢語俗字研究》中說：

> 宋元以來俗書「能」旁多書作「㠯」，如「態」俗作「㥁」，
> 「擺」俗作「掑」（並見《京本通俗小說》），甚而「能」字俗
> 亦書作「㠯」。如《京本通俗小說》〈菩薩蠻〉：「敝寺僧多，座
> 下有甲、乙、丙、丁、戊、己、庚、辛、壬、癸十個侍者，皆
> 㠯作詩。」「㠯」即「能」字。[36]

　　按「能」之作「㠯」，除《京本通俗小說》外，《古今雜劇》也有

---

34 參見王力：《同源字典》（北京市：商務印書館，1982年），頁91-92；高亨纂著，董
　　治安整理：《古字通假會典》（濟南市：齊魯書社，1989年），頁34-35。
35 張涌泉：《漢語俗字研究》（長沙市：嶽麓書社，1995年4月），頁36。
36 張涌泉：《漢語俗字研究》（長沙市：嶽麓書社，1995年4月），頁74。

其例[37]。由此可見，「能」作「㠯」，不獨日本古寫本或新加坡漢語俗字為然，它本來就是中國本土的俗字。此字《中華字海》未收，當補。

第二節　古本《尚書》俗字的構形特點

　　張涌泉先生的《漢語俗字研究》、《敦煌俗字研究》等均對俗字的類型和特點作了系統的探討，從中可以看到，漢語俗字的構形雖然紛繁複雜，但並非無規律可尋。古本《尚書》中的俗字較少，類型也不全，但是有些俗字比較特別，可以為漢語俗字的研究增加一些特殊的例證。從上節所舉之例來看，古本《尚書》中俗字的構形特點，大致有以下三點：

　　一是草書楷化。如上舉「德」字右邊作「㦮」、「聖」字作「𡉀」和「𡉀」，都是草書楷化的例子。有些草書楷化字後來進入了規範漢字的行列，如「专」、「长」、「为」、「书」、「时」、「头」、「应」等，說明草書楷化在漢字的演變過程中也是一個重要的現象。草書的寫法一般只是保留字的輪廓，楷化後，文字的筆劃更加簡單，因此對於簡化字的形成和發展具有促進作用，但草書楷化字也使得漢字的形義關係遭到破壞，使得漢字成為記號或半記號字，這在以表意為主要特徵的漢字體系裡，必然會受到不同程度的抑制，因此草書楷化字的數量不可能很多。「𦾔」、「𡉀」沒能獲得合法的地位，大概也有這方面的原因。

　　二是構件或筆劃的簡省和增繁。簡省的例子如上舉之「能」字，俗字省其左邊而只留右邊作「㠯」；「義」字則省上部之「羊」而作「丷」，省下部之「我」而成「戈」。增繁的例子如從「睪」之字也寫

---

37 參見劉復、李家瑞：《宋元以來俗字譜》（北京市：文字改革出版社，1957年9月），頁92。

作从「睾」，增加了一斜筆；「怨」字寫作从「死」，從筆劃多少的角度來說，也是增繁。

三是偏旁訛混。偏旁訛混在漢字缺少規範而又主要靠手寫傳抄的時代裡是十分普遍的現象，古本《尚書》自然也不能例外。上舉諸例中，「漆」字作「淶」，「職」字从「身」，「刑」字从「州」，皆訛混之例。又如「離」字之「離旁作禹」的寫法在古本《尚書》中也所在多有，敦煌本伯2516之〈盤庚下〉、敦煌本斯799之〈多方〉篇、九條本之〈胤征〉篇等處皆可見之。再如「辛」字在古寫本中的寫法更是多變，據筆者統計，大概可以分為以下幾組形體：（一）辛、𨐌；（二）𠦪、𢆷；（三）𢆍、𢆎；（四）羊；（五）手、𢆏。偏旁訛混造成一字多形，如「辜」字从「辛」，其「辛」符的寫法基本上涵蓋了上述不同形體，其上部从「古」，而「古」在俗字裡又訛作「右」和「𠮷」，這樣一來，「辜」字在古本《尚書》中的不同寫法究竟有多少就可想而知了。

四是改換聲符。形聲字的聲符會發生變化，這也是漢字發展過程中常見的現象。一般來說，形聲字的聲符改換都有一定的原因或出於某種目的。就上舉諸例來說，从「睪」聲之字改為从「尺」，从「我」聲之字改為从「戈（弋）」，實際上都達到了簡化字形的目的。而「怨」字的聲符被改為「死」，則正如張涌泉先生所認為的那樣，是避生就熟，因為「夗」字載籍罕見，「死」則與之形近而又十分熟悉，故改之。不過這樣一改，形聲字也就不成其為形聲字了。

從現在的觀點來看，漢字有正俗之分，但並無高下之別。世異時移，俗字也可以進入正字的行列，成為規範的漢字，具有法定的身份。因此對於俗字的研究，也應該予以充分的重視。

第六章
古本《尚書》的綜合研究

　　文字的研究必然涉及文獻的整理。利用新材料，貫通形、音、義，走面向文獻整理的漢字研究之路是大有可為的。我們利用古本《尚書》以及新出的文字材料，既要研究其文字的形體、讀音和意義，以發掘其文字學價值，又要進一步研究《尚書》文獻的諸多問題，以突顯本課題的文獻學意義。本章即以文字研究為基礎，嘗試從不同角度對《尚書》文獻進行探究。

第一節　上博簡、郭店簡引《書》與古本《尚書》校議

　　一九九八年《郭店楚墓竹簡》出版，其中的〈緇衣〉、〈成之聞之〉等篇都有引《書》文字，可以與今本《尚書》進行比勘。二○○一年《上海博物館藏戰國楚竹書（一）》問世，其中也有〈緇衣〉篇，增加了可資比勘的材料，擴大了比較的視野。這些材料中的《尚書》文字，可是真正的「古文」《尚書》，它們的公佈引起了學者們的極大興趣，宏文大作常見諸網絡書刊[1]。本節在學者們研究的基礎

1　如廖名春：〈郭店楚簡引《書》論《書》考〉，《郭店楚簡國際學術研討會論文集》（武漢市：湖北人民出版社，2000年5月）；周桂鈿：〈郭店楚簡〈緇衣〉校讀劄記〉，《郭店楚簡研究》收入《中國哲學》（瀋陽市：遼寧教育出版社，2000年1月），第20輯；虞萬里：〈上博簡、郭店簡〈緇衣〉與傳本合校拾遺〉，載簡帛研究網站，收入《上博館藏戰國楚竹書研究》（上海市：上海書店出版社，2002年3月）等等。

上，將上博簡和郭店簡中出現的有關《尚書》的文字材料與《尚書文字合編》中的《尚書》古寫本進行排比，擇其要者爬梳校議，從中窺見《尚書》文字的遞嬗之跡，或有利於《尚書》文獻的整理和研究。

一　惟尹躬暨湯，咸有一德

出處	內容	備註
今本〈咸有一德〉	惟尹躬暨湯，咸有一德	
內野本〈咸有一德〉	惟尹躬㥁湯，咸ナ一悳	
天理本〈咸有一德〉	惟尹躬㥁湯，咸有一悳	
足利本〈咸有一德〉	惟尹躬㥁湯，咸有一悳	
上〔影〕本〈咸有一德〉	惟尹躬㥁湯，咸有一悳	
上〔八〕本〈咸有一德〉	惟尹躬㥁湯，咸有一德	
薛本〈咸有一德〉	惟尹躬暨湯，咸有弌悳	
《禮記》〈緇衣〉引〈尹吉〉	惟尹躬及湯，咸有壹德	
上博簡〈緇衣〉引〈尹𠱾〉	佳尹夋及康，咸又一悳	
郭店簡〈緇衣〉引〈尹𠱾〉	佳尹𦣻及湯，咸又一悳	

校議：

　　1　「惟尹躬暨湯，咸有一德」句，今本《尚書》在〈咸有一德〉篇，屬古文。今本〈緇衣〉、上博簡和郭店簡〈緇衣〉此句皆出〈尹誥〉篇[2]。「尹誥」者「伊尹之誥」也。《書序》云：「伊尹作〈咸有一

---

[2]　「誥」字今本〈緇衣〉作「吉」，鄭注以為乃「告」字之誤，「告」即「誥」。「吉」「告」二字字形相近，秦漢簡帛常混而難別，文獻中「詰咎」亦常誤為「誥咎」。參見劉樂賢：《睡虎地秦簡日書研究》（臺北市：文津出版社，1994年），頁248-250；黃文傑：《秦至漢初簡帛文字研究》（北京市：商務印書館，2008年），頁126。「告」字上博簡、郭店簡皆作「𠱾」。「𠱾」亦「誥」，何尊、王孫誥鐘、《汗簡》引〈王庶子碑〉等皆有从言从収之「誥」可證。參見《汗簡注釋》（武漢市：武漢大學出版社，1990年），頁91-92、137。

德〉。」《正義》：「太甲既歸於亳，伊尹致士而退，恐太甲德不純一，故作此篇以戒之。」則〈咸有一德〉即伊尹之誥也，二者雖篇題有別，而實質無異。

　　2 上博簡、郭店簡首字作「隹」，《禮記》〈緇衣〉及各古寫本《尚書》皆作「惟」。「隹」、「惟」古今字。

　　3 第三字上博簡作「𠂤」，釋作「夋」；郭店簡作「𣎵」，釋為「𨈐」。裘錫圭先生在郭店簡釋文中加按語說：「『尹』下一字可能是『允』之繁文，長沙楚帛書有此字，舊釋『夋』，『夋』从『允』聲。『惟尹允及湯咸有一德』，於義可通……後三六號簡亦有此字，今本正作『允』。」[3] 按「允」相當於「用」「以」[4]，「允及」猶如「以及」。故裘說可從。今本《尚書》此字作「躬」，當從簡文字形隸定訛變而來。按「允」之繁文後作「夋」[5]，不嬰簋作「𣎵」、中山王壺作「𠂤」[6]，从「女」為足形之訛。上博簡仍保留「足」形，楚帛書同[7]，郭店簡則訛與「身」同，如郭店簡〈緇衣〉第十號簡「仁」字从身作「𦙝」可證。正如郭店簡的釋文一樣，此字可據訛變之形隸作「𨈐」。「𨈐」與「躳」形近，「躳」又與「躬」構成異體關係，故後來就寫作「躬」。天理本此字作「躳」，可為「𨈐」、「躬」之變的橋樑[8]。今本之「躬」，謂自身、自己，整句之意謂「我伊尹自己和湯都

3　《郭店楚墓竹簡》（北京市：文物出版社，1998年5月），頁132。
4　參見王引之：《經傳釋詞》（南京市：江蘇古籍出版社，2000年9月），卷1，「允」字條、「用」字條，頁12。
5　「允」的繁文後作「夋」，望山楚簡代月名「𣎵月」之「𣎵」，就是後代的「焌」字，「畯」字金文又作「㽙」，皆可比證。參見曾憲通：〈楚文字釋叢（五則）〉，《中山大學學報》1996年第3期。
6　見容庚編著，張振林、馬國權摹補：《金文編》（北京市：中華書局，1985年），頁615。
7　參見曾憲通：《長沙楚帛書文字編》（北京市：中華書局，1993年），頁38。
8　參見虞萬里：〈上博簡、郭店簡〈緇衣〉與傳本合校拾遺〉，《上博館藏戰國楚竹書研究》（上海市：上海書店出版社，2002年3月）。

具有純一之德」，故「躬」雖為訛字，但在文義上也是可以說得過去的。

　　4 今本《尚書》「暨」，薛本同。今本〈緇衣〉、上博簡、郭店簡皆作「及」。日本古寫本皆作「㤅」。按「暨」、「及」、「㤅」三字音義相同，可通用。「及」、「㤅」為古字，「暨」為後起字。可見《尚書》經過歷代傳抄，其用字古今異代層疊更替，是一個歷時的混雜的文字系統。

　　5 「湯」字各本同，惟上博簡作「康」。上博釋文謂「『康』、『湯』經籍通用」[9]。虞萬里云：「按康、湯兩字雖古音皆在陽部，然文獻尚未見有直接相通之證據……『湯』，卜辭作『唐』。頗疑上博簡之『康』乃『唐』之誤字。唐與『易』聲之字多有相通者，而『唐』與『湯』或乃《書》〈咸有一德〉之別本異文。」[10]按虞說是。《說文》〈口部〉「唐」字古文作「啺」，从口，易聲，可補其說。成湯之名本作「唐」，而「唐」之古文與「湯」形近，後遂由「啺」轉為「湯」，本名遂廢[11]。

　　6 「咸有一德」句的異文，有「有」、「ナ」、「又」之異、「一」、「弌」、「壹」之異、「德」、「惪」、「悳」之異等，或屬古今之別，或為正俗之變，皆常見之例，此不贅敘。

9　馬承源主編：《上海博物館藏戰國楚竹書（一）》（上海市：上海古籍出版社，2001年11月），頁177。

10　虞萬里：〈上博簡、郭店簡〈緇衣〉與傳本合校拾遺〉，《上博館藏戰國楚竹書研究》（上海市：上海書店出版社，2002年3月），頁430-431。

11　《甲骨文字典》（成都市：四川辭書出版社，1988年）引王國維：〈戩壽堂所藏甲骨文字考釋〉，頁95。

二　夏暑雨，小民惟曰怨咨；冬祁寒，小民亦惟曰怨咨

出處	內容	備註
今本〈君牙〉	夏暑雨，小民惟曰怨咨；冬祁寒，小民亦惟曰怨咨	
岩崎本〈君牙〉	夏日暑雨，小民惟日惌咨；冬祁寒，小民亦惟日惌咨	
內野本〈君牙〉	夏暑雨，小民惟日惌咨；脊祁寒，小民亦惟日惌咨	
足利本〈君牙〉	夏暑雨，小民惟日惌恣；冬祁寒，小民亦惟日惌咨	
上〔影〕本〈君牙〉	夏暑雨，小民惟日惌恣；冬祁寒，小民亦惟日惌咨	日改曰
上〔八〕本〈君牙〉	夏暑雨，小民惟日惌咨；冬祁寒，小民亦惟日惌咨	
薛本〈君牙〉	夔暑用，小民惟日𠬝資；暴祁寒，小民亦惟日𠬝資	
《禮記》〈緇衣〉引〈君雅〉	夏日暑雨，小民惟曰怨；資冬祁寒，小民亦惟曰怨	
上博簡〈緇衣〉引〈君𠥦〉	日俱雨，少民隹日怨；晉冬耆寒，少民亦隹日怨	
郭店簡〈緇衣〉引〈君𠥦〉	日俗雨，少民隹日悁；晉冬旨滄，少民亦隹日悁	

校議：

1 全句出今本〈君牙〉篇，屬古文。「君牙」之「牙」，《禮記》〈緇衣〉作「雅」，郭店簡和上博簡作「𠥦」。據《說文》，「𠥦」為「牙」之古文，則孔傳本之「君牙」，較《禮記》〈緇衣〉之「君雅」，更為近古近真。如此看來，孔傳本或另有淵源，亦未可知。故

上博簡整理者云：「〈君牙〉，以往認為是偽古文《尚書》，證之楚簡，
未必全偽。」[12]

　　2「夏暑雨」句

　　（1）各本皆有「夏」字，而上博簡、郭店簡無之，當是簡文缺
漏。出土文獻和傳世文獻同等重要，二者在比較互證時，當權衡事
理，取其至善，不唯出土文獻是遵，亦不唯傳世文獻是據。

　　（2）上博簡、郭店簡皆有「日」字，今本〈緇衣〉及岩崎本
《尚書》亦有「日」字，說明古本有此字，其他各本當補之[13]。

　　（3）「暑」字上博簡作「𡇼」，釋文隸定為「俱」；郭店簡作
「偈」，釋文作「俗」。其實「𡇼」、「偈」二字當為一字之異寫，二
者皆從日、尻（処）[14]聲，所異只是「日」符上下易位而已。「処」為
昌紐魚部，與書紐魚部之「暑」音近可通，或即楚簡「暑」的專用
字[15]。

12　馬承源主編：《上海博物館藏戰國楚竹書（一）》（上海市：上海古籍出版社，2001
　　年11月），頁181。

13　廖名春先生說：「疑『晚書』〈君牙〉篇為與下文『冬』字相對，故意刪去『日』字。
　　而楚簡有『日』字，說明『晚書』〈君牙〉篇之刪是錯誤的。除《禮記》〈緇衣〉篇
　　所引外，『晚書』〈君牙〉篇在編撰時恐怕沒有看到更古的版本，否則，就不會出此
　　下策，刪去『日』字。」（〈從郭店楚簡和馬王堆帛書論「晚書」的真偽〉，《北方論
　　叢》2000年第1期，人大複印資料《先秦、秦漢史》2001年第3期）據古本《尚書》
　　岩崎本有「日」字，今本可能是在傳抄過程中漏落，非故意刪除，廖說恐非。

14　「尻」，後世以為「居」字，但從文獻用字的角度看，則是「居」、「尻」、「処」每
　　互作，「尻」既同「居」，又同「処」，大概也屬於「一字歧讀」的現象。不過楚簡
　　「尻」字常作「処」字用，包山簡三二號有「不以所死於其州者之居尻名族致命」
　　句，「居」、「尻」同時出現於簡文中，則「尻」非「居」字自明。參看曾憲通：〈楚
　　帛書文字新訂〉，《中國古文字研究》（長春市：吉林大學出版社，1999年6月），第1
　　輯，頁89-90。

15　參看李家浩：〈讀〈郭店楚墓竹簡〉瑣議〉，《郭店楚簡研究》，收入《中國哲學》
　　（瀋陽市：遼寧教育出版社，2000年1月），第20輯，頁348；李零：〈郭店楚簡校讀
　　記〉，《道家文化研究》（「郭店楚簡」專號）（北京市：生活・讀書・新知三聯書
　　店，1999年8月），第17輯，頁485；又《郭店楚簡校讀記》（增訂本）（北京市：北

　　按讀「慮」、「𣨳」二字為「暑」是沒有問題的，但由於「𣆼」旁不論是獨立成字還是作為合體字的偏旁，都見於楚簡，因此「慮」、「𣨳」二字還可能存在另一種切分方式，即不是從日、尻聲，而是從尸、𣆼（𣆼）聲。如果這樣切分成立，那麼「𣆼」或「𣆼」可能要看成是「期」字古文的變寫。《說文》「期」字古文作「𤎟」，從日，丌（聲）。包山楚簡「期」字作「𣆼」、「𣆼」、「𣆼」、「𣆼」等形。分析這些形體，可得出如下認識：第一，「期」之古文中的「日」符可上可下，猶如「𣆼」、「𣆼」之「日」符一上一下；第二，「𣆼」、「𣆼」二形上加一橫，猶丌、兀之異，古文字常見，則「𣆼」無橫畫者與「𣆼」有橫畫者無別；第三，將「𣆼」形「日」旁兩短橫以撇捺寫在「日」符之上，則成「𣆼」字。包山簡二六六有「𣆼」字，就是上博簡之「𣨳」、郭店簡之「慮」的偏旁，《戰國文字編》把它與「𣆼」、「𣆼」等編在一起，正可看出此種變化。清人傅世垚《六書分類》[16]錄岳麓禹碑「其」字作「𣆼」。按此字當是「期」字古文，字之下部顯為飾筆，上部之「𣆼」，與「𣆼」頗相似，當是「𣆼」之寫訛，可以幫助認定「𣆼」為「期」字古文。「𣆼」一般隸作「𣆼」。李家浩先生根據包山楚簡此字的用法多與時間有關的情況，認為它顯然是作為《說文》「期」字古文「𣆼」來用的。「𣆼」從「丌」聲，「丌」、「几」二字不僅字形相似，而且聲母都是見母，因

京大學出版社，2002年3月），頁64；袁國華〈郭店楚簡文字考釋十一則〉，《中國文字》新二十四期（1999年），頁140-141；陳偉武：〈新出楚系竹簡中的專用字綜議〉，《新出楚簡與儒家思想國際學術研討會論文集》，頁217；楊澤生：《戰國竹書研究》（廣州市：中山大學出版社，2009年），頁82；劉釗：《郭店楚簡校釋》（福州市：福建人民出版社，2003年12月），頁55。

16 《六書分類》，清代傅世垚（字寶石）撰，民國十年（1921）孟春上海鴻寶齋代印，前有紀曉嵐、畢沅等序，其中多錄傳抄古文，主要來源於宋元明歷代字書以及作者搜集的古字，或有一定價值，而殊少被提及。福建師範大學圖書館古籍室有藏本，承研究生葉玉英告知。

此他懷疑「𣅳」應當是「㫇」字的訛體，這是有道理的[17]。從「期」聲之字與「居」（居之切）音同，皆見紐之部[18]。「居」又音九魚切，與「暑」同為魚部字，故簡文讀為「暑」。此聊備一說，存以待考。

　　3　「小民惟曰怨咨」句

　　（1）「小」字上博簡、郭店簡皆作「少」，二字通用。

　　（2）「惟」字上博簡、郭店簡作「隹」，二者為古今字關係，已見上述。

　　（3）「曰」字除今本《尚書》、薛本和今本〈緇衣〉外，其餘皆作「日」，當以作「日」為是。理由詳下節。

　　（4）「怨」字古寫本多作「㤪」，是以形近字替代其聲符而形成的俗字。薛本作「𢘁」，其來源當是《說文》「怨」字古文「𢘊」和魏石經「怨」字古文「𢙺」。已詳第五章。此句「怨」字上博簡作「𢝯」，釋為「命」，非；下句「小民亦隹曰怨」之「怨」作「𠂤」，釋為「令」，亦非[19]，當皆改釋為「怨」。此二「怨」字當皆古文訛體，其本源當與《說文》古文和石經古文相近。「𢘊」、「𢙺」去掉「心」符即與「𠂤」形相近，「𢝯」則只是比「𠂤」字多了一個「口」符而已。郭店簡「怨」字作𢘁，隸定為「悁」，當是《說文》「悁」字籀文訛體。亦詳第五章。

　　（5）此句末字「咨」，岩崎本、內野本、上〔八〕本同，足利

17　見〈包山二六六號簡所記木器研究〉，《國學研究》（北京市：北京大學出版社，1994年），第2卷；又收入《著名中年語言學家自選集》〈李家浩卷〉（合肥市：安徽教育出版社，2002年12月）。

18　王引之《經傳釋詞》卷五「其、期、居」條：「其……或作『期』，或作『居』，義並同也……《禮記》〈檀弓〉曰：『何居？我未之前聞也。』鄭玄注：『居讀如姬姓之姬，齊魯之間語助也。』」《左傳》〈成公二年〉：「誰居？後之人必有任是夫。」陸德明《釋文》在「居」下注「音基。」

19　馬承源主編：《上海博物館藏戰國楚竹書（一）》（上海市：上海古籍出版社，2001年11月），頁180。另頁187〈緇衣〉第十二簡「則大臣不怨」之「怨」作𠂤，亦誤釋為「令」。

本、上〔影〕本作「忞」，薛本、今本〈緇衣〉作「資」。「咨」、
「忞」、「資」皆从次聲，可通用，而當以作「資」為本。此字當從今
本〈緇衣〉屬下句。上博簡、郭店簡皆作「晉」。「晉」、「資」古可通
用，猶「殷」「衣」相通之例。其在句中訓「到」「至」。

　　4 「冬祁寒」句

　　（1）「冬」字上博簡、郭店簡皆从「日」作，前者釋文隸作
「昚」，後者釋文隸作「冬」。內野本作「脅」，上从「冬」省，下
「月」符為「日」符之訛；薛本作「昮」，「日」符置於上方。二者當
都來源於古文，皆有所本而略有訛誤。

　　（2）「祁」字今本《尚書》及其古寫本、今本〈緇衣〉皆同，上
博簡作「耆」，郭店簡作「旨」。裘錫圭先生云：「簡文『旨』讀為
『耆』，『耆』、『祁』音同可通。『祁寒』猶言極寒、嚴寒。」[20]廖名春
先生云：「『耆』當為本字，『祁』當為借字。《廣雅》〈釋詁一〉：
『耆，強也。』是『耆』作程度副詞之證。」[21]

　　（3）「寒」字薛本作「𡨾」，是由小篆隸定之字。郭店簡作
「滄」，為「寒」之義近通用字。《說文》〈水部〉：「滄，寒也。」

　　5 「小民亦惟曰怨咨」句

　　此句之「小」、「惟」、「曰」、「怨」諸字異同已如上述，此不贅。
末尾之「咨」，今本〈緇衣〉、上博簡、郭店簡皆無，《尚書》傳本此
字當是後加，原因當是傳《尚書》者誤解上句「咨（資、晉）」之義
而歸上讀，故於下句末增「咨」字以求對稱。可見今本〈君牙〉確是
經過後人的改造加工。

─────────────

20 《郭店楚墓竹簡》（北京市：文物出版社，1998年5月），「釋文注釋」頁133裘錫圭
　　先生按語。
21 廖名春：〈郭店楚簡引《書》論《書》考〉，《郭店楚簡國際學術研討會論文集》（武
　　漢市：湖北人民出版社，2000年5月），頁112；又見〈從郭店楚簡和馬王堆帛書論
　　「晚書」的真偽〉，《北方論叢》2000年第1期，人大複印資料《先秦、秦漢史》
　　2001年第3期。

三　一人有慶，兆民賴之

出處	內容	備註
今本〈呂刑〉	一人有慶，兆民賴之	
岩崎本〈呂刑〉	一人ナ慶，兆民頼之	
內野本〈呂刑〉	弌人有慶，兆民頼㞍	
足利本〈呂刑〉	一人有慶，兆民頼之	
上〔影〕本〈呂刑〉	一人有慶，兆民頹之	
上〔八〕本〈呂刑〉	弌人ナ慶，兆民頼㞍	
薛本〈呂刑〉	弌人ナ悉，𣲘民頼㞍	
《禮記》〈緇衣〉引〈甫刑〉	一人有慶，兆民賴	
上博簡〈緇衣〉引〈呂型〉	一人又慶，𦦟民訧之	
郭店簡〈緇衣〉引〈邵坓〉	一人又慶，堁民購之	

校議：

1　「一人有慶，兆民賴之」在《尚書》〈呂刑〉篇，「呂刑」今本〈緇衣〉作「甫刑」，「甫」為借字。上博簡作「呂型」，郭店簡作「邵坓」（釋文「坓」作「型」）。「坓」為本字，「型」為其異體，「刑」則「型」之省。「呂刑」在戰國時期，當以郭店簡作「邵坓」為本源[22]。

2　「一人有慶」句之「一」字或作「弌」，「有」字或作「ナ」「又」，已見上述。「慶」字薛本作「悉」，《汗簡》卷四，心部「慶」作「𢤲」，構形相同，皆「慶」字古文訛變[23]。上博簡、郭店簡寫法略

22　廖名春：〈郭店楚簡引《書》論《書》考〉，《郭店楚簡國際學術研討會論文集》（武漢市：湖北人民出版社，2000年5月），頁113。

23　參見黃錫全：《汗簡注釋》（武漢市：武漢大學出版社，1990年），頁379。

有不同，上博簡釋文隸作从雁从心，郭店簡則直接隸作「慶」。

　　3 「兆民賴之」句之「兆」，上博簡、郭店簡作皆作上下結構之「𦥑」（郭店簡釋文隸作左右結構之「𡍩」），為「萬」之借字，與「兆」義近可通用，二者為同義字互換，或者是不同版本的不同用字。「賴」字上〔影〕本訛為「積」，岩崎本、內野本、足利本、上〔八〕本皆作「頼」。「頼」為「賴」的俗字。明人焦竑《俗書刊誤》〈刊誤去聲〉〈泰韻〉：「賴，俗作頼。」「賴」字〈西狹頌〉作「𧶠」，晉〈張朗碑〉作「頼」，可以看出此字右邊從「負」到「頁」的轉變。舊說經文不用俗字，殆非。「賴」字上博簡作「𢎻」，釋文隸定為「訧」，云：「从言从大，《說文》未見。」[24]按此當為从言大聲之字，與从剌聲之「賴」相通。郭店簡作「𧵶」，《說文》〈貝部〉：「𧵶，貨也，从貝萬聲。」亦為「賴」之借字[25]。从萬聲之字可與「賴」通，如《說文》〈虫部〉之「蠆讀若賴」，《左傳》〈昭公四年〉「遂滅賴」之「賴」又作「厲」等可證[26]。此句末尾的「之」字，內野本、上〔八〕本、薛本作「屮」，乃屬隸古寫法。

---

24 馬承源主編：《上海博物館藏戰國楚竹書（一）》（上海市：上海古籍出版社，2001年11月），頁183。郭店簡〈六德〉篇有从大从言之字，二四簡、三六簡各一見，三六簡作「𢎨」，與「𢎻」構件相同而上下倒置，二者或為同形字。郭店簡此字釋「奢」。《玉篇》〈言部〉：「誇，逞也。奢，古文。」

25 晁福林先生認為「𧵶」字在前、「賴」字在後而屬借字（見〈郭店楚簡〈緇衣〉與《尚書》〈呂刑〉〉，《史學史研究》2002年第2期；人大報刊複印資料《先秦、秦漢史》2002年第5期），但從意義來說，還是以「賴」為本字的說法為妥。曾師指示：不能機械地以時間先後為絕對標準，如帛書《周易》多用借字，反不及今本用本字之多。

26 參見高亨：《古字通假會典》（濟南市：齊魯書社，1989年7月），頁631-632。

四　凡人未見聖，若不克見；既見聖，亦不克由聖

出處	內容	備註
今本〈君陳〉	凡人未見聖，若不克見；既見聖，亦不克由聖	
內野本〈君陳〉	凡人未見聖，若弗克見；无見聖，亦弗克由聖	
觀智院本〈君陳〉	几人未見聖，若弗亮見；无見聖，亦弗克由聖	
足利本〈君陳〉	几人未見埕，若弗克見；既見坙，亦弗克由坙	
上〔影〕本〈君陳〉	几人未見坙，若弗克見；既見坙，亦弗克由坙	
上〔八〕本〈君陳〉	几人未見聖，若弗克見；无見聖，亦弗袁由聖	
薛本〈君陳〉	凡人未見聖，若㕼戸見；无見聖，亦㕼戸繇聖	
《禮記》〈緇衣〉引〈君陳〉	未見聖，若己弗克見；既見聖，亦不克由聖	
上博簡〈緇衣〉引〈君緟〉	未見耵，女丌²⁷弗克見；我既見，我弗胄耵	
郭店簡〈緇衣〉引〈君迪〉	未見聖，如其弗克見；我既見，我弗迪聖	

校議：

　　1　此句出〈君陳〉篇。「陳」字郭店簡作「迪」，上博簡作「𢔗」，釋文隸為「緟」。二者皆从「申」聲。《說文》「陳」字古文

27　上博簡「丌」下有重文號，為「其其」二字。參照郭店簡以及傳世文本，此重文號當為誤加。

從「申」，故「陳」、「迪」、「繟」三者皆可通假。

　　2 「凡人未見聖」句，觀智院本、足利本、上〔影〕本、上〔八〕本「凡」字作「九」，為其異寫。「凡人」二字，上博簡、郭店簡以及今本〈緇衣〉均無之，聯繫今本〈緇衣〉之「己」，上博簡、郭店簡之「我」，幾種傳本的主語在表面上是有差別的，但細加深究，其深層語義並無不同。詳下節。

　　3 「聖」字足利本作「垩」，上〔影〕本作「亚」，二者都是「聖」字草書楷化而形成的俗字。詳第五章。上博簡作「𦔻」、「耺」，釋文隸作「耴」；郭店簡作「聖」，釋文隸作「聖」。按上博簡之「𦔻」，與「耺」有繁簡之別，諸家皆無說。此字下從「古」，當為「土」之寫訛。

　　4 「若不克見」句。「若」字上博簡作「女」，郭店簡作「如」。「女」用為「如」，「如」、「若」古可通用。「不」字《尚書》古寫本、《禮記》〈緇衣〉以及上博簡、郭店簡皆作「弗」，薛本作「𢎌」，為隸古定字。「弗」字後改為「不」，是常見的現象，也是《尚書》傳本用字以今易古的一個重要表現。此字之前，今本〈緇衣〉有「己」字，上博簡有「丌」字，郭店簡有「亓」字。「丌」、「亓」均為郭店簡釋文之「其」，在句中為代詞，猶今本〈緇衣〉之「己」[28]。今本《尚書》均無之，而於句首加「凡人」二字，說詳下節。「克」字觀智院本作「亮」，薛本作「𠅃」，皆隸古定字。

　　5 「既見聖」句。「既」字內野本、觀智院本、上〔八〕本、薛本皆作「旡」。「旡」為「既」之聲符，用作「既」。上博簡、郭店簡「既」前有「我」字，而「見」後無「聖」字。此中之「我」與前一

---

28 上博簡《性情論》簡六「快於其者之謂兌（悅）」，郭店簡〈性自命出〉簡十二與「其」相對應的字作「𢀳」，即「己」，可證「其」「己」通用。參見陳英傑《讀楚簡劄記》，簡帛研究網站，2002年11月24日。「其」、「己」在傳世文獻中也多見通用，參見高亨：《古字通假會典》（濟南市：齊魯書社，1989年7月），頁378。

分句之「其」在語義上是對應的，說詳下節。

　　6 「亦不克由聖」句。此句「亦」字上博簡、郭店簡無，「不」字古寫本多作「弗」，說見上。「弗」前上博簡、郭店簡有「我」字。「克」字上博簡、郭店簡亦無之，上〔八〕本作「㒸」，是《說文》古文「㒸」的隸變。「由」字薛本作「繇」，上博簡作「🔣」，原釋作「貴」，郭店簡作「迪」。按「由」、「繇」皆以紐幽部字，「迪」從由聲，故「由」、「繇」、「迪」皆可通用。以此類推，「🔣」也應是一個通假字，如果釋為「貴」，而「貴」從「𠂤」聲[29]，與「由」聲不類。以聲音求之，「🔣」當是「胄」字（「胄」亦幽部字）[30]。「胄」字金文作「🔣」、「🔣」[31]，「🔣」與「🔣」形近同；戰國「貴」字作「🔣」、「🔣」[32]，與「🔣」有別。

五　苗民弗用靈，制以刑，惟作五虐之刑曰法

出處	內容	備註
今本〈呂刑〉	苗民弗用靈，制以刑，惟作五虐之刑曰法	
岩崎本〈呂刑〉	苗民弗用霝，制㠯刑，惟作又虐之刑曰法	
內野本〈呂刑〉	苗民弗用霝，制㠯刑，惟作又虐屮刑曰法	
足利本〈呂刑〉	苗民弗用霝，制以刑，惟作五虐之刑曰法	
上〔影〕本〈呂刑〉	苗民弗用霝，制以刑，惟作五虐之刑曰法	

29 參見陳斯鵬：〈說「𠂤」及其相關諸字〉，《中國文字》新第28期（2002年12月）。

30 臧克和先生亦讀此字為「胄」，參見〈上海博物館藏《戰國楚竹書》〈緇衣〉所引《尚書》文字考──兼釋《戰國楚竹書》〈緇衣〉有關的幾個字〉，《古籍整理研究學刊》2003年第1期。

31 見容庚編著，張振林、馬國權摹補：《金文編》（北京市：中華書局，1985年），頁546。

32 「🔣」見李零：〈戰國鳥書箴銘帶鉤考釋〉，《李零自選集》（南寧市：廣西師範大學出版社，1998年2月），頁276。「🔣」見《郭店楚簡文字編》（北京市：文物出版社，2000年），頁99。

出處	內容	備註
上〔八〕本〈呂刑〉	苗民弗用靁，制目㓝，惟作五虐㞢㓝曰法	
薛本〈呂刑〉	苗民弜用靈，剬㠯㓝，惟𢓊五虐㞢㓝曰灋	
《禮記》〈緇衣〉引〈甫刑〉	苗民匪用命，制以刑，惟作五虐之刑曰法	
上博簡〈緇衣〉引〈呂型〉	䚓民非甬霝，折目型，隹乍五虐之型曰金	
郭店簡〈緇衣〉引〈呂坓〉	非甬䨩，折以型，隹乍五瘧之型曰法	

校議：

1 「苗民弗用靈」句，「苗民」二字，郭店簡無，上博簡作「䚓民」。「䚓」原字作「𡚯」，上博簡釋文云：「即覒字。《說文》：『覒，擇也。从見，毛聲，讀若苗。』《廣韻》：『覒，斜視也，亦作䚓。』」[33]則「䚓」為「苗」之假借字。以上博簡之「䚓民」和後來傳本之「苗民」，可斷定郭店簡為漏寫[34]。「弗」字今本〈緇衣〉作「匪」，上博簡、郭店簡作「非」，古可通用。「用」字上博簡、郭店簡作「甬」，「甬」从用聲，與「用」音同可通。「靈」字《尚書》古寫本多作「靁」，薛本作「靈」，今本〈緇衣〉作「命」，上博簡作「霝」，郭店簡作「䨩」。「靁」為「靈」之古文，見《玉篇》〈雨

33 馬承源主編：《上海博物館藏戰國楚竹書（一）》（上海市：上海古籍出版社，2001年11月），頁190。

34 晁福林先生根據郭店簡〈緇衣〉無「苗民」二字而論今本《尚書》〈呂刑〉與原始文本的不同，謂原本〈呂刑〉論述重視教化以治民，「民」只是泛指，今本〈呂刑〉重在說明製作五刑的必要性，討論五刑的起源，故把重視教化改為重視刑罰，所以將原來泛指的「民」限定為「苗民」。由於上博簡有「苗民」之稱，晁說顯然不足據。其說見〈郭店楚簡〈緇衣〉與《尚書》〈呂刑〉〉，《史學史研究》2002年第2期；人大報刊複印資料《先秦、秦漢史》2002年第5期。

部〉。「□」殆「霝」之寫訛。「命」即「令」，與「靈」通。「霝」為「靈」之聲符，亦通用。「窒」字郭店簡釋文注釋稱「不知用為何義」[35]，廖名春先生云：「其實『窒』乃『至』之繁文，而『至』有『善』義……事實上，『令命同字』，〈緇衣〉之『命』即『令』，『令』與『靈』，皆有善義；楚簡之『窒』即『至』，『至』有『善』義，義同故能通用。」[36]按「靈」釋「命（政令）」釋「善」，從句子的意思來說，都可通，但由於異文「窒」的出現，可以肯定以釋「善」為上，「政令」之釋不可取。這是一個利用異文來確定詞義的例子[37]。

　　2　「制以刑」句。「制」字薛本作「□」，《說文》古文作「□」，王子午鼎作「□」，《汗簡》刀部錄《說文》古文及未部錄〈義雲章〉均作「□」，傳世垚《六書分類》錄古文作「□」。□－□－□－□－□，顯示出此字的演變過程，可見傳抄古文一脈相承，不絕如縷。這對探究漢字演變過程是有積極作用的。上博簡、郭店簡釋文均作「折」，但兩字原文有別。上博簡作「□」，郭店簡作「□」。陳偉武先生認為「□」字當釋為「斷」，簡文稱「斷以型（刑）」，「斷」亦「制」也[38]。其說可從。「以」字或作「目」，為其古形。「刑」字比較特別的是上〔八〕本的「□」，此為「刑」字俗寫。詳第五章。

　　3　「惟作五虐之刑曰法」句。「惟」或作「隹」，說見上。「作」

35　《郭店楚墓竹簡》（北京市：文物出版社，1998年5月），頁134。

36　廖名春：〈郭店楚簡引《書》論《書》考〉，《郭店楚簡國際學術研討會論文集》（武漢市：湖北人民出版社，2000年5月），頁114。

37　晁福林先生謂簡文「至」為「終極」之義，是儒家所謂「五至」的簡稱，可備一說。見上引晁氏文。

38　陳偉武：〈試論晚清學者對傳鈔古文的研究〉，《第二屆國際清代學術研討會論文集》（高雄市：中山大學，1999年）。此字之論證，其〈舊釋「折」及從「折」之字平議——兼論「慎德」和「愁終」問題〉一文續有申說，文載《古文字研究》（北京市：中華書局，2000年7月），第22輯。

薛本从辵，上博簡从又，郭店簡無「人」旁，皆其異構。「五」或作「㐅」、「𠄡」，是隸古定的寫法。「虐」字薛本作「[illegible]」，从人，上博簡作「[illegible]」，从虍从示，郭店簡作「瘧」，从疒，蓋皆其異構。「法」字薛本作「灋」，郭店簡原文亦同，為「法」之全形。上博簡作「[illegible]」，釋文隸作「[illegible]」，是《說文》「法」之古文「[illegible]」（佱）的異寫。李零先生認為「古文『灋』應分析為从宀、从乏（比較正規的寫法是把『乏』字的最上一筆寫成斜劃，但不太正規的寫法則類似於『定』或『全』字），實即『窆』字（參看中山王墓〈兆域圖〉的『窆』字），並非『全』字。」[39]可參。

六　敬明乃罰

出處	內容	備註
今本〈康誥〉	敬明乃罰	
內野本〈康誥〉	敬明乃罰	
足利本〈康誥〉	敬明乃罰	
上〔影〕本〈康誥〉	敬明乃罸	
上〔八〕本〈康誥〉	敬明乃罸	
薛本〈康誥〉	[illegible]	
《禮記》〈緇衣〉引〈康誥〉	敬明乃罰	
上博簡〈緇衣〉引〈康㝬〉	敬明乃罰	
郭店簡〈緇衣〉引〈康㝬〉	敬明乃罰	

校議：

1　〈康誥〉之「誥」，楚簡作从言从収，說已見上。

39　李零：〈上博楚簡校讀記（之二）〉，《上博館藏戰國楚竹書研究》（上海市：上海書店出版社，2002年3月），頁413。

　　2 上〔影〕本、上〔八〕本「罰」字从寸作「𦙮」，為異構。薛本作「**敬明㔽罸**」，皆隸古定字，其中「敬」字與楚簡「𦱤」的結構頗類似。

七　播刑之迪

出處	內容	備註
今本〈呂刑〉	播刑之迪	
岩崎本〈呂刑〉	㼽刑之迪	
內野本〈呂刑〉	㼽刑㞢迪	
足利本〈呂刑〉	播刑之迪	
上〔影〕本〈呂刑〉	播刑之迪	
上〔八〕本〈呂刑〉	㼽**翔**㞢迪	
薛本〈呂刑〉	**㪔**刑㞢迪	
《禮記》〈緇衣〉引〈甫刑〉	播刑之不迪	
上博簡〈緇衣〉引〈呂型〉	**㪔**型之由	
郭店簡〈緇衣〉引〈呂坓〉	**翻**型之迪	

校議：

　　「播」字岩崎本、內野本、上〔八〕本作「㼽」，薛本作「**㪔**」，皆與上博簡作「**㪔**」（**㪔**）者同，亦古文一系流脈不絕之證。郭店簡作「**翻**」，釋文隸定作「**翻**」，从月。由上博簡之「**㪔**」可證郭店簡此字不从月，李零先生認為「所謂月旁可能是𠃌旁的變形。」[40]可從。今本〈緇衣〉多一「不」字，與眾不同。鄭玄注：「不，衍字耳。」「迪」字上博簡作「由」，「迪」從「由」聲，二字通用，說見上。

---

40 李零：〈上博楚簡校讀記（之二）〉，《上博館藏戰國楚竹書研究》（上海市：上海書店出版社，2002年3月），頁413。

八　在昔上帝，割申勸寧王之德，其集大命於厥躬

出處	內容	備註
今本〈君奭〉	在昔上帝，割申勸寧王之德，其集大命於厥躬	
敦煌本伯2748〈君奭〉	在昔上帝，**割**申勸寧王德，其集大命於厥身	
內野本〈君奭〉	在昝上帝，割申勸寍王㞢悳，亣集大命亐**𠂤**身	
足利本〈君奭〉	在昔上帝，**割**申勸寧王之德，其集大**命**於厥躬	
上〔影〕本〈君奭〉	在昔上帝，**割**申勸寧王之**㤳**，其集大**命**於厥躬	
上〔八〕本〈君奭〉	在昝上帝，割申勸寍王㞢悳，亣集大命亐**𠂤**身	
薛本〈君奭〉	圣昝丄帝，**刱**申勸寍王㞢悳，亓龏大**侖**亐**𠂤**躬	
《禮記》〈緇衣〉引〈君奭〉	昔在上帝，周田觀文王之德，其集大命於厥躬	
上博簡〈緇衣〉引〈君奭〉	……集大命於氏身	
郭店簡〈緇衣〉引〈君奭〉	昔才上帝，戝紳觀文王悳，其集大命於乎身	

校議：

　　1　「在昔上帝」句。「在昔」二字，郭店簡、今本〈緇衣〉作「昔在」。《尚書》中作「昔在」是通例，如「昔在殷王中宗」（〈無

逸〉），「昔在文武聰明齊聖」（〈冏命〉）等[41]。因此傳本作「在昔」者當為「昔在」之倒。「在」字郭店簡作「才」，為「在」之古字，薛本作「圣」，則是隸變致訛。按「在」字從土，才聲，其聲符「才」古字和隸書都有寫作似「ナ」者，如「𡴀」（《古璽文編》，頁319）、「𡉈」（《甲金篆隸大字典》，頁943）、「𡉈」（《馬王堆簡帛文字編》，頁546）、「𡉈」（《史晨碑》）等，「ナ」即「又」，故「在」可楷化為「圣」，結果與「聖」的簡化字同形。「昔」字或作「𦱤」，是隸古定寫法。三體石經〈君奭〉篇「昔」字古文作「𣅅」，隸定即成「𦱤」。「上帝」之「上」或作「丄」，亦古文，見《說文》。

　　2　「割申勸寧王之德」句。「之」字郭店簡無，敦煌本伯2748亦無，殆漏寫，古寫本或作「㞢」，是隸古定寫法。「德」字或作「悳」、「𢛳」，亦古文寫法；作「徳」，是草書楷化的俗字，詳第五章。此句歷來異文甚多，有關論述詳下節。

　　3　「其集大命於厥躬」句。「其」字或作「亓」，例常見。「集」字或作「雧」，後者為初文。「命」字古本或作「𠇶」、「𠇶」，「𠇶」當為俗寫字，「𠇶」則只見於薛本和晁刻古文《尚書》，他書未見[42]。「於」字或作「亐」，後者為異寫，石鼓文、中山王鼎、馬王堆簡帛、三體石經、魯峻碑等都有作此形者[43]。「厥」字作「氒」，為「𠬧」之手寫體，古寫本常見。此字上博簡作「𠀉」，釋為「氏」，李零先生讀為「是」，並認為「『氏』與『氒』字形相近，可能是『氒』的誤寫，但於義可通。」[44]「躬」字敦煌本伯2784、內野本、上

41　參見臧克和：〈上海博物館藏《戰國楚竹書》〈緇衣〉所引《尚書》文字考——兼釋《戰國楚竹書》〈緇衣〉有關的幾個字〉，《古籍整理研究學刊》2003年第1期。

42　參見李遇孫：〈《尚書》隸古定釋文〉，收入《尚書文字合編》（上海市：上海古籍出版社，1996年），卷2，附錄一，頁30。

43　參見徐無聞主編：《甲金篆隸大字典》（成都市：四川辭書出版社，1991年7月），頁307-308。

44　李零：〈上博楚簡校讀記（之二）〉，《上博館藏戰國楚竹書研究》（上海市：上海書

〔八〕本、上博簡、郭店簡皆作「身」，而作「躬」者少見。以此觀之，雖然「躬」、「身」義同互用，但原先應該以作「身」為是。

九　出入自爾師虞，庶言同，則繹

出處	內容	備註
今本〈君陳〉	出入自爾師虞，庶言同，則繹	
內野本〈君陳〉	出入自尔師𣥎，庶言同，則繹	
觀智院本〈君陳〉	出入自爾師虞，庶言同，則繹	
足利本〈君陳〉	出入自尔師虞，庶言同，則紀	
上〔影〕本〈君陳〉	出入自尔師虞，庶言同，則紀	
上〔八〕本〈君陳〉	出入自尔師𣥎，庹言同，則繹	
薛本〈君陳〉	出入自尔𢁀𣥎，屋𠂇同，則繹	
《禮記》〈緇衣〉引〈君陳〉	出入自爾師虞，庶言同	
上博簡〈緇衣〉引〈君迪〉	出內自尔帀𩁾，庶言同	
郭店簡〈緇衣〉引〈君迪〉	出內自尔帀於，庶言同	

校議：

1　「出入自爾師虞」句。「入」字楚簡作「內」。《說文》〈入部〉：「內，入也。」可見「入」、「內」為義同通用字。「爾」字古寫本多作「尔」，楚簡原文也作「尔」。「尔」、「爾」為古今異寫字。「師」字薛本作「𢁀」，《汗簡》卷三帀部錄〈義雲章〉作「帘」，與「𢁀」同。「師」之左旁橫寫且置於上方，當由《說文》古文「𡴼」、石經古文「𣂺」演變而來[45]。「官」字師𢇩父鼎作「𠂤」（《金文編》，

店出版社，2002年3月），頁414。

45 參見鄭珍：《汗簡箋正》，黃錫全：《汗簡注釋》引（武漢市：武漢大學出版社，1990年8月），頁100。

頁936），平安君鼎作「▨」（《戰國古文字典》，頁1071），《汗簡》作
「▨」（卷三），下部所从亦橫寫，與「師」字左旁橫寫屬同類現象。
《汗簡》「遣」字作「▨」（卷一），所从之「𠂤」亦橫寫。楚簡作
「帀」，與鐘伯鼎、師鼎等相同[46]，為「師」之初文。「虞」字薛本作
「众」。內野本作「众」，寫異；上〔八〕本作「众」，寫訛。上博簡
作「雩」，郭店簡作「於」，皆通假字。「众」字的構形問題，詳第四
章。

　　2　「庶言同」句。《說文》〈广部〉：「庶，屋下眾也。从广、炗。
炗，古文光字。」林義光《文源》認為「庶」字是从火石聲，于省吾
先生續有申說，認為「庶」字是會意兼形聲字，从火从石，石亦聲，
為「煮」之本字，眾庶為其借義[47]。上〔八〕本作「庹」，从火，其他
古寫本作「庶」，是楷字古形。薛本作「㡯」，三體石經〈皋陶謨〉
古文作「㡂」，即「㡯」之來源。「言」字各本無異，惟薛本作
「𠙵」。《說文》「言」字未錄古文字形，而从言之字的言旁古文作
「𠙵」，《汗簡》「言」字也有作「𠙵」形者，「𠙵」當是「𠙵」、「𠙵」
寫異。

　　3　「則繹」二字今本〈緇衣〉、上博簡、郭店簡皆無，今本《尚
書》當為後加。「則」字薛本作「剬」，與《說文》古文作「𠛦」者結
構相同。「繹」字足利本和上〔影〕本作「䋇」，屬於形聲字改換聲符
之例，詳第五章。

46　見容庚編著，張振林、馬國權摹補：《金文編》（北京市：中華書局，1985年），頁
　　417。
47　于省吾：〈釋庶〉，《甲骨文字釋林》（北京市：中華書局，1979年6月）。

十　惟冒丕單稱德

出處	內容	備註
今本〈君奭〉	惟冒丕單稱德	
敦煌本伯2748〈君奭〉	惟冒丕單稱德	
九條本〈君奭〉	惟冒丕單再惪	
內野本〈君奭〉	惟冒丕單再惪	冒誤作冐
足利本〈君奭〉	惟冒丕單稱德	
上〔影〕本〈君奭〉	惟冒丕單稱花	
上〔八〕本〈君奭〉	惟冒丕單再惪	冒誤作冐
薛本〈君奭〉	惟冒丕單再惪	
郭店簡〈成之聞之〉引〈君奭〉	唯夆不嘼再惪	

校議：

　　1　「惟」字郭店簡作「唯」，二者通用。「冒」字郭店簡作「夆」，《郭店楚墓竹簡》缺釋，周鳳五、張光裕、袁國華、李零、何琳儀、廖名春諸先生各有說。周鳳五隸作「鳥」，讀為「冒」；張光裕、袁國華疑為从「髟」从「毛」之字；李零釋為「旄」，借讀為「冒」；何琳儀釋為「髟」或「髟」；廖名春釋為「於」，以為即「扒」之訛[48]，可謂眾說紛紜。楊澤生先生根據《汗簡》等傳抄古文的材料釋此字為「仡」，意為勸勉用力，與傳本「冒」字意義相近[49]。其說於字形頗有根據，可從〔按：楊澤生正式出版的《戰國竹書研究》（中山大學出版社，2009年）未收入此條考釋。劉釗贊同釋

48　各家之說出處見楊澤生：《戰國竹書研究》（廣州市：中山大學博士學位論文，2002年），頁69。

49　楊澤生：《戰國竹書研究》（廣州市：中山大學博士學位論文，2002年），頁69。

「髟」，云：「『髟』字象人長髮飄然狀，讀為『冒』。古音『髟』在幫紐幽部，『冒』在明紐幽部，聲為一系，韻部相同，於音可通。」見《郭店楚簡校釋》，福建人民出版社，2003年，頁146〕。「丕」字楚簡作「不」，二字通用。「單」字楚簡作「嘼」，裘錫圭先生在此字所在條目的釋文中加按語說：「『嘼』在古文字中即『單』字繁文，《說文》說此字不可信。」[50]「稱」字古寫本或作「爯」，楚簡亦作「爯」，二者互用。「德」字古寫本或作「悳」、「惪」、「㥁」，楚簡作「悳」，說已見上。

　　2 此句之斷句及解釋歷來頗有不同，一是讀為「惟冒丕單稱德」，如《十三經注疏》本；一是將「惟冒」歸上句末尾，與「惟茲四人昭武王」連讀，如蔡沈《書經集傳》、孫星衍《尚書今古文注疏》、周秉鈞《尚書易解》、李民、王健《尚書譯注》等。孰是孰非，今依楚簡可以確定。廖名春先生對此已經作了很好的疏證，他說：「楚簡引文的斷句與《十三經注疏》本同……而且認為引文之意是『言疾之』。今文的『冒』，孔傳依本字釋為『布冒』；蔡沈承之，釋為『覆冒』。而孫星衍則以為『冒與懋聲近，又通勖，勉也』。看來孫星衍說是對的。只因勖勉努力，天下才都舉行其德……唯『疾之』，唯勖勉，才能『丕單稱德』。由此看來，『惟冒』只能歸下讀。沒有楚簡的引文和說解，這一問題是不容易解決的。」[51]其說可從。

十一　襄我二人，汝有合哉言

出處	內容	備註
今本〈君奭〉	襄我二人，汝有合哉言	

50　《郭店楚墓竹簡》（北京市：文物出版社，1998年5月），頁169。

51　廖名春：〈郭店楚簡引《書》論《書》考〉，《郭店楚簡國際學術研討會論文集》（武漢市：湖北人民出版社，2000年5月），頁120。

出處	內容	備註
敦煌本伯2748〈君奭〉	襄我二人，汝有合哉言	
九條本〈君奭〉	襄我二人，女又合才言	
內野本〈君奭〉	襄我式人，女ナ合才言	
足利本〈君奭〉	襄我二人，汝有合哉言	
上〔影〕本〈君奭〉	襄我二人，汝有合哉言	
上〔八〕本〈君奭〉	襄我式人，女ナ合才言	
薛本〈君奭〉	襄我式人，女ナ合才ㄓ	
郭店簡〈成之聞之〉引〈君奭〉	襄我二人，毋又合才音	

校議：

1 此句在文字方面，「二」字古本《尚書》或作「式」，《說文》以後者為古文。「汝」或作「女」，《尚書》原本當以作「女」為是，作「汝」者後出；楚簡作「毋」，「毋」、「女」雖皆魚部字，但古書未見通假之例，未知孰是。「有」或作「又」、「ナ」，古通用。「哉」或作「才」，「才」為古字。「言」字薛本作「ㄓ」，說已見上。

2 楚簡此句作：「〈君奭〉曰：『襄我二人，毋又合才音』，害（曷）？道不說（悅）之司（詞）也。」裘按：「今本〈君奭〉作『襄我二人，汝有合哉言』，『言』字一般屬下讀。『才』似當讀為『在』。『毋有合在音（或是『言』之誤）』，其意與今本『汝有合哉』大不相同。」[52]廖名春先生續有申論，他說：「今本將『言』歸下讀看來成問題。『言』當為語氣助詞，歸上讀，其用法和簡文〈六德〉篇『男女卞（辨）生言，父子新（親）生言，君臣宜（義）生言』之『言』同。『毋』與『汝』則有否定句與疑問句之別。從簡文看，周公是指責君奭不能與更多的人合作，所以簡文解釋說『道不說（悅）之司（詞）也』。所謂『不悅之詞』即『毋有合在言』，是周公對君奭

---

52 《郭店楚墓竹簡》（北京市：文物出版社，1998年5月），頁170。

的批評。從下文看，君奭對周公的批評不服，仍堅持自己的意見，說
『在時二人』，只有我們二人，大有『天下英雄唯使君與操耳』之
意。周公於是繼續教育他，說『天休茲至，惟時二人弗勘』，『篤棐時
二人』，認為上天賜予的休美太多，確實不是兩人所能勝任的。希望
他『克敬德，明我俊民，在讓後人于丕時』，敬重賢德，提拔人才。
最後，周公還說：『君！予不惠若茲多誥，予惟用閔于天越民。』說
他不想再多勸說了，希望君奭要顧念天命和民心。由此看，楚簡的引
文和解說是正確的，漢以後學者都誤讀了〈君奭〉這一句話的本
意。」[53]

十二　曰乃其速由文王作罰，刑茲無赦，不率大戛

出處	內容	備註
今本〈康誥〉	曰乃其速由文王作罰，刑茲無赦，不率大戛	
內野本〈康誥〉	曰乃亓速繇亥王作罰，刑茲亡赦，弗術大戛	
足利本〈康誥〉	曰乃亓速繇文王作罰，刑茲亡赦，不術大戛	
上〔影〕本〈康誥〉	曰乃亓速繇文王作罰，刑茲亡赦，弗術大戛	
上〔八〕本〈康誥〉	曰乃其速由文王作罰，刑茲亡赦，不率大戛	
薛本〈康誥〉	曰卣亓警繇亥王迉罰，型丝亡赦，弜術大戛	
郭店簡〈成之聞之〉引〈康𦎧〉	不還大暊，文王𠦪罰，型丝亡愬	

53 廖名春：〈郭店楚簡引《書》論《書》考〉，《郭店楚簡國際學術研討會論文集》（武漢市：湖北人民出版社，2000年5月），頁120。

校議：

　　1 「乃其速由」句。「乃」字薛本作「卥」，後者為隸古定字；「其」字或作「亓」，後者為古文；「速」字薛本作「警」，是《說文》「速」字古文「𧧡」之寫訛。「由」字或作「繇」，二字通用。

　　2 「文王作罰」句。「文」字或作「㠯」，即「彣」字，〈孔宙碑〉作「㠯」，亦見於〈楊統碑〉。《說文解字注》：「凡言『文章』者皆當作『彣彰』，作『文章』者省也。『文』訓遺畫，與『彣』義別。會意，文亦聲。」按錯畫與文采斑駁義雖有別，但亦相因，「彣」當為「文」之孳乳字，可通用。「作」薛本从辵，郭店簡从又，皆異構字。

　　3 「刑茲亡赦」句。「刑」或作「型」，二者通用。「茲」，郭店簡作「𢆶」。容庚先生指出：「𢆶，孳乳為茲為茲，此也。」[54]則「𢆶」為「茲」之古本字。薛本同作「𢆶」，可見不為無據。「赦」字郭店簡作「愳」。《說文》〈心部〉：「愳，趣步愳愳也。」《集韻》〈魚韻〉：「懙，懙懙，行步安舒也……亦書作愳。」皆與赦免義無涉。廖名春先生以「愳」為魚部喻母、「赦」為鐸部書母，聲韻皆近，二者為通假關係，而以「赦」為本字[55]，可從。

　　4 「不率大戛」句。「不」字或作「弗」，薛本作「𢎥」，說已見上。「率」字古寫本或作「衒」、或作「衙」，都是「衛」（毛公鼎作「𢔝」）字寫訛。《說文解字注》：「衛，導也、循也，今之『率』字，『率』行而『衛』廢矣。」郭店簡作「還」。「還」有復、返義，與「率」之遵循義相近，二者為義近換用字。「戛」作「戞」，見《字彙》，為「戛」之異寫。郭店簡作「𩑒」，从日从頁，釋文隸作「暊」。廖名春先生疑為「夏」字，可從。「夏」字郭店簡〈緇衣〉篇

54 見容庚編著，張振林、馬國權摹補：《金文編》（北京市：中華書局，1985年），頁269。

55 廖名春〈郭店楚簡引《書》論《書》考〉，《郭店楚簡國際學術研討會論文集》（武漢市：湖北人民出版社，2000年5月），頁121。

作「⿰」，兩相比較，「⿰」少一「止」符，若非省寫，即是漏寫。「夏」通「雅」，「雅」訓「正」，「戛」訓「常」，則「夏」、「戛」二者義近，可換用[56]。

　　5 此句最關鍵處是楚簡與傳本的句序不同，說詳下節。

　　楚簡引《書》與今本能直接對應的就以上十二則。另郭店簡〈緇衣〉還引〈祭公之顧命〉，〈成之聞之〉引〈詔命〉、〈大禹〉等，一般認為也屬先秦《尚書》，但今本《尚書》皆無之，此不贅；郭店簡尚有論《書》之語，亦不贅。通過以上校議，我們可以看出，《尚書》在歷時的傳承過程中，經歷了很多變化，詞序、文字都有不同。就文字而論，既有古今字不同，又有通假字差異，還有同義字換用等等，可謂紛繁複雜。其實這也正是古書流傳的通例。陳偉先生指出：「古書流傳是一個前後相沿但又可能充滿變異的過程……迄今為止，在出土資料中我們還沒有發現完全相同的古書傳本。郭店簡本《老子》、〈五行〉與馬王堆帛書同名傳本之間如此，郭店簡本〈緇衣〉、〈性自命出〉與上海博物館購藏簡的同種傳本之間也是如此，雖然郭店簡書與上博簡書的時代相當，流傳地域相同。這在資訊傳播尚有諸多不便、古書流傳完全依賴於傳抄的時代，或許是根本無可避免的事情。」[57]因此對於古書，我們不宜以一種先入為主的理念去對待它，認為流傳至今的古書，保存的都是其原始的面貌。我們應把古書放在特定的歷史演變的過程中加以客觀的考察，特別要注意的是，古書在流傳的過程中難免有後人進行加工和改造，這不是古人的故意竄改或偽造，而是古書在流傳過程中合乎規律的自然流變，是不可避免的現象。前代的書中有後代的東西，應該就是這種現象的反映，不可因此就貿然斷定其為偽書。

---

56 廖名春〈郭店楚簡引《書》論《書》考〉，《郭店楚簡國際學術研討會論文集》（武漢市：湖北人民出版社，2000年5月），頁120-121。

57 陳偉：《郭店竹書別釋》（武漢市：湖北教育出版社，2003年1月），頁12。

第二節　新出材料與《尚書》文本的解讀

　　李學勤先生曾在上海舉行的「新出土文獻與古代文明研究」國際學術研討會的總結報告中指出：「科學的研究態度是將傳世文獻和出土文獻結合起來，將傳世文獻和出土文獻結合起來，我們對古代文明的認識就會大為不同。」[58]饒宗頤先生在「炎黃文化」研討會上的發言中指出：「新的文獻，從異文可以產生新的認知，新的理解，開拓新的視野，新的知識即由此孕育出來。」[59]《尚書》素稱難讀，又經歷多次變故，其中不可解或後人誤解之處甚多，自不必言。而新刊佈的古本《尚書》和新出土的楚簡材料或有益於《尚書》文章的斷句，或有利於《尚書》文字的校勘，或有助於《尚書》文意的理解，多可糾正前說或提出新解，總之對《尚書》文本的解讀是很有價值的，說明傳世文獻與出土文獻的互相結合，應是今後《尚書》以及其他先秦典籍研究之新途徑，學者於此，不可不垂意焉。本節屬綴數則，以為證明。

一

　　〈大禹謨〉：「帝曰：『俾予從欲以治，四方風動，惟乃之休。』」其中「惟乃之休」句，內野本作「惟女之休」，足利本、上〔影〕本同。上〔八〕本作「乃」，旁注「女」，可見其所據古本確作「女」。按「女」即「汝」，與「乃」一樣均是第二人稱代詞。
　　那麼，從語法的角度看，作「乃」合適還是作「女（汝）」合適？

58　李學勤演講，朱淵清筆記：〈新出土文獻與古代文明研究〉，簡帛研究網站，2002年8月11日。
59　〈新文獻的壓力與智力開拓〉，簡帛研究網站，2002年12月17日。

就表面形式而言，「惟乃（女）之休」與「惟……是（之）……」的
賓語前置句式有相同的結構因素，但本句不可能是這種句式，因為
「俾予從欲以治，四方風動，惟乃之休」是帝舜對皋陶說的話，意謂
「使我能夠如願地治理天下，四方百姓風起響應，這是你的美德。」[60]
句中「休」字用作名詞，「乃」或「女（汝）」則作「休」的定語，而
不是賓語（「乃」在古漢語中也不能作賓語）。但「乃」作定語按例是
不能加「之」的，因為它本身就包含有「之」字的意思在內。《尚
書》多見「乃」作定語的例子，皆不加「之」，如〈盤庚上〉云：「古
我先王，暨乃祖乃父，胥及逸勤。」〈康誥〉云：「惟乃丕顯考文王，
克明德慎罰。」「丕則敏德，用康乃心，顧乃德。」〈酒誥〉云：「乃
穆考文王，肇國在西土。」等等。而「惟乃之休」句，「乃」後加
「之」，顯然與古漢語的語法常規相悖，可見此句作「女（汝）」要比
作「乃」更為妥當，當以古本作「女（汝）」為是。這是古本勝於今
本的一個例子。

　　〈盤庚上〉有「矧余制乃短長之命」句，內野本和上〔八〕本
「乃」也作「女（汝）」，其餘各本皆作「乃」。可見「乃」「女
（汝）」互混，古本已然。在「乃」後沒有「之」字的情況下，「乃」
「女（汝）」互換，並不影響文法，用「乃」用「女（汝）」，都是允
許的，但在像「惟乃之休」這樣關係到語法問題的句子裡，就不能隨
意換用了。

二

　　〈盤庚上〉：「汝無侮老成人，無弱孤有幼。」前句敦煌本伯2643

---

60 參見李民、王健：《尚書譯注》（上海市：上海古籍出版社，2000年10月），頁31-
　　32；周秉鈞譯注：《尚書》（長沙市：嶽麓書社，2001年7月）也把末句譯為「是您
　　的美德」。

作「女亡老侮成人」，伯3670、岩崎本、內野本、上〔元〕本、上〔八〕本皆同，唐石經作「汝無老侮成人」，字有別而語序亦同。從這些情況看，古本作「老侮成人」是可以肯定的[61]。孔傳云：「不用老成人之言，是老侮之也；不徙則孤幼受害[62]，是弱易之也。」「老侮之」即「老侮成人」，「弱易之」即「弱孤有幼」，都是動賓關係的句子，語正相對[63]。段玉裁〈古文尚書撰異〉：「古文《尚書》作『無老侮成人，無弱孤有幼』。鄭注：老、弱皆輕忽之意也。偽孔傳與鄭注本同。孔傳『老成人』三字為經文『老侮』張本，非孔作『侮老成人』也。唐石經作『老侮』不誤。今版本作『侮老』[64]，因『老成人』三字口習既孰，又誤會孔傳，故倒亂之……《漢書》〈趙充國傳〉曰：『時充國年七十餘，上老之。』此『老侮』之解也。」[65]按段說甚是，上列古本《尚書》皆可補證其說。阮元《校勘記》云：「按今本脫上『老』字，石經脫下『老』字。」[66]前句是而後句非。唐石經既不誤，而《書古文訓》已經作「女無侮老成人」了，可見從「老侮成人」變為「侮老成人」，時間當在唐石經之後到宋代之間。

　　值得注意的是，此句足利本作「汝亡老侮老成人」，上〔影〕本作「汝亡侮老成人」，但在「亡侮」之間右側加一「老」字，係因漏

---

61 參見吳福熙：《敦煌殘卷古文尚書校注》（蘭州市：甘肅人民出版社，1992年12月），頁217。

62 王引之云：「某氏傳以孤有幼連讀，殊為不詞。當以弱孤連讀，言以為孤弱而輕忽之也。孤之言寡也……。」王說是。見《經義述聞》（南京市：江蘇古籍出版社，2000年9月），卷3，頁81。

63 王國維云：「『老侮』與下『弱孤』語相對應。」見吳其昌：〈王觀堂先生尚書講授記〉，《古史新證——王國維的最後的講義》（北京市：清華大學出版社，1994年12月），頁236。

64 《十三經注疏》本不僅經文改「老侮」為「侮老」，連傳、疏都改作「侮老」，阮校已疑其非。

65 見《尚書》，收入《四部要籍注疏叢刊》（北京市：中華書局，1998年8月），頁1909。

66 《十三經注疏》（北京市：中華書局，1980年9月），頁173。

落而補寫，實與足利本同。按足利本為室町時代寫本，上〔影〕本為
影寫天正六年之本，其時相當於我國元明之間，但其祖本仍是唐寫
本，因此可能兼受古本和當時誤本的雙重影響，其「侮」前之「老」
當承古本而來，而「侮」後之「老」則因誤本而增入。這種句式，也
可能正是從「老侮成人」到「侮老成人」的過渡橋樑。段玉裁謂「此
蓋於既誤『侮老』之後又訂增『老』字於『侮』字上。」[67]「訂增」
之說似非。內野本在「老」旁注「侮」，「侮」旁注「老」[68]，是讀該
書者受今本影響所致。

　　另外，「汝亡老侮成人」句，漢石經（《隸釋》）作「女毋翕侮成
人」。段氏《撰異》云：「翕侮，猶狎侮也，翕蓋狎之假借字。」[69]這
也可以從另一側面證明「老侮成人」是對的，「成人」應該是「老
侮」的賓語。

三

　　〈盤庚下〉：「今予其敷心腹腎腸，歷告爾百姓于朕志。」其中
「心腹腎腸」四字，今文《尚書》作「優賢揚歷」，而頗生歧說。敦
煌本伯2516、2643、岩崎本、內野本、上〔元〕本、足利本皆作「心
腹腎腸」，上〔影〕本作「心腹**腎**腸」，第三字已接近於「賢」字，上
〔八〕本作「賢」，但又劃掉，旁注「腎」。岩崎本、內野本、上
〔元〕本字旁還注有「時忍切」。這些情況表明：一、古本確實寫作
「腎」；二、「腎」字確實可訛作「賢」。從古本來看，顯然作「心腹

---

67 見《尚書》，收入《四部要籍注疏叢刊》（北京市：中華書局，1998年8月），頁
　　1909。

68 見《尚書文字合編》（上海市：上海古籍出版社，1996年），頁885。

69 見《尚書》，收入《四部要籍注疏叢刊》（北京市：中華書局，1998年8月），頁
　　1910。

腎腸」是正確的。其文云「今予其敷心腹腎腸，歷告爾百姓于朕
志」，可謂文從字順。孔傳：「布心腹，言輸誠於百官以告志。」也說
得很正確。此句今文《尚書》作「今予其敷心，優賢揚歷，告爾百姓
于朕志。」王國維認為古文《尚書》的語句是正確的，今文「優賢
揚」三字，即古文「腹腎腸」三字形近之誤[70]。因此後來由今文而產
生的諸如「心腹賢腸歷」、「優賢揚歷」之類的讀法，皆因訛傳訛，不
足為訓。後代文人，尊崇經典，尚有以「優賢揚歷」為辭入文者，如
《三國志》〈魏志〉〈管寧傳〉：「優賢揚歷，垂聲千載。」裴松之注：
「今文《尚書》曰『優賢揚歷』，謂揚其所歷試。」真可謂誤入歧
途矣。

四

〈洛誥〉篇「孺子其朋，孺子其朋」兩句，伯2748、足利本、上
〔影〕本皆無省寫，內野本則作「孺子＝＝其朋」，比照今本，此中
「＝」符應該既表示重複其前之「孺子」，又表示重複其後之「其
朋」，但是這種用法似乎前所未見，後亦無有，殊為可疑；也可能
「其朋」之後漏落二「＝」符，亦未可知。與內野本有密切關係的上
〔八〕本此句作「孺子……其朋其朋」，以「…」號代替「＝」符，
後加「其朋」二字，算是恢復了「＝」符的正常用法。比照上〔元〕
本〈盤庚〉篇「我先后綏乃＝祖＝乃＝父＝乃斷棄女」應讀為「我先
后綏乃祖乃父，乃祖乃父乃斷棄女」的情況，「孺子……其朋其朋」
或「孺子＝＝其朋＝＝」自然也可以讀為「孺子其朋，孺子其朋」，
也就是說，今本的讀法並不能算錯。但據「＝」符的一般用法，這句

---

70 吳其昌：〈王觀堂先生尚書講授記〉，《古史新證——王國維的最後的講義》（北京
　市：清華大學出版社，1994年12月），頁238、265。

應該也可以讀為「孺子孺子，其朋其朋」。內野本傳文作「少子＝＝慎其朋黨，少子慎其朋黨，戒其自今以往。」上〔八〕本傳文作「少子＝＝慎其朋黨，其慎（當為「慎其」之誤倒）朋黨，戒其自今以往。」此二傳文之「少子＝＝」，即經文之「孺子＝＝」，可見傳文的解釋也支持了「孺子孺子，其朋其朋」的讀法。段玉裁《古文尚書撰異》引《後漢書》〈爰延傳〉云：「延上封事曰：『臣聞之，帝左右者，所以咨政德也，故周公戒成王曰其朋其朋，言慎所與也。』」[71]皮錫瑞《今文尚書考證》引《三國》〈魏志〉何晏奏言，亦用周公戒成王語，也是「其朋其朋」重複[72]，與上述讀法相同。由此看來，此句讀為「孺子孺子，其朋其朋」應該也是曾經存在過的一種異讀。

另外，「其朋」句後，伯2748、內野本、足利本、上〔影〕本皆作「慎其往」，李賢注《後漢書》〈爰延傳〉時所引《尚書》亦作「慎其往」，皆與今本只作「其往」者不同。段玉裁疑「慎」字為「妄增」[73]，孫詒讓《十三經注疏校記》云：「唐本自有『慎』字。古本與傳合，非妄增也。」則「慎」之有無，亦生分歧。按有「慎」字，勸戒之意更為殷切，當以古本為是。皮錫瑞亦云：「李注引《書》多『慎』字，於義為長。」[74]

---

71 見《尚書》，收入《四部要籍注疏叢刊》（北京市：中華書局，1998年8月），頁1989-1900。

72 皮錫瑞，盛冬鈴、陳抗點校：《今文尚書考證》（北京市：中華書局，1989年12月），頁346。

73 見《尚書》，收入《四部要籍注疏叢刊》（北京市：中華書局，1998年8月），頁1989-1900。

74 皮錫瑞著，盛冬鈴、陳抗點校：《今文尚書考證》（北京市：中華書局，1989年12月），頁346。

五

　　〈君牙〉篇「小民惟曰怨咨」句，「曰」字今本《尚書》、《書古文訓》和《禮記》〈緇衣〉皆如字，其實當是「日」之誤，理由如下：（一）上博簡、郭店簡皆作「日」；（二）岩崎本、內野本、足利本、上〔影〕本、上〔八〕本也都作「日」，其中上〔影〕本圈掉經文之「日」，而在天頭處寫了「曰」（見《合編》，頁2866），可見古鈔本確作「日」[75]；（三）孔傳：「夏月暑雨，天之常道，小人惟曰怨歎咨嗟」，「曰」字岩崎本、內野本、上〔八〕本明顯作「日」。若從語法角度來看，說「小民惟怨歎咨嗟」則可，說「小民惟曰怨歎咨嗟」則不辭，因為「怨歎咨嗟」不是「曰」的內容，而是「曰」的形式。可見當以作「日」為是。此「日」字，當為時間狀語，表示頻率，「日怨」猶言「天天抱怨」。

六

　　〈君陳〉篇云：「凡人未見聖，若不克見；既見聖，亦不克由聖。」此句《禮記》〈緇衣〉作「未見聖，若己弗克見；既見聖，亦不克由聖。」上博簡〈緇衣〉第十至十一簡作「未見耵（聖），女（如）丌（其）弗克見；我既見，我弗胄耵（聖）。」郭店簡〈緇衣〉第十九簡作「未見聖，如其弗克見；我既見，我弗迪聖。」其中比較明顯的異文是：今本「凡人」二字，《禮記》〈緇衣〉以及上博簡、郭店簡均無，而《禮記》〈緇衣〉之「己」、楚簡之「我」又不見於今本〈君陳〉。其中差異，值得考察。

---

75 阮元《校勘記》云：「古本『曰』作『日』。」（見《十三經注疏》，北京市：中華書局，1980年9月，頁252）其所謂古本者，足利本也。

　　從上博簡和郭店簡可以看出，前一分句之「其」的指代作用，相
當於後一分句的「我」。這個「其」，到了今本〈緇衣〉裡，被替換成
「己」。因此這裡的「其」、「我」、「己」的指代作用其實都一樣，從
語意分析，這些詞都不是特指某個人的自己，而是泛指「任何人的自
己」[76]，在指稱上與今本〈君陳〉的「凡人」實際上沒有太大的區
別。此句當是古之成語或格言，意謂人們未見聖道，便以不能得見為
由而不用之；已經見了聖道，自己又不能真正遵行之。這樣看起來，
〈君陳〉篇這句話的主語，雖然在不同的時期用了不同的詞語，但這
只是表面的差異，其深層語義指向並無不同。論者或謂在今本《尚
書》中，此句是成王批評常人、訓誡君陳之語，句末接「爾其戒
哉」，如稱「我」，不但與稱「人」矛盾，而且下文「爾其戒哉」也難
以解釋[77]。但如把此句看成是對古之成語或格言的引用，猶如《莊子》
〈秋水〉「野語有之曰：『聞道百，以為莫己若』者，我之謂也」的句
式，那麼，用「己」用「我」與「爾其戒哉」都不構成矛盾（即說成
「『未見聖，若己弗克見；既見聖，亦不克由聖。』爾其戒哉！」或
「『未見聖，如其弗克見；我既見，我弗迪聖。』爾其戒哉！」均
可）即使把「凡人」「己」「我」都糅合在一起，整句說成：「『凡人未
見聖，若己弗克見；既見聖，我亦不由聖。』爾其戒哉！」雖然讀起
來不如今本〈君陳〉語氣一貫，但細玩文意，似亦無不可。漢語意合
的特點，有的時候需要將語義層面和句法層面分開看，透過表面的不
同來考察其深層的含義。因此今本〈君陳〉增加「凡人」刪除「己」
「我」，只是使前後語氣一貫，而不是改變句意。〈君陳〉的這個句

76 周桂鈿：〈郭店楚簡〈緇衣〉校讀劄記〉，《郭店楚簡研究》，收入《中國哲學》（長
　　春市：遼寧教育出版社，2000年1月），第20輯。

77 參見廖名春：〈郭店楚簡引《書》論《書》考〉，《郭店楚簡國際學術研討會論文集》
　　（武漢市：湖北人民出版社，2000年5月），頁113。又廖名春：〈從郭店楚簡和馬王
　　堆帛書論「晚書」的真偽〉，《北方論叢》2000年第1期，人大複印資料《先秦、秦
　　漢史》，2001年第3期。

子，可以看出《尚書》的文本在傳承的過程中確實經過增刪調整，這
是無可懷疑的。

七

　　〈君奭〉篇「割申勸寧王之德」句，歷來異文甚多，《禮記》〈緇
衣〉引作「周田觀文王之德」，鄭注引古文作「割申勸寧王之德」，今
文作「厥亂勸寧王之德」——七字之中，前四字都有異文：「割」有
「周」、「厥」之異，「申」與「田」、「亂」不同，「觀」或為「勸」，
「文」又作「寧」。由文字之異，特別是今古文本的差別，又導致解
說不同，茲引二說，以見一斑：鄭注以為「古文近似之。割之言蓋
也。言文王有誠信之德，天蓋申勸之，集大命於其身，謂命之使王天
下也。」[78] 皮錫瑞專主今文，故以今文為然，認為古文「割申勸三字
之義，殊不可通。鄭君讀『割』為『蓋』，而《尚書》二十九篇無用
『蓋』字為語辭者，則鄭君說亦未可據。當從今博士讀為『厥亂
勸』。『厥亂』二字與上文『厥亂明我新造邦』義同。」他據王引之之
說，以亂為率之借字，「『厥亂勸寧王德』者，厥率勸寧王德也。」[79]
二說可謂針鋒相對。現在看來，今古文家各有所據，但都不完全對。
若單從形近訛混的角度來看異文，問題不容易得到解決。比如說田、
申是形近而混，當然說得過去，但若只以此為依據來判斷，則于省吾
先生主張田、申皆從「由」字形訛而來的說法[80]，也難以辨其是非。
今文家讀為「亂」字，與「形近」離得很遠，似乎無稽。但此一異

78　《十三經注疏》（北京市：中華書局，1980年9月），頁173、1651。

79　皮錫瑞著，盛冬鈴、陳抗點校：《今文尚書考證》（北京市：中華書局，1989年12
　　月），頁386-387。

80　〈雙劍誃尚書新證〉，《雙劍誃群經新證　雙劍誃諸子新證》（上海市：上海書店出版
　　社，1999年4月），卷3，頁110。

文，對於確定田、申之異的來源，起到了極為關鍵的作用，「由」字之說，亦因此得以辨其非（詳下）。因此異文材料必須仔細辨認，充分利用，不可因表面上過多的差異而置之不理。現結合古寫本及楚簡，將此句中與解讀《尚書》文本有關的異文逐一簡要說明如下：

一、「割」字楚簡相對應的字作「𢦍」，從戈與從刀義同。今本〈緇衣〉作「周」，「周」即「害」之形訛，「割」、「害」、「周」之聯繫，于省吾先生論之已詳[81]。鄭注引今文《尚書》「割」作「厥」，廖名春先生認為「厥」為「害」之聲誤[82]。按厥、害皆月部字，當可通用。

二、「申」字今本〈緇衣〉作「田」，鄭注引今文《尚書》作「亂」，古本《尚書》無他異。裘錫圭先生根據古文字的研究，疑此字「本作『𤫖』，〈緇衣〉所引本依其聲旁讀為『田』，傳《尚書》之今博士則誤以左半之『㕭』為聲旁而讀為『亂』。『田』、『陳』、『申』古音相近（《說文》以為「陳」從「申」得聲），故古文家又讀此字為『申』。」[83]這就很圓滿地解釋了這些異文的來歷。郭店簡此字作「繟」，左邊之「系」為「㕭」的省變，右上之「屮」為「東」的簡化，可知「繟」即「𤫖」之簡體[84]，可以進一步證實裘錫圭先生此字本作「𤫖」的說法[85]。可見此字當以古文家讀「申」為是。

---

81 〈雙劍誃尚書新證〉，《雙劍誃群經新證　雙劍誃諸子新證》（上海市：上海書店出版社，1999年4月），卷3，頁110。

82 廖名春：〈郭店楚簡引《書》論《書》考〉，《郭店楚簡國際學術研討會論文集》（武漢市：湖北人民出版社，2000年5月），頁115。

83 裘錫圭：〈史牆盤銘解釋〉註10，《文物》1979年第3期。

84 參見裘錫圭、李家浩：〈談曾侯乙墓鐘磬銘文中的幾個字〉，《曾侯乙編鐘研究》（武漢市：湖北人民出版社，1992年11月），頁523；陳秉新：〈古文字考釋三題〉，《古文字研究》（北京市：中華書局，2001年10月），第21輯，頁309。

85 臧克和先生根據于省吾先生「田」字為「由」字之訛的說法，主張將郭店簡中的「紳」釋為「紬」，「割紳」讀為「害由」即「曷由」，說見〈上海博物館藏《戰國楚竹書》〈緇衣〉所引《尚書》文字考──兼釋《戰國楚竹書》〈緇衣〉有關的幾個

　　三、「勸」字今本〈緇衣〉及郭店簡均作「觀」。于省吾先生在《雙劍誃尚書新證》中認為此處之「勸」與「觀」是「形似而訛」，在《雙劍誃管子新證》中又認為「勸」、「觀」古字通用[86]。是形訛抑或通用，其實不好斷定，但《尚書》此句之「觀」與「勸」，王國維認為似從「觀」為長[87]。廖名春也認為「觀」當為本字[88]。

　　四、「寧」或作「寍」，段玉裁認為衛包改字前作「寍」，尚有一段公案[89]；楚簡作「文」，為清儒王懿榮、吳大澂論「寧」為「文」之誤字的說法又添一新的直接證據[90]。

　　綜上所述，〈君奭〉此句當以「割（害）申觀文王之德」為正，「割」當從鄭玄說讀為「蓋」，表推測原因。「申」指「重複」「多次」[91]。「在昔上帝，割申觀文王之德」與其後之「其集大命於厥身」構成因果關係，意即從前上帝大概多次看到了文王的誠信美德，所以把統治天下的大命降臨到他身上。此下「惟文王尚克修和我有夏，亦惟有若虢叔，有若閎夭……」云云，則是具體解釋文王的美德。

　　字》，《古籍整理研究學刊》2003年第1期。按臧釋與字形有隔，而且不能解釋此字有一異文作「亂」的緣由，故不取。

86　〈雙劍誃尚書新證〉，《雙劍誃群經新證　雙劍誃諸子新證》（上海市：上海書店出版社，1999年4月），卷3，頁110、222。

87　見吳其昌：〈王觀堂先生尚書講授記〉，《古史新證——王國維的最後的講義》（北京市：清華大學出版社，1994年12月），頁252。

88　廖名春：〈郭店楚簡引《書》論《書》考〉，《郭店楚簡國際學術研討會論文集》（武漢市：湖北人民出版社，2000年5月），頁115。

89　參見《敦煌古籍敘錄》（北京市：中華書局，1979年9月），頁17-18。

90　參見裘錫圭：〈談談清末學者利用金文校勘《尚書》的一個重要發現〉，《古籍整理與研究》1988年第4期，收入《古代文史研究新探》（南京市：江蘇古籍出版社，1992年6月）。

91　《書》〈堯典〉：「申命羲叔宅南交。」孔傳：「申，重也。」《爾雅》〈釋詁下〉：「申，重也。」

八

〈康誥〉篇「乃其速由文王作罰，刑茲無赦，不率大戛」句，郭店簡〈成之聞之〉第三十八至三十九簡作「不還大暊，文王复（作）罰，型（刑）丝（茲）亡懇」，二者不僅有異文，而且句序也不一樣。這裡只討論其句序。傳本一般以「乃其速由」與「文王作罰」連讀，孔傳謂「言當速用文王所作違教之罰」，則以「文王作罰」為偏正詞組作「由（用）」的賓語。孫星衍《尚書今古文注疏》主張「乃其速由」獨立成句，現在看來是正確的。廖名春先生指出：「比較之下，當以簡文合理。『文王作罰，刑茲無赦』的是『不率大戛』，有『不率大戛』之事，方有『文王作罰，刑茲無赦』之為，所以『不率大戛』當居前……從楚簡看，『乃其速由』與下連讀，則成『乃其速由不率大戛』，顯然不通。因此，當作『乃其速由。不率大戛，文王作罰，刑茲無赦』。」[92]按從〈康誥〉的上下文來看，「乃其速由」（孫星衍謂其意是「乃其自召罪試」）與「不率大戛」都是「文王作罰」的對象，因此「乃其速由」後應改用逗號為好。如果綜合考慮簡本和今本，這句話原來也有可能作「不率大戛，乃其速由，文王作罰，刑茲無赦」，意謂「不遵循常道，乃是自招罪試，因此文王制定了刑罰，懲罰他們，不得赦免。」這在文理邏輯上似乎更加合理。

《書序》云：「成王既伐管叔、蔡叔，以殷餘民封康叔，作〈康誥〉、〈酒誥〉、〈梓材〉。」〈康誥〉通篇以「王若曰」「王曰」「曰」的形式進行訓話，今本「乃其速由」前有「曰」字，下文有「汝乃其速由，茲義率殺」進行呼應，因此從語篇構成的角度看，從「曰不率大

---

92 廖名春：〈郭店楚簡引《書》論《書》考〉，《郭店楚簡國際學術研討會論文集》（武漢市：湖北人民出版社，2000年5月），頁121。

戛，乃其速由，文王作罰，刑茲無赦」到「汝乃其速由，茲義率殺」正構成一個前後呼應的語段，自可獨立，不應該像有些本子那樣將「刑茲無赦」以上歸為上段末尾，以「不率大戛」以下另起一段[93]。

第三節　據古本《尚書》論衛包改字

一

　　《尚書》在流傳過程中經歷了許多波折，是眾所周知的事實。段玉裁有《尚書》七厄之說。他在《古文尚書撰異》〈序〉中稱：「經惟《尚書》最尊，《尚書》之離厄最甚。秦之火，一也；漢博士之抑古文，二也；馬、鄭不注古文逸篇，三也；魏晉之有偽古文，四也；唐《正義》不用馬、鄭用偽孔，五也；天寶之改字，六也；宋開寶之改《釋文》，七也。七者備而古文幾亡矣。」[94]這裡所說的「天寶之改字」，即指衛包改字。對於衛包，段氏稱其「不學無識」，因而對他認為是衛包所改的經字，他也都想「復其舊」。如何看待衛包改字，關係到我們對古書流傳過程的認識，也反映出古人尊經觀念的遞嬗，需要重新思考。現在我們看到了許多衛包改字以前的《尚書》寫本，以及源於這些古寫本的傳抄本，對重新認識衛包改字提供了客觀條件。本節擬以《合編》所提供的古本《尚書》材料，調查一部分被認為是衛包所改的字例，以窺見所謂衛包改字真相之一斑。

　　段玉裁在《古文尚書撰異》卷一「格於上下」條下說：

93　如周秉鈞譯注：《尚書》（長沙市：嶽麓書社，2001年7月）；李民、王健：《尚書譯注》（上海市：上海古籍出版社，2000年10月）。

94　見《尚書》，收入《四部要籍注疏叢刊》（北京市：中華書局，1998年8月），頁1763。

按許書自序云：「其偁《易》，孟氏；《書》，孔氏；《詩》，毛氏；《禮》、《周官》、《春秋左氏》、《論語》、《孝經》，皆古文也。」然則凡許所偁《尚書》，皆孔安國壁中本。凡壁中本有，安國以今文讀之改定其字者，如「坍」改作「朋」、「詔」定作「斷」、「𪉷」定作「蠢」之類是也。叔重存其故書，本字往往與今本乖異。職此之由，凡安國讀定之本，遞傳至衛、賈、馬、鄭、王及偽孔。唐天寶三載，命一不學無識之衛包，盡改其古字，如「共」改作「供」、「女」作「汝」、「鄉」作「嚮」、「御」作「迓」、「奴」作「㝅」、「庸」作「鏞」、「熒」作「榮」、「淺」作「餞」、「鳥」作「𣊵」、「道」作「導」、「尼」作「昵」、「旄」作「毛」、「雺」作「蒙」、「圉」作「驛」、「柴」作「費」、「馮」作「憑」、「幾」作「𥳑」、「斁」作「塗」、「闢」作「開」之類是也。[95]

但段玉裁所論衛包改字之例是否都正確呢？下面即以段氏所說的這一部分字例為調查對象來看看古本《尚書》的具體情況[96]。

---

95 見《尚書》，收入《四部要籍注疏叢刊》（北京市：中華書局，1998年8月），頁1769。

96 按段玉裁所列衛包改字之例，後人頗有認同者，如劉起釪先生說：「過去段玉裁在《古文尚書撰異》裡根據文字學原理及漢魏資料論斷衛包改錯了一些字……例如衛包改錯的字有：『鳥』錯為『島』，『御』錯為『迓』，『冀』錯為『恭』，『熒』錯為『榮』，『雺』錯為『蒙』，『圉』錯為『驛』，『斁』錯為『塗』，『柴』錯為『費』，……等等。這些錯都使文義跟著錯。」（見〈《尚書》的隸古定本、古寫本〉，《史學史資料》1980年第3期。又收入《尚書源流及傳本考》，長春市：遼寧大學出版社，1997年3月，頁211-212。後者刪「御」錯為「迓」例，增「偽」錯為「訛」例，且排版有誤）因此這些字例具有一定的代表性，重新調查這些字是可以說明問題的。

二

　　按段氏所舉壁中本有而安國以今文讀之並改定其字之例，如
「堋」改作「朋」、「䚻」定作「斷」、「𧕥」定作「蠢」之類，求之古
本，段氏之說有得有失，先考之如下：

　　「朋」字今文《尚書》共四見。敦煌本伯2748、島田本、內野
本、足利本、上〔影〕本、上〔八〕本等確如段氏所說，皆作
「朋」。〈益稷〉篇漢石經殘片作「風」，為假借字。〈洪範〉篇《隸
釋》作「𠬝」，十分奇怪。今按古文「朋」作「𠬝」（南疆鐙「堋」字
所從）、「𠬝」（郭店簡〈語叢四〉「堋」字所從），漢代金文作「𠕊」
（永始三年乘輿鼎）、「𠕋」（永始乘輿鼎），後二例與「𠬝」形已較接
近，故「𠬝」當是「朋」字隸定訛體[97]。看來漢代以來「堋」作
「朋」是可以肯定的，段氏所說，當不為誣。《說文》無「朋」字，
「堋」下引〈益稷〉篇「堋淫於家」，《書古文訓》「朋」均作「堋」，
或即據此推定。

　　「斷」字今文《尚書》共五見。敦煌本伯2516、伯2643、岩崎
本、九條本、上〔元〕本作「䚻」或「䚻」（有的略有訛變）。段氏以
為「䚻」定作「斷」為安國所改，而安國讀定之本，遞傳至衛、賈、
馬、鄭、王乃至偽孔。可是這些都是衛包改字前後的所謂偽孔寫本，
仍存「䚻」字，可見段氏之說恐非。

　　「蠢」字今文《尚書》共三見，皆在〈大誥〉篇。內野本作
「𧕥」，上〔八〕本作「𧕥」，當皆「𧕥」字之訛。準「䚻」字情形，

97 「𠕊」、「𠕋」二字見《金文續編》附錄，舊釋「開」，非。黃文傑釋「朋」，是，見
　《說朋》。關於「朋」字的演變情況，可參看曾憲通：〈釋「鳳」、「凰」及其相關諸
　字〉，《中國語言學報》（北京市：北京語言文化大學出版社，1997年3月），第8期；
　黃文傑：〈說朋〉，《古文字研究》（北京市：中華書局，2000年7月），第22輯。

恐段氏之說亦非是。因為自六朝以來的《尚書》古寫本中尚存此古字形，謂此前之孔安國已改定為「蠢」，顯然是不對的。

　　有類於段氏論安國改字，其論衛包改字，亦得失參半。考之如下：

　　「共」作「供」：「供」字《尚書》共四見，〈召誥〉、〈費誓〉各一見，〈無逸〉二見。漢石經〈無逸〉篇、敦煌本〈無逸〉、〈費誓〉篇、九條本〈召誥〉、〈費誓〉篇皆作「共」，《書古文訓》各篇也作「共」，內野本、足利本、上〔影〕本、上〔八〕本各篇則皆作「供」。從這些情況來看，較早的文本確實都用「共」，較晚的本子則作「供」，衛包改「共」為「供」的可能性是存在的。不過像內野本等抄本還頗存古字，其祖本甚古，此本作「供」，則衛包之前「共」是否不作「供」，還不好遽定[98]。

　　「女」作「汝」：「汝」字《尚書》各篇多見，今古文共計一七九見，其中今文《尚書》一四八見，古文《尚書》二十七見，《書序》四見。調查情況如下：漢石經作「女」，魏石經作「女」，敦煌本除伯3015〈堯典〉篇作「汝」（一個）、伯2516〈說命〉篇作「汝」（一個，係漏抄補寫）、伯2748〈君奭〉篇作「汝」（九個）、斯6259〈蔡仲之命〉篇作「汝」（二個）外，其餘全部都寫作「女」。岩崎本作「女」（〈盤庚〉篇有一處誤作「予」）。九條本除〈蔡仲之命〉篇一作「汝」外，餘皆作「女」。神田本作「女」。島田本作「女」。內野本作「汝」者十一個，其餘全作「女」。上〔元〕本作「女」。觀智院本作「女」者三，作「汝」者二，且「汝」字旁皆注有「女」字。天理本只一見，作「汝」。上〔八〕本作「汝」者四十五個，其餘全作「女」。《書古文訓》全作「女」。足利本和上〔影〕本的情況則相

---

98 王國維也認為作「供」為衛包所改，殆本段氏之說。見吳其昌：〈王觀堂先生尚書講授記〉、劉盼遂〈觀堂學書記〉，《古史新證──王國維的最後的講義》（北京市：清華大學出版社，1994年12月）。

反：足利本作「女」者二十七個，其餘全作「汝」；上〔影〕本作「女」者十三個，其餘全作「汝」。另按〈大禹謨〉篇今本有「惟乃之休」句，內野本作「惟女之休」，足利本、上〔影〕本同。上〔八〕本作「乃」，旁注「女」，可見校注者所據古本確作「女」。按作「女（汝）」甚合語法，當以古本作「女（汝）」為是，說詳上節。此亦可旁證第二人稱之「汝」，古本確當作「女」。以此觀之，《尚書》第二人稱的「汝」字原先寫作「女」，當是可信的。但是否作「汝」者為衛包所改則不好確定。因為上列古本中，如伯3015、九條本等衛包改字之前的寫本也偶作「汝」，雖不多見，但畢竟存在，不可忽略不計。段氏云：「爾女字，經籍中絕不用『汝』字。自天寶、開寶兩朝荒陋，《尚書》全用『汝』字，與群經乖異。」[99]所言過於絕對。

　　「鄉」作「嚮」：「嚮」字《尚書》共八見，包括敦煌本在內的《尚書》古寫本多作「嚮」（足利本、上〔影〕本、上〔八〕本往往把「鄉」左旁之「乡」寫作「歹」，屬訛寫）。岩崎本作「向」。段氏以為衛包改「鄉」為「嚮」看來並不確切。另外，古寫本中「嚮」字還有很特殊的寫法，為段氏所未論及者，倒是值得注意。如上〔元〕本作「窞」，觀智院本作「窞」、「窞」、「窞」、「窞」，上〔八〕本作「窞」，《書古文訓》中作「窞」。按《集韻》〈漾韻〉：「鄉，面也。或從向。古作窞、窞」。「窞」、「窞」、「窞」、「窞」等即此形寫訛。「窞」字亦為「響」字古文，見《集韻》〈養韻〉[100]。

　　「御」作「迓」：「迓」字今文《尚書》共四見。敦煌本作「卸」、「卸」，岩崎本作「御」，上〔元〕本作「御」，觀智院本作

99　轉引自龔道耕：〈唐寫殘本《尚書》釋文考證〉，見註68（第四冊）附錄二，頁334。

100　杜從古《集篆古文韻海》卷三「養」韻收「響」字或作「窞」，與「窞」同，徐在國謂「窞」、「響」二字關係待考。見《隸定古文疏證》（合肥市：安徽大學出版社，2002年6月），頁60。

「卸」，要皆「御」字及其草體或省訛之體。觀智院本字旁注「迓」，當是以唐石經校之。內野本、足利本、上〔影〕本、上〔八〕本則多作「迓」，內野本〈洛誥〉篇在「迓」旁注「御」（見《合編》，頁2037），可見所據古本作「御」。「御」、「迓」二字，「御」前「迓」後，驗之古本，當不為誣。另上〔影〕本〈盤庚〉、〈牧誓〉二篇作「迂」，當是形近而誤，非借字。因為上〔影〕本與足利本有密切關係，足利本作「迓」，很清楚，上〔影〕本不可能另用借字。王國維說：「迓，當作御；今作迓，亦唐人所改也。御之誼，本同迓。《詩》所云『百輛御之』，其誼即迓也。古書中無作迓者，惟《儀禮》、《公羊》曾假作訝，而亦無迓字。迓，俗字也。」[101]

「奴」作「㚢」：「㚢」字《尚書》共二見，敦煌本、九條本作「伩」，其餘各本皆作「㚢」。「伩」字見於《說文》，為「奴」字古文（按《集韻》〈願韻〉以為「侮」字古文）。依段說，「㚢」字未改字時當作「奴」，據敦煌本、九條本，其字則是，其形則非，不能算十分準確。另「奴」字《尚書》只一見，在〈泰誓〉篇，為古文。此字各本皆如字，惟內野本、上〔八〕本作「伩」。而「㚢」、「奴」二字，《書古文訓》皆作「伩」，與敦煌等古本相合，看來不無根據。

「庸」作「鏽」：「鏽」字《尚書》只一見，在〈益稷〉篇。敦煌本伯3605作「庸」，內野本作「鏽」，旁注「庸」（見《合編》，頁298），可見古本確是「庸」。足利本、上〔影〕本、上〔八〕本皆作「鏽」，殆受唐石經之影響。此二字，「庸」為先有而「鏽」則後起，當是可信的。

「熒」作「榮」：「榮」字《尚書》共二見，都在〈禹貢〉篇。惟九條本作「熒」，合於段氏所說。內野等日本古寫本皆作「榮」。上〔影〕本作「榮」，形近而誤。

---

101 見吳其昌：〈王觀堂先生尚書講授記〉，《古史新證——王國維的最後的講義》（北京市：清華大學出版社，1994年12月），頁237。

　　「淺」作「餞」：「餞」字《尚書》只一見，在〈堯典〉篇「寅餞納日」句。此字內野本等日本古寫本皆作「餞」，惟敦煌本伯3315《堯典釋文》和《書古文訓》作「淺」。據此，「餞」古本作「淺」，應無疑義。但伯3315「淺」字下又云：「注作餞，同。」可見衛包以前已有以「餞」為「淺」者。《集韻》〈獮韻〉：「淺，滅也。《書》：『寅淺納日。』馬融讀通作餞。」則以「餞」為「淺」者，馬融也。馬融雖非逕改經文，但其讀足以啟發後人。王國維則謂馬融作踐解，改「餞」者為偽孔傳[102]。如此看來，雖先「淺」而後「餞」，但把「餞」字全歸咎於衛包所改，當非公論。

　　「鳥」作「嶋」：「嶋」字《尚書》共二見，都在〈禹貢〉篇。此字古本寫法可分三種情況：一種作「鳥」，如漢石經殘石和岩崎本。第二種作「島」，如敦煌本伯3615、伯3469作「島」，上〔影〕本、上〔八〕本作「島」。上〔影〕本一作「嶋」，為其異體。第三種是前兩種寫法的綜合反映，如內野本作「島」，旁注「鳥」；足利本也作「島」，旁注「口作鳥」。從這三種情況來看，「嶋」字本作「鳥」是對的，漢代的著作如《史記》、《漢書》、《大戴禮記》等所引均可為證。但也並不是直到衛包才改為「嶋」。漢代的書籍如劉向的《說苑》〈修文〉亦曾把「鳥夷」作「島夷」[103]。

　　段氏在《撰異》卷三「鳥夷皮服」條云：

　　　　《釋文》：「鳥，當老反。馬云，鳥夷，北夷國。」《正義》
　　　　曰：「孔讀『鳥』為『嶋』，『嶋』是海中之山（按《撰異》引
　　　　《正義》「嶋」字，十三經注疏本作「島」，無「鳥」字中的四

---

102 王國維云：「餞，古文本常作淺，馬融作踐解，於義稍近。《偽孔傳》改餞以偶實，義失之巧。」說見吳其昌：〈王觀堂先生尚書講授記〉，《古史新證──王國維的最後的講義》（北京市：清華大學出版社，1994年12月），頁233。

103 參見高亨：《古字通假會典》（濟南市：齊魯書社，1989年7月），頁745。

點）。鄭玄云，鳥夷，東方之民搏食鳥獸者也。王肅云，鳥夷，東北夷國名也。與孔不同。」玉裁按，據《正義》孔讀「鳥」為「島」之云，是經文作「鳥」，傳易其字。鄭讀如字，故云「與孔不同」也。陸氏《釋文》云：「鳥，當老反。」謂孔傳讀為「島」也。其下文曰：「馬云，鳥夷，北夷國。」謂馬不易字也。自衛包改經文「鳥」字為「島」，而宋開寶中又更定《尚書》〈釋文〉，兩「鳥」字皆改為「島」……今更定經文作「鳥」，復衛包以前之舊。[104]

他在同卷「鳥夷卉服」條又說：

此亦本作「鳥」，孔讀為「島」，衛包逕改為「島」字。《後漢書》〈度尚傳〉：「深林遠藪，椎髻鳥語之人置於縣下。」李注：「鳥語謂語聲似鳥也。《書》曰：『鳥夷卉服。』」玉裁按，此衛包未改《尚書》也。《漢志》「鳥夷」不誤，〈本紀〉作「島」，則淺人用天寶後《尚書》改之也。

段氏接著又自注云：

《集解》「冀州」用鄭注則作「鳥」；「揚州」用孔注則作「島」。張守節《正義》成於開元二十四年，釋以「可居之島」，則《史記》作「島」在開元以前。[105]

104　見《尚書》，收入《四部要籍注疏叢刊》（北京市：中華書局，1998年8月），頁1852。

105　見《尚書》，收入《四部要籍注疏叢刊》（北京市：中華書局，1998年8月），頁1866。

　　按開元在天寶前，段氏此注所說實際上與古本《尚書》相合，證明衛包之前「鳥」字已有作「島」者，於段氏自己所持衛包改字之說不利。段氏謂〈本紀〉作「島」為淺人據天寶後《尚書》所改，其說過於武斷，顯然缺乏說服力。

　　總之，讀「鳥」為「島」已源於孔傳，改經文「鳥」為「島」未必要等到衛包才完成。他之前的古本《尚書》（即上舉伯3615、伯3469）以及引用《尚書》的漢代典籍，都已有寫作「島」者，可見「鳥」、「島」之變在衛包之前就已經完成，衛包只不過是最後的確定者而已。段氏要「復其舊」固然未嘗不可，但將此字之變全歸咎於衛包，則是不妥的。

　　「道」作「導」：「導」字《尚書》共十二見，全部都在〈禹貢〉篇。敦煌本伯5522、伯4033、伯4874和九條本都作「道」，內野本、足利本、上〔八〕本則都作「導」，上〔影〕本除「導河積石」句中「導」作「道」外，其餘也都作「導」。另外，內野本有兩處在「導」字旁注有「道」字。從古寫本來看，此字早期寫本作「道」而後來改為「導」的事實是比較明顯的。如果我們把內野本等日本古寫本上面的「導」字看成是受唐石經的影響所致，那就不好辯駁段氏的說法了。

　　「尼」作「昵」：「昵」字《尚書》共四見。敦煌本伯2516〈高宗肜曰〉篇作「𨙲」，即「𨙲」字。岩崎本作「尼」。敦煌本伯2516〈說命〉篇作「昵」，岩崎本作「昵」，皆「昵」字。神田本〈泰誓中〉亦作「昵」，岩崎本〈冏命〉篇作「暱」。可見「昵」字在衛包之前雖有作「尼」者，但還作「𨙲」、「暱」等，而作「昵」則更為常見，謂為衛包所改，顯然不對。

　　「旄」作「毛」：「毛」字《尚書》共六見，〈堯典〉、〈禹貢〉、〈顧命〉各二見。〈禹貢〉篇伯3469、伯5522、岩崎本都作「毛」。此皆衛包以前寫本，非衛包所能改。各篇日本古寫本也都作「毛」，未

見作「旄」者。《書古文訓》〈堯典〉篇作「髦」，〈顧命〉篇作「毛」，惟有〈禹貢〉篇作「旄」。此書段氏認為乃「偽中之偽」，難道可據以認為「毛」字古作「旄」？

　　「雺」作「蒙」：「蒙」字今文《尚書》共四見，〈禹貢〉、〈洪範〉各二見；古文《尚書》惟〈伊訓〉篇一見。〈禹貢〉篇伯3169、岩崎本、九條本等衛包之前的寫本都作「蒙」（下或从「冢」，寫訛），可證非衛包所改。各本未見作「雺」者。島田本〈洪範〉篇作「蟲」、「蠢」，為「蝱」字寫訛，已詳第四章。

　　「圛」作「驛」：「驛」字《尚書》只一見，在〈洪範〉篇。內野本、足利本和上〔影〕本作「圛」，島田本作「圛」，寫訛。上〔八〕本作「驛」，乃「驛」字訛寫。從古寫本來看，段氏論「圛」作「驛」為衛包所改，大致可信。

　　「柴」作「費」：「費」字《尚書》經文只一見，在〈費誓〉篇，加上《書序》，共二見。古寫本有三種情況：九條本、《書古文訓》作「柴」；內野本、上〔八〕本作「粜」；足利本、上〔影〕本作「費」。「費」字原來作「柴」（或「粜」），看來也是可信的。敦煌本伯3871（含伯2549）為六朝抄本，內容有《尚書》篇目，〈費誓〉之「費」作「柴」。此字見於《說文》〈米部〉，當是「柴」字異體。要之，〈費誓〉之「費」，古本有「柴」「柴」「粜」幾種寫法，最後才統一為「費」。

　　「馮」作「憑」：「憑」字《尚書》共二見，皆在〈顧命〉篇。內野本、足利本、上〔影〕本、上〔八〕本都作「憑」，所異在「馬」字四點的寫法上。觀智院本作「馮」，當為「馮」字之誤。觀智院本雖為後出，但來源甚古，依此，衛包改字之說可能有據。

　　「幾」作「篾」：「篾」字《尚書》只一見，在〈顧命〉篇。衛包以前寫本無存，內野本、觀智院本、足利本、上〔影〕本、上〔八〕本寫法有異，字下或从戉作「篾」，或从戈作「篾」，皆寫訛，但上部

均未見从「**仌**」者。按「**幾**」字古作「**幾**」（錄篹）[106]、「**幾**」（上博楚簡〈孔子詩論〉簡九）[107]等，其上从「**仌**」，隸楷則作「蔑」，張遷碑作「**蔑**」可證。因此，从竹之「篾」當為後起字，段氏以从「**仌**」从「竹」為此字古今之異，是可信的。但是否衛包所改，材料所限，不好確定。

「**斁**」作「**塗**」：「塗」字《尚書》共六見。伯3469、岩崎本之〈禹貢〉篇作「塗」，九條本〈仲虺之誥〉篇作「塗」，〈梓材〉篇作「斁」。可見古本當是「斁」、「塗」互作，衛包擇其通用者而定之，當非自行臆改也。按「斁」有「塗」音，意為塗飾。如《新語》〈資質〉：「飾以丹漆，斁以明光。」但畢竟罕用。此字《書古文訓》作「敓」。按「敓」或作「劇」，為杜絕之「杜」的本字，薛本用為假借字。

「**開**」作「**開**」：按「開」是「關」字古文，與「開」字古文訛混，詳第三章第一節。「開」字《尚書》共四見，皆在〈多方〉篇，另〈費誓〉〈序〉亦一見。斯2074、九條本之〈多方〉篇作「開」，九條本〈費誓〉〈序〉作「**開**」，當是「開」之寫訛，可見天寶之前的寫本已經「開」、「開」互作，不能歸為衛包改字。

三

段氏所認定的衛包改字之例當然不止以上這些，但這些例子足以說明，段氏論字之古今形異率皆有據，而把古今之變斷為衛包所為，驗之古本，只能是得失參半，不可完全信從。然則衛包改字的問題，

---

106 見容庚編著，張振林、馬國權摹補：《金文編》（北京市：中華書局，1985年），頁260。

107 馬承源主編：《上海博物館藏戰國楚竹書（一）》（上海市：上海古籍出版社，2001年11月），「圖版」，頁21。

需要我們加以重新認識和思考。

　　隨著出土古書材料的豐富，我們認識到，古書的流傳過程其實是很複雜的，其文本必會因時因地或多或少地發生一定的變化，經典的傳抄也一樣。人情惡難而樂易，以今字取代古字，以常見字替換偏僻字，都是不可避免的。從《尚書》的古抄本來看，自晉以來，後來抄本中的隸古之字每趨減少，追新隨俗，勢所必然。如內野本古字甚多，明顯來源於內野本的上〔八〕本則多為今字。即使是同一抄本，如果一個字有古今字形上的區別，出現的次數又比較多，也往往是先出現的時候遵照古本寫古形，以後則更多地寫新字。如「辟」字孔傳古文《尚書》共出現四十七次，此字古文寫作「侵」、「**侵**」、「**侵**」等形，足利本和上〔影〕本就不像內野本那樣前後比較一致，而是先作「侵」者多，後作「辟」者多，可見抄寫者在遇到古今字形差距較大時，越往後抄就越逕用今字。又如「翼」字《尚書》共出現十三次，內野本、足利本、上〔影〕本只在此字第一次出現的時候寫作其古形「戙」，上〔八〕本只在其第二次出現的時候寫作此形，以後十餘次各本都不這樣寫，而只寫「翼」或「翌」，反映了人們趨新隨俗的心理。另一方面，隸古定字缺少規範，同一個字往往有許多種不同的形體，比如第三章第一節所舉的「斷」字、「難」字、「享」字，都有十幾種不同寫法，令人無所適從。當經典文本出現大量訛混時，歷代都有規範之舉，或刻石經，或定讀本，因此天寶年間進行的統一規範也是勢在必行的。

　　有人認為「古人寫書，凡經文中字不敢苟簡，注中則否。」[108]但古本《尚書》是一個歷時共時相混雜的文字系統，經文之字苟簡而作的情形並非偶見。其實尊經的觀念因時代的不同、學派的差別以及讀者層次的高低也會有所變化，並非古今一律。先秦時期百家爭鳴，學

108　蔣斧語，見《敦煌古籍敘錄》（北京市：中華書局，1979年9月），頁19。

派林立，何為經典，何為末流，其實未定。漢代罷黜百家，獨尊儒術，才有所謂尊經思想，而《史記》引《書》，輒改其字，說明還未深入人心。其時之今古文之爭，通過文字之異而顯學派門戶之見，大大加強了尊經觀念，某字必某字，作此者必今文，作彼者必古文，涇渭斯分，壁壘森嚴，學者津津樂道，經典之字不得改易之思維定勢逐漸根深柢固。段玉裁等清代學者之所以認為《尚書》中某字必某字，而以衛包所改為十惡不赦，其實就是囿於經典之字一成不變的觀點和學派偏見，因而所論難免偏執。

　　值得注意的是，對於天寶改字的問題，前人已指出衛包非倡始者。阮元〈尚書注疏校勘記序〉云：

> 自梅賾獻孔傳而漢之真古文與今文皆亡，乃梅本又有今文古文之別。《新唐書》〈藝文志〉云：天寶三載，詔集賢學士衛包改古文從今文。說者謂今文從此始，古文從此絕。殊不知衛包以前未嘗無今文，衛包以後又別有古文也。《隋書》〈經籍志〉有《古文尚書》十五卷，《今字尚書》十四卷，又顧彪《今文尚書音》一卷，是隋以前已有今文矣。蓋變古文為今文，實自范寧始。寧自為集注，成一家言。後之傳寫孔傳者，從而效之，此所以有今文也。六朝之儒傳古文者多，傳今文者少。今文自顧彪而外，不少概見。李巡、徐邈、陸德明皆為古文作音，孔穎達《正義》出於二劉，蓋亦用古文本，如塗之為敦，云之為員是也。然疏內不數數觀，殆為後人竄改，如陳鄂等之於《釋文》歟？然則衛包之改古從今，乃改陸、孔而從范、顧，非倡始為之也。

　　現在有了《尚書》古寫本，我們可以對阮元的觀點加以證實。比如伯3015、伯2630為今字本，均寫於衛包改字之前。王重民先生指

出：「然則天寶以前，固有今文也……蓋六朝至唐，由隸變楷，在書法進化上，為自然之趨勢；特以此經（按即《尚書》）獨有古文之名，學者狃於師承，遞相傳寫，故字體之變化亦獨緩。然在楷變時期，墨守者其經本變化少，聰明者其經本變化多，衛包以前，必非昔時經本之舊矣。然則衛包改字，正所謂『下令於流水之源』，則士子尊行，風行海內，宜有如雲從龍，風從虎，不百年而古文幾絕矣……此兩卷書寫年代，余所考定者若不誤，則當並是衛包以前之改革家，可為阮說作佐證。」[109]王先生還以具體例子說明了段氏衛包改字說的矛盾，他在跋敦煌本伯2748時說：

〈多士〉：「爾乃尚有爾土，爾乃尚寍幹止」，今本寍作寧，卷子本作寍，猶存真字。按段玉裁《古文尚書撰異》云：「偽〈大禹謨〉『萬邦咸寍』，《釋文》：『寍，安也，《說文》安寧字如此。寧，願詞也。』此未改《音義》也。天寶中因衛包已改經文之寍為寧，遂改《釋文》大書寍字為寧，改小字曰：『安也，《說文》安寧如此，願詞也。』使學者勞精竭神而不能讀，曾謂李昉陳鄂輩之不通，一至於此，宜孫宣公之急請以原本與新定本並行也。今所存〈虞夏書〉絕無寧字，至〈商書〉、〈盤庚〉始見；蓋《尚書》通體，衛包以前皆作寍，以後皆作寧。」（經韻樓本卷六，頁一下）按段氏之言是也，然猶未盡的。謂『衛包以前皆作寍』，此卷實出於天寶以後，固作寍矣。若謂余所考定書寫年代為不確，此卷為出於天寶以前，然〈亡逸〉篇兩寍字又作寧，則作寧又當不始於衛包以後也。[110]

　　總而言之,《尚書》在流傳的過程中,在尊經觀念並不嚴格的情況下,必然有古今雜糅的傳抄之本,必然有今字之本以逐漸取代古字之本,當然也有古字本在不絕如縷地延續著,其情況並非如後人所想像的那樣非此即彼,簡單純粹。不過可以肯定的是,總的趨勢必然是今字本逐漸取代古字本。亦即說,天寶不改,必在其後改之;衛包不改,必有他人改之。因此衛包改字乃是時勢所趨,順其自然。

　　然衛包何許人也?其人新舊《唐書》皆無傳,生平不可考。歐陽修〈集古錄跋尾〉有一條材料,云:「右開元金籙齋頌,雖不著書人姓氏,而字為古文,實衛包書也。唐世華山碑刻為古文者,皆包所書。包以古文見稱,當時甚盛。」[111]想衛包亦儒者,既以古文為當時所重,天寶詔中又稱為「集賢學士」,且朝廷委以「改古文從今文」之重任,想必其學問也非一般。既為奉詔改古從今,就是受命整理古籍。這種整理,既要進行古今轉換,也難免要做些整齊劃一的工作。如有所改,當有其前因後果,非借一人之力憑空妄為也;若有失誤,也是情理中事,在所難免。段氏斥為「不學無識」,有失公允。

---

111 見〈集古錄跋尾〉,《歐陽文忠公文集》,收入《四部叢刊》〈初編〉〈集部〉,卷7。

第七章

結語
──研究並未結束

第一節　本書內容和觀點的概括

　　發現於敦煌等處，自六朝至唐代的《尚書》古寫本以及導源於此的日本古抄本，以其真實、系統而全面的材料顯示《尚書》文字的流變過程，激起了我的研究興趣。結合近年出土的郭店、上博簡中有關《尚書》的零章斷句、先秦到魏晉之間典籍所引的《尚書》文字以及有關的其他古文字資料來對古本《尚書》的特殊文字現象進行探討，並進而對有關的《尚書》文本進行解讀，對衛包改字等問題進行重新審視，一條研究主線在我心中逐漸明朗起來。本書就是根據這條主線而進行研究的階段性成果，現把本書大致的內容安排和主要的觀點、看法概括如下，以便觀覽。

　　本書在〈緒論〉部分對古本《尚書》的範圍進行了界定，在研究對象上強調以唐抄古本為主而兼及其他，在研究方法上強調追求實證，以材料為先，以歷時系統考察和共時系統分析相結合，注意文字形音義的相互溝通和聯繫。

　　在《尚書》古寫本的序列和源流關係方面，本書第二章對部分《尚書》古寫本的時代進行了重新認定。比如伯3605、3615、3469、3169乃一本所裂，「治」字有缺筆，抄寫時間當在高宗時或高宗後。伯5543、3752、5557原亦一本，末題「天寶二年八月十七日寫了也」，乃天寶改字前一年寫本，明確無誤，說明王重民疑此本為太宗時寫本的看法是不對的。通過梳理伯希和編號本和斯坦因編號本的時

間序列，我們還認識到，衛包改字之前，《尚書》傳本已經出現今字本，而改字之後，古字本還仍然有所留存，證明阮元在〈尚書注疏校勘記序〉中的看法是符合實際情況的，衛包改字並非古字本和今字本的分水嶺。在對日本古寫本的整理過程中，我們發現了很多證據，說明就近期關係而言，內野本和上〔八〕本淵源甚密，足利本和上〔影〕本如影隨形，而就源頭來說，此四本又是同根所生，它們與其他隸古定寫本一樣都是來源於唐寫本。因此，敦煌等地所出的唐寫本和傳入日本的古抄本，實為一系，它們所構成的古本《尚書》系列，正顯示出孔傳《尚書》文字的流變軌跡。

　　文字研究是本書的一個重要內容。第三章首先探討了古本《尚書》的文字特點。從總體上看，古本《尚書》的文字特點是正體楷字、隸古定字和俗體字兼而有之，存古形、顯新體、示變化，體現出懷舊與趨新兼備、尊經與從俗並存的風格。其中文字異體繁多，有一字多達十幾二十種不同寫法者，幾乎令人無所適從。形近義同相混、單純義同相混、形近義不同相混的現象也比較多見，又用「＝」符表示字詞的重複、偏旁的重複和省略等，都顯示出寫本的特殊色彩，而追溯往古，並非無由。基於古本《尚書》文字分類的需要，本章對「古文」和「俗字」的關係問題進行了重新思考，認為歷代文字都有正俗體之分，後代所謂「古文」，在先秦時期很多也就是「俗字」，在這種情況下，「古文」與「俗字」其實很難區分。因此我們這裡所說的「古文」和「俗字」，應將時間限定在今文字階段，「古文」包括先秦時期的正俗體文字以及它們在今文字階段仍然可以追溯其源流變化的變體，如隸古定等，但在今文字階段已經被視為正體文字或規範文字的則除外。而「俗字」則專指後代產生的有別於正體的新體，它們的源頭在後代，而不能追溯到先秦。這樣我們才能儘量避免把俗字當作古文或把古文當作俗字的混亂現象。在這個前提下來考察古本《尚書》的文字，本書認為古本《尚書》中的特殊字形主要是隸定古文，

少數是新生的俗字，二者的比例並不相當。但是古本《尚書》中俗字的存在既是確定事實，則「經書不用俗字」的神話就不攻自破了，這對我們考察《尚書》文字的流變和衛包改字的問題都是很有啟發意義的。

　　古本《尚書》中的特殊文字，既保留了許多古字形，也產生了不少新寫法，有的可能還是獨此一家的特殊形體，它們上可追溯商周以來的先秦文字，中可聯繫漢魏碑刻印章，下可聯繫楷書和俗字，對於探討漢字的源流演變，具有不可忽視的價值。本書分兩章對古本《尚書》中的特殊文字進行個案研究，第四章主要研究隸古定字，第五章主要研究俗字，加起來篇幅顯得比較大，這既是為了體現古本《尚書》特殊文字的不同類別，也是為了顯示本課題研究的重點所在。第四章對「虞」、「風」、「象」、「拜」、「岳」、「飲」「美」、「辟」、「好」、「𧘇與从𧘇之字」、「割」、「𣉜」、「春」、「析」、「始與治」、「蒙」、「憸」、「變」、「剛（強）」、「述（遂）」、「使（事）」、「莀」等二十二個（組）字進行了比較細緻的疏證，從中可見隸古定文字發展的源流脈絡，也使得我們更清楚地認識了隸古定文字的形音義特點，初步了解了隸古定文字形體詭異的原因。在形的方面，隸古定文字在解散篆體的過程中產生了象形裂變、偏旁訛混等現象。在音的方面，隸古定的因聲假借非常普遍，而且有些假借似乎已形成定勢，有著長期沿用的系統，存在一定的變化規律。在義的方面，隸古定的義同義近通用也多與形音相關，因此研究隸古定文字也跟研究其他類型的漢字一樣要形音義三者相結合，不可偏廢。至於隸古定文字詭異的原因，主要有筆劃變異、偏旁移位、以借字為本字等。第五章論列了「德」、「聖」、「漆」、「刑」、「職」、「怨」、「義」、「从罣之字」、「能」等九個（組）俗字之例，主要有草書楷化類、偏旁訛混類和改換聲符類，其數量並不很多，但也足以顯示古本《尚書》文字的與眾不同和特殊價值，如「德」之作「𢛳」，「聖」之作「𡈼」，皆前所未見。在研究隸

古定和俗字的過程中，還順帶考察了「奏」、「睪」、「皋」等字的形音義問題，指出「奏」本从「矢」，「睪」、「皋」則為一字分化，後人每分為二字而持通假之說，其實是不準確的。

　　文字的研究必然涉及文獻的整理。我們利用古本《尚書》以及新出土的文字材料，既要研究其文字的形體、讀音和意義，以發掘其文字學價值，又要進一步研究《尚書》文獻的諸多問題，以突顯本課題的文獻學意義。本書第六章即以文字研究為基礎，嘗試從不同角度對《尚書》文獻進行探究。第一節將上博簡、郭店簡中直接引用《尚書》的十二則文字和古本《尚書》進行校議，從中窺見《尚書》文字的遞嬗之跡。本書認為《尚書》文字在歷時的傳承過程中，其詞序、文字都有不同。就文字而論，既有古今字不同，又有通假字差異，還有同義字換用等等，可謂紛繁複雜。其實這也正是古書流傳的通例。因此對於古書，我們不宜以一種先入為主的理念去對待它，認為流傳至今的古書，保存的都是其原始的面貌。我們應把古書放在特定的歷史演變的過程中加以客觀的考察，特別要注意的是，古書在流傳的過程中難免有後人進行加工和改造，這不是古人的故意竄改或偽造，而是古書在流傳過程中合乎規律的自然流變，是不可避免的現象。前代的書中有後代的東西，就是這種現象的反映。這就提醒我們對待古書要有歷史的觀點，才能得出合乎實際的結論。第二節根據新出材料對有關文句進行了新的解讀：〈大禹謨〉篇「惟乃之休」句中「乃」的使用不合語法，古本「乃」作「女（汝）」則勝於今本。〈盤庚上〉篇「汝無侮老成人」句，當以古本作「汝無老侮成人」為正，根據有關材料，從「老侮成人」變為「侮老成人」，時間當在唐石經之後到宋代之間。〈盤庚下〉篇「心腹腎腸」四字，據古本可證「腎」字確實可訛作「賢」，今文「優賢揚歷」乃據訛文誤讀，後人以為古典而入之文章，實不足為訓。〈洛誥〉篇「孺子其朋，孺子其朋」兩句，根據古寫本「＝」符的一般用法，也可以讀為「孺子孺子，其朋其

朋」。這種讀法既有傳文的支持，也有古籍引文的證據。此句後古本多一「慎」字，於義為長。〈君牙〉篇「小民惟曰怨咨」句，有三條理由可證「曰」字當為「日」之誤，其語法意義是作時間狀語，表示頻率，「日怨」猶言「天天抱怨」。〈君陳〉篇「凡人未見聖」句中的「凡人」，不同於《禮記》〈緇衣〉的「己」和楚簡的「我」，但這只是表面的差異，其深層的語意指向並無不同，說明根據漢語意合的特點，有時需要將語意層面和句法層面分開看，透過表面的現象來考察深層的含義。〈君奭〉篇「割申勸寧王之德」句，當以「割申觀文王之德」為正，「割」當從鄭玄說讀為「蓋」，表推測原因。「在昔上帝，割申觀文王之德」與其後之「其集大命於厥身」構成因果關係，意即從前上帝大概多次看到了文王的誠信美德，所以把統治天下的大命降臨到他身上。〈康誥〉篇「乃其速由文王作罰，刑茲無赦，不率大戛」句，當以孫星衍《尚書今古文注疏》的主張為正，「乃其速由」獨立成句。從〈康誥〉的上下文來看，「乃其速由」與「不率大戛」都是「文王作罰」的對象，如果綜合考慮簡本和今本，這句話原來也有可能作「不率大戛，乃其速由，文王作罰，刑茲無赦」，意謂「不遵循常道，乃是自招罪試，因此文王制定了刑罰，懲罰他們，不得赦免。」另外，從語篇構成的角度看，從「曰不率大戛，乃其速由，文王作罰，刑茲無赦」到「汝乃其速由，茲義率殺」正可構成一個前後呼應的語段，自可獨立，不應該像有些本子那樣將「刑茲無赦」以上歸為上段末尾，以「不率大戛」以下另起一段。第三節根據古本《尚書》討論衛包改字的問題，認為段玉裁氏論字之古今形異率皆有據，而把古今之變斷為衛包所為，驗之古本，只能是得失參半，不可完全信從。同時指出，《尚書》在流傳的過程中，在尊經觀念並不嚴格的情況下，必然有古今雜糅的傳抄之本，必然有今字之本以逐漸取代古字之本，當然也有古字本在不絕如縷地延續著，其情況並非如後人所想像的那樣非此即彼，簡單純粹。不過可以肯定的是，總的

趨勢必然是今字本逐漸取代古字本。亦即說，天寶不改，必在其後改之；衛包不改，必有他人改之。因此衛包改字乃是時勢所趨，順其自然。至於衛包其人，既承擔改古從今之重任，自然要做些整齊劃一的工作。如有所改，當有其前因後果；若有失誤，亦在所難免。段氏斥為「不學無識」，過於偏激。

筆者賦性魯鈍，反應遲緩，加上讀書未多，見聞不廣，書中的缺點錯誤在所難免，祈望博雅君子有以正焉。

第二節　疑惑與期望

《尚書文字合編》煌煌四巨冊，是古人留給我們的寶貴遺產，其中可挖掘的有價值的內容遠非本書所能盡。就本書所涉及的內容而言，在文字的考證、文本的解讀和《尚書》學史的研究等各方面都有很多問題沒有解決清楚。在文字考證方面，有些文字的字際關係似顯又隱，常讓愚鈍如我者深感困惑，很難得出一個比較肯定的結論。比如「會」字古本《尚書》中的特殊寫法作「屴」，亦見於《古文四聲韻》卷四所錄石經之字[1]，頗為詭異，鄭珍認為其「形不可說」。按《汗簡》卷四山部錄古《尚書》「會」作「屴」，與此形近。但卷二部首「會」作「朱」，同部「澮」作「塋」，「鄶」作「𣏾」，則《汗簡》之「會」字又有另一種寫法，即「朱」。「屴」、「朱」之間，其上部之異可得到解釋，因為古文字「山」、「止」相混是通例，但下部則仍有一定距離。黃錫全先生認為古本《尚書》的「屴」形當是「朱形隸變時誤」[2]，似還缺乏有力的旁證。在索解「屴」字的過程中，筆者曾

1　類似的寫法還有古本《尚書》的「屴」（只見於斯799）、「炭」（只見於岩崎本）、「炭」（只見於岩崎本）以及《古文四聲韻》卷四錄石經之「屴」和崔希裕《纂古》之「炭」。

2　參見黃錫全：《汗簡注釋》（武漢市：武漢大學出版社，1990年8月），頁334。

注意到李家浩先生的文章〈信陽楚簡「澮」字及從「关」之字〉[3]，他據《汗簡》「膾」字作「𢼸」，認為《璽匯》三五〇五的「𢎛」似乎是「會」字。但「𢎛」的構形理據如何？它與古本《尚書》中的「㞢」字又有怎樣的聯繫？也令人百思不得其解。後來經過進一步的學習和研究，我們認識到「𢼸」字實應分析為從「夕」從「米」，「米」乃「𣏟」之訛，正確的寫法應是見於《古文四聲韻》等書中的「𢼸」[4]。因此可以排除「𢎛」與「𣏟」、「㞢」之間的關係。但是「㞢」或「𣏟」字的形義關係如何，卻仍然有待進一步探索[5]。與「會」字類似的疑迷難解之處，在古本《尚書》中還有不少，因此古本《尚書》文字研究的任務並未因本書的結束而結束，它還需要我們付出更多的努力。

　　《尚書》詰屈聱牙，素稱難讀，在《尚書》文獻的解讀方面，問題更多，如果沒有新的證據，很難判斷孰是孰非。比如〈盤庚中〉「古我前后罔不惟民之承保后胥慼鮮以不浮于天時」句，其句讀、文字和文意，都有不少歧異。句讀方面，首先是「保」字的問題。孔傳本在「承」字下加注，將「保」字屬下，以「保后胥慼」為一句。皮錫瑞《今文尚書考證》引江聲說，云：「當讀至『保』字絕句。〈洛

3　文載《中國語言學報》（北京市：商務印書館，1983年），第1期；又收入《著名中年語言學家自選集》〈李家浩卷〉（合肥市：安徽教育出版社，2002年）。

4　參見黃錫全：《汗簡注釋》（武漢市：武漢大學出版社，1990年8月），頁252；鄭剛：〈戰國文字中的同源詞與同源字〉註32，《中國文字》新20期（臺北市：藝文印書館，1995年），又見曾憲通主編：《古文字與漢語史論集》（廣州市：中山大學出版社，2002年）；白於藍：〈釋褒──兼談秀、采一字分化〉，《中國古文字研究》（吉林市：吉林大學出版社，1999年），第1輯。

5　「𣏟」字的形體結構，黃錫全先生據高明、何琳儀的說法（何琳儀說見《汗簡古文四聲韻與古文字的關係》，碩士學位論文，1981年；參《戰國文字通論》（訂補），南京市：江蘇教育出版社，2003年，頁71），認為乃從止從巾（參見黃錫全：《汗簡注釋》，武漢市：武漢大學出版社，1990年8月，頁211），白於藍先生認為乃從止從木省，與《說文》「囚」字古文實為一字（參看白於藍：〈釋褒──兼談秀、采一字分化〉，《中國古文字研究》，吉林市：吉林大學出版社，1999年，第1輯），二者皆可追溯到甲骨文。此錄以參考。

誥〉曰：『承保乃文祖受命民。』則此『承保』二字當聯讀。」其次
是「鮮」字的問題。孔傳本以「鮮以不浮于天時」為句，皮錫瑞則以
為「鮮字當屬上讀」，以「后胥感鮮」為句[6]。文字方面，這個句子中
的「感」，漢石經（《隸釋》）作「高」，王國維說：「究竟作感是？抑
或作高是？今不可考。」[7]斷句的不同，文字的差異，文意的理解更
是五花八門。像這樣的例子，在《尚書》中還有相當多，而一時都難
以完全解決。

　　至於《尚書》學史的問題，最關鍵最敏感的還是古文《尚書》的
真偽問題。這個問題對於像我這樣對《尚書》學幾乎完全是門外漢的
人來說，要做出一個具有充分理由的判斷也是十分困難的。下面我只
能把我所看到的有關學者的論述做一個簡單的梳理，以便今後進一步
的研究。

　　孔傳本古文《尚書》的出現，取代了兩漢以來的古本《尚書》而
成為最終定本。然自宋代吳棫、朱熹開始，孔傳本備受懷疑，特別是
其中所謂「晚書」二十五篇問題最多，真偽之辯，遂成《尚書》研究
之熱點。清代閻若璩《古文尚書疏證》繼承前人的研究成果，又深挖
細辨，分為一百二十八個專題（其中二十九篇有目無文）進行考證，
論定孔傳本為偽書，終成為學術界主流的看法。但是隨著一些新材料
的發現，特別是郭店簡、上博簡當中有關《尚書》文字的發現，古文
《尚書》真偽的問題，又一次引起了學者們的關注。大家引用這些材
料，或證古文《尚書》之真，或辨古文《尚書》之偽，意見不能統
一。比如陳居淵在一篇文章裡提到：「近年來隨著郭店竹簡的出土與

6　以上引孔傳本，參見《十三經注疏》（北京市：中華書局，1980年，頁170）；皮錫
　　瑞說，見盛冬鈴、陳抗點校：《今文尚書考證》（北京市：中華書局，1989年），頁
　　210。

7　吳其昌：〈王觀堂先生尚書講授記〉，《古史新證──王國維的最後的講義》（北京
　　市：清華大學出版社，1994年），頁236-237。

研究的深入，已有學者對閻若璩《疏證》提出質疑，認為《疏證》固然有助於人們對真偽《尚書》的鑒別，但他所作的考證結論，並非是板上釘釘的最後定論。如郭店楚墓出土的竹簡本〈緇衣〉徵用《尚書》六篇九條：〈呂刑〉三條、〈康誥〉一條、〈君奭〉一條、〈咸有一德〉一條、〈君牙〉一條、〈君陳〉二條。前三篇的五條屬於漢初伏生傳授的今文《尚書》二十九篇，後三篇的四條則是徵用了古文《尚書》的內容。其中最值得注意的是古文《尚書》的〈君牙〉篇名與郭店竹簡本〈緇衣〉引同。且造語遣詞通俗易懂，與今文諸篇古奧難曉的風格迥異，其內容與古文《尚書》相類……這說明晚出古文《尚書》〈君牙〉所載未必一定就是抄自今本〈緇衣〉，或者確有別本。」[8] 郭沂先生在一篇文章裡說：「郭店竹簡引用了多條《古文尚書》的材料，其中大部分見於今傳《古文尚書》（有幾條不見於今本，說明今本有佚文），這足以證明《古文尚書》不偽。」[9]而裘錫圭先生則批評說：「郭簡中的一篇佚書（《郭店》定名為〈成之聞之〉），引用了《尚書》的〈大禹謨〉的一句話『余才宅天心』。〈大禹謨〉不見於今文《尚書》，而見於梅頤古文《尚書》。可是在今傳《尚書》〈大禹謨〉中卻找不到上引的那句話。這是梅頤古文《尚書》，也就是今傳古文《尚書》是偽書的又一證據。（原注：李學勤《郭店楚簡與儒家經典》，《中國哲學》第二十輯，頁19-20）然而卻有學者根據郭店引《書》的情況來為偽古文《尚書》翻案……他所說的『見於今傳《古文尚書》』的郭簡引《書》之文，全都見於〈緇衣〉篇。〈緇衣〉編入《禮記》後一直傳了下來。其中的引《書》之文，偽造古文《尚書》者當然可以分別採入相應之篇。而郭簡中的佚篇，偽造者見不到，其

8　陳居淵：〈閻若璩《古文尚書疏證》在清代思想史上的重新定位〉，《經學今詮續編》收入《中國哲學》（瀋陽市：遼寧教育出版社，2001年10月），第23輯，頁666。

9　郭沂：〈郭店竹簡與中國哲學（論綱）〉，《郭店楚簡國際學術研討會論文集》（武漢市：湖北人民出版社，2000年），頁572。

中的引《書》之文無從採入，所以在今傳古文《尚書》中就見不到了。（原注：參看廖名春〈郭店楚簡〈成之聞之〉、〈唐虞之道〉篇與《尚書》〉，《中國史研究》1999年3期，頁36。）這種現象只能用來證明今傳古文《尚書》之偽，怎麼能反而用來證明其『不偽』呢？」[10]廖名春先生也主張古文《尚書》為偽。除上面裘先生在注文中所提到的文章外，他在〈從郭店楚簡和馬王堆帛書論「晚書」的真偽〉這篇文章中，根據馬王堆帛書〈二三子〉中的「德義無小，失宗無大」論〈伊訓〉，根據郭店楚簡〈緇衣〉篇和〈成之聞之〉論〈君牙〉、〈君陳〉和〈大禹謨〉篇，證明「晚書」非先秦《尚書》之舊，而是後人所編造的。[11]

　　平心而論，就目前所獲得的新材料而言，確實還不足以證明古文《尚書》為真正的先秦傳本。但是我們覺得以古書流傳的通例來看，像《尚書》這樣歷經諸多波折的古書，要完全保留先秦時期的模樣是根本不可能的。而且，即使是先秦的舊本，也未必就是一模一樣，因為先秦書籍引《書》，內容相同而字句差異者絕非少數。比如《國語》〈周語〉內史過引〈湯誓〉有「余一人有罪，無以萬夫；萬夫有罪，在余一人」之句，《墨子》〈兼愛下〉引作「萬方有罪，即當朕身；朕身有罪，無及萬方。」《論語》〈堯曰篇〉作「朕躬有罪，無以萬方；萬方有罪，罪在朕躬。」《呂氏春秋》〈順民篇〉作「余一人有罪，無及萬夫；萬夫有罪，在余一人。」各有所區別。因此僅僅根據字句的某些差異就以「真」、「偽」二字進行簡單的判斷是不太合適的。陳偉先生說過一段很好的話，這裡不妨再次引用。他說：「古書流傳是一個前後相沿但又可能充滿變異的過程……迄今為止，在出土資料中我們還沒有發現完全相同的古書傳本。郭店簡本《老子》、《五行》與馬

---

10 裘錫圭：〈中國古典學重建中應該注意的問題〉，《北京大學中國古文獻研究中心集刊》（北京市：燕山出版社，2001年4月），第2輯，頁13-14。

11 文載《北方論叢》2000年第1期，人大複印資料《先秦、秦漢史》2001年第3期。

王堆帛書同名傳本之間如此，郭店簡本〈緇衣〉、〈性自命出〉與上海博物館購藏簡的同種傳本之間也是如此，雖然郭店簡書與上博簡書的時代相當，流傳地域相同。這在資訊傳播尚有諸多不便、古書流傳完全依賴於傳抄的時代，或許是根本無可避免的事情。」[12]自二十世紀七〇年代以來，由於大量簡帛書籍的發現，使得人們對古書形成和流傳的情況有了更清楚的認識，不少學者開始對古書的問題進行了認真的反思，用發展的觀點來看待古書的流傳，避免簡單化的「真」、「偽」之辨。這應該是一個由新發現而帶來的新認識，是一個進步。古文《尚書》的流傳問題，也應儘量避免簡單化的「真」、「偽」之辨。李學勤先生說：「關於《尚書》的問題雖然已討論了好多世代，結論還未達到。幸運的是，自七〇年代以來，在各地考古工作中發現了大量的簡帛書籍，其間儘管還沒有《尚書》，但由之我們能對古書的形成、傳流過程獲得進一步的認識，有助於理解《尚書》的演變。於是我們知道，前人研究《尚書》的某些成果仍然有重新審核的必要，特別是從原始材料著手檢查。其實，上面提到的陳夢家先生的著作（引者按：指陳夢家的《尚書通論》）已經向人們證明了這一點。」「陳夢家先生的貢獻，在於他對魏晉間傳古文《尚書》的這幾位學者作了仔細的考證。」「蔣善國先生對此也有所考訂。（原注：蔣善國《尚書綜述》，頁303-304。）」「陳夢家先生等學者的《尚書》研究，在探討魏晉時期古文《尚書》傳流問題方面，取得了很大的進步，然而還未能完全擺脫朱子以來的成見。事實上，《孔傳》本古文《尚書》在當時雖非顯學，其存在是不能否認的。前人論述經學，重點在漢、宋，而於漢、宋之間如何演變轉捩，關心較少，以致若干重要問題隱暗不明，古文《尚書》的問題不過是一個例子。」[13]他認為按照

---

12 陳偉：《郭店竹書別釋》（武漢市：湖北教育出版社，2003年1月），頁12。
13 李學勤：〈論魏晉時期古文《尚書》的傳流〉，《當代學者自選文庫》〈李學勤卷〉（合肥市：安徽教育出版社，1999年），頁633-645。

《尚書》〈堯典〉正義引十八家《晉書》佚文，晉代古文《尚書》是
從鄭沖——蘇愉——梁柳——臧曹——梅頤傳下來的。「梅頤奏上其
書，於是施行。從鄭沖到梅頤都實有其人，有事蹟可考，陳夢家先生
《尚書通論》論述已詳。……一種合理的解釋是，東漢中晚期這種
《尚書》本子逐漸傳播流行。這和當時孔僖、孔季彥等人的活動，在
時間上便合拍了……今傳本古文《尚書》、《孔叢子》、《家語》，很可
能陸續成於孔安國、孔僖、孔季彥、孔猛等孔氏學者之手，有著很長
的編纂、改動、增補的過程……它們是漢魏孔氏家學的產物……從學
術史的角度深入探究孔氏家學，也許是解開《尚書》傳流疑謎的一把
鑰匙。」[14]他還說：「古文《尚書》東漢末始多流傳，今本出於晉代梅
賾所獻，自孔安國起的整理過程是很漫長的。清代學者批評今本古文
《尚書》，其中有些問題也許就出於整理的緣故。」[15]

　　根據古書流傳的通例，李零先生主張用「古書年代學」來取代辨
偽之學是有一定道理的。他說：「古書的形成是一個相當複雜的過
程，從思想的醞釀形成，到口授筆錄，到整齊章句，到分篇定名、結
集成書，往往並不一定是由一個人來完成。它是在學派內部的傳習過
程中經過眾人之手逐漸形成，往往因所聞所錄各異，形成若干不同傳
本，有時還附以各種參考資料和心得體會（類似後來的「傳」），老師
的東西和學生的東西並不能分得那麼清楚。這個過程可以拉得很長，
有點像是地質學或考古學上使用的地層概念，從早到晚是個層積過
程，過去顧頡剛先生稱之為「層累形成」。這個概括很形象。但我們
研究古書年代既不能僅以書中最早的東西為準，也不能僅以書中最晚
的東西為準，而是要用上下限卡定它的相對年代，把包含在這個相對

---

14 李學勤：〈竹簡《家語》與漢魏孔氏家學〉，《簡帛佚籍與學術史》（南昌市：江西教
　　育出版社，2001年9月），頁380-387。

15 李學勤：〈對古書的反思〉，《當代學者自選文庫》〈李學勤卷〉（合肥市：安徽教育
　　出版社，1999年），頁20。

年代的全過程都考慮在內。」[16]「近年來，通過對出土簡帛書籍的研究，我們發現，所謂「辨偽」之學，從方法上就有問題。前人所謂真偽，不但標準難以成立，作偽動機、誘因和手段的分析也多屬誤解。其實理應用「古書年代學」去代替它。」[17]「研究古書的年代，本來應當叫『古書年代學』。但長期以來，人們往往把這門學問同「辨偽學」混在一起，這並不恰當。我們都知道，從宋代辨偽學到近代疑古派，他們對古書年代的研究形成一個固定方法，即通過鑒定古書所含詞句的年代早晚，取其下限與題名作者相核，看二者是否相符：相符則說明書是真的，不相符則說明書是假的。這對糾正盲目根據題名作者定古書年代有一定積極意義，但它使用的「真偽」概念有很大片面性。特別是把一大批先秦古書的年代拉後到漢代，甚至說成劉歆偽造，那是根本不對的。」[18]李先生以上的這些意見，在他的〈出土發現與古書年代的再認識〉一文中又有系統的論述[19]。

段玉裁論《尚書》有七厄，變故太甚，疑謎極多，因此要把《尚書》的所有問題都研究清楚，目前還很難做到。但是，隨著出土材料的日益增加，有助於《尚書》研究的材料必然也會更多，這已經是可以完全肯定的事實了；如若天靈地靈，說不定哪天還真有先秦古《尚書》轟然面世，到那時，困惑後人兩千多年的諸多疑難即可迎刃而解，豈不快哉！這雖然還只是一種願望，一種可能，但讓我們充滿著期待〔校讀補記：據報導，二〇〇八年七月，清華大學接受校友捐贈，入藏了一批戰國時期竹簡，已知最重要的內容之一是《尚書》，

16　李零：《《孫子》古本研究》（北京市：北京大學出版社，1995年7月），頁276。
17　李零：《《孫子》古本研究》（北京市：北京大學出版社，1995年7月），頁291。
18　李零：《《孫子》古本研究》（北京市：北京大學出版社，1995年7月），頁275-276。
19　見《九州學刊》1988年3卷第1期，收入《李零自選集》（南寧市：廣西師範大學出版社，1998年2月）。

有些篇有傳世本，更多的則是前所未見的佚篇[20]。果真如此，則愚說
幸而言中矣！看來要實現我們的願望，是指日可待的〕。

---

20 參見http://news.xinhuanet.com/local/2008-10/23/content_10236164.htm。

參考文獻

一　資料及工具書類　（以作者姓名筆劃為序）

〔日〕釋空海編　《篆隸萬象名義》　北京市　中華書局　1995年

丁度等　《集韻》　北京市　中國書店　1983年

中國社會科學院考古研究所編輯　《甲骨文編》　北京市　中華書局　1965年

何琳儀　《戰國古文字典 —— 戰國文字聲系》　北京市　中華書局　1998年

冷玉龍、韋一心等編　《中華字海》　北京市　中華書局、中國友誼出版公司　1994年

河南省文物研究所　《信陽楚墓》　北京市　文物出版社　1986年

故宮博物院編羅福頤主編　《古璽文編》　北京市　文物出版社　1981年

故宮博物院編羅福頤主編　《古璽彙編》　北京市　文物出版社　1981年

施謝捷編　《吳越文字彙編》　南京市　江蘇教育出版社　1998年

段玉裁　《說文解字注》　上海市　上海書店出版社　1992年

洪鈞陶編　《隸字編》　北京市　文物出版社　1991年

孫慰祖、徐谷甫編著　《秦漢金文彙編》　上海市　上海書店出版社　1997年

容　庚　《金文續編》　上海市　上海出版集團、上海書店出版社
　　　　2000年

容庚編著，張振林、馬國權摹補　《金文編》　北京市　中華書局
　　　　1985年

徐中舒主編　《甲骨文字典》　成都市　四川辭書出版社　1988年

徐無聞主編　《甲金篆隸大字典》　成都市　四川辭書出版社　1991年

書學會編纂　《行草大字典》　北京市　北京出版社　1992年

秦公輯　《碑別字新編》　北京市　文物出版社　1985年

荊門市博物館　《郭店楚墓竹簡》　北京市　文物出版社　1998年

馬承源主編　《上海博物館戰國楚竹書（一）》　上海市　上海古籍
　　　　出版社　2001年

高亨纂著，董治安整理　《古字通假會典》　濟南市　齊魯書社 1989年

張守中、張小滄、郝建文　《郭店楚簡文字編》　北京市　文物出版
　　　　社　2000年

張守中　《包山楚簡文字編》　北京市　文物出版社　1996年

掃葉山房本《穆天子傳》　中山大學古文字研究室藏本

許　慎　《說文解字》　北京市　中華書局　1963年

陳松長編著，鄭曙斌、喻燕姣協編　《馬王堆簡帛文字編》　北京市
　　　　文物出版社　2001年

陳彭年等　《宋本玉篇》　北京市　中國書店　1983年

傅世垚　《六書分類》　上海鴻寶齋代印　1921年　福建師大圖書館
　　　　藏本

曾憲通　《長沙楚帛書文字編》　北京市　中華書局　1993年

湖北省文物考古研究所、北京大學中文系編　《九店楚簡》　北京市
　　　　中華書局　2000年

湖北省文物考古研究所、北京大學中文系編　《望山楚簡》　北京市
　　　　中華書局　1995年

湯餘惠主編　《戰國文字編》　福州市　福建人民出版社　2001年

華東師範大學中國文字研究與應用中心編　《金文引得》（殷商西周　　　　卷）　南寧市　廣西教育出版社　2001年

漢語大字典編輯委員會　《漢語大字典》（縮印本）　武漢市　湖北　　　　辭書出版社　成都市　四川辭書出版社　1992年

翟雲升輯　《隸字彙》　鄭州市　中州古籍出版社　1997年

劉復、李家瑞編　《宋元以來俗字譜》　北京市　文字改革出版社　　　　1957年

羅福頤編　《漢印文字徵》　北京市　文物出版社　1978年

羅福頤編　《漢印文字徵補遺》　北京市　文物出版社　1982年

嚴志斌　《四版〈金文編〉校補》　長春市　吉林大學出版社　2001年

釋行均　《龍龕手鑒》　北京市　中華書局　1985年

顧南原撰集　《隸辨》（全二冊）　北京市　中國書店　1982年

顧頡剛、顧廷龍輯　《尚書文字合編》（四冊）　上海市　上海古籍　　　　出版社　1996年

顧頡剛主編　《尚書通檢》　北京市　書目文獻出版社　1982年

二　著作類（大致依書中出現的先後為序）

段玉裁　《古文尚書撰異》　收入四部要籍注疏叢刊《尚書》（全三　　　　冊）　北京市　中華書局　1998年

蔣善國　《尚書綜述》　上海市　上海古籍出版社　1988年

李學勤　《當代學者自選文庫》〈李學勤卷〉　合肥市　安徽教育出　　　　版社　1999年

李學勤　《簡帛佚籍與學術史》　南昌市　江西教育出版社　2001年

晁公武　《昭德先生郡齋讀書志》　收入《四部叢刊》三編史部

張世林　《學林春秋》　北京市　朝華出版社　1999年

曾憲通　《曾憲通學術文集》　汕頭市　汕頭大學出版社　2002年

馬　雍　《尚書史話》　收入《古代要籍概述》　北京市　中華書局
　　　　　1987年

陳夢家　《尚書通論》　石家莊市　河北教育出版社　2000年

劉起釪　《尚書源流及傳本考》　瀋陽市　遼寧大學出版社　1997年

劉起釪　《日本的尚書學與其文獻》　北京市　商務印書館　1997年

孫星衍著，陳抗、盛冬鈴點校　《尚書今古文注疏》　北京市　中華
　　　　　書局　1986年

王念孫　《讀書雜誌》　南京市　江蘇古籍出版社　2000年

王引之　《經義述聞》　南京市　江蘇古籍出版社　2000年

李遇孫　《尚書隸古定釋文》　《尚書文字合編》附錄一　上海市
　　　　　上海古籍出版社　1996年

王重民　《敦煌古籍敘錄》　北京市　中華書局　1979年

〔日〕小林信明　《古文尚書の研究》　東京市　日本株式會社大修
　　　　　館藏版　昭和三十四年

裘錫圭　《古代文史研究新探》　南京市　江蘇古籍出版社　1992年

王國維　《觀堂集林》　北京市　中華書局　1959年

王國維　《古史新證——王國維的最後的講義》　北京市　清華大學
　　　　　出版社　1994年

于省吾　《雙劍誃群經新證　雙劍誃諸子新證》　上海市　上海書店
　　　　　出版社　1999年

臧克和　《尚書文字校詁》　上海市　上海教育出版社　1999年

商承祚　《說文中之古文考》　上海市　上海古籍出版社　1983年

黃錫全　《汗簡注釋》　武漢市　武漢大學出版社　1990年

徐在國　《隸定古文疏證》　合肥市　安徽大學出版社　2002年

王輝、程學華　《秦文字集證》　臺北市　藝文印書館　2000年

張涌泉　《漢語俗字研究》　長沙市　嶽麓書社　1995年

張涌泉　　《敦煌俗字研究》　　上海市　上海教育出版社　1996年

張涌泉　　《漢語俗字叢考》　　北京市　中華書局　2000年

孔仲溫　　《玉篇俗字研究》　　臺北市　臺灣學生書局　2000年

陳　垣　　《史諱舉例》　上海市　上海書店出版社　1997年

阮元校刻　《十三經注疏》（附《校勘記》）　中華書局　1980年

陳偉武　　《簡帛兵學文獻探論》　廣州市　中山大學出版社　1999年

裘錫圭　　《文字學概要》　北京市　商務印書館　1988年

張書岩等　《簡化字溯源》　北京市　語文出版社　1997年

張涌泉　　《舊學新知》　杭州市　浙江大學出版社　1999年

王利器　　《顏氏家訓集解》（增補本）　北京市　中華書局　1993年

饒宗頤、曾憲通　《楚地出土文獻三種研究》　北京市　中華書局
　　　　　　1993年

趙　超　《古代石刻》　北京市　文物出版社　2001年

李學勤　《走出疑古時代》（修訂本）　瀋陽市　遼寧大學出版社
　　　　　1997年

孔穎達等　《四部要籍注疏叢刊尚書》（全三冊）　北京市　中華書
　　　　　局　1998年

裘錫圭　　《古文字論集》　北京市　中華書局　1992年

吳辛丑　　《簡帛典籍異文研究》　廣州市　中山大學出版社　2002年

王彥坤　　《古籍異文研究》　廣州市　廣東高教出版社　1993年

趙平安　　《說文小篆研究》南寧市　廣西教育出版社　1999年

劉樂賢　　《睡虎地秦簡日書研究》　臺北市　臺灣文津出版社　1994年

黃文傑　　《秦至漢初簡帛文字研究》　北京市　商務印書館　2008年

李　零　　《郭店楚簡校讀記》（增訂本）　北京市　北京大學出版社
　　　　　2002年

楊澤生　　《戰國竹書研究》　廣州市　中山大學出版社　2009年

劉　釗　　《古文字構形學》　福州市　福建人民出版社出版　2006年

劉　釗　《郭店楚簡校釋》　福州市　福建人民出版社　2003年

于省吾　《甲骨文字釋林》　北京市　中華書局　1979年

李家浩　《著名中年語言學家自選集》〈李家浩卷〉　合肥市　安徽
　　　　教育出版社　2002年

李　零　《李零自選集》　桂林市　廣西師範大學出版社　1998年

陳　偉　《郭店竹書別釋》　武漢市　湖北教育出版社　2003年

李民、王健　《尚書譯注》　上海市　上海古籍出版社　2000年

周秉鈞　《尚書》　長沙市　嶽麓書社　2001年

吳福熙　《敦煌殘卷古文尚書校注》　蘭州市　甘肅人民出版社
　　　　1992年

皮錫瑞著，盛冬鈴、陳抗點校　《今文尚書考證》　北京市　中華書
　　　　局　1989年

李　零　《《孫子》古本研究》　北京市　北京大學出版社　1995年

林義光　《文源》石印本　福建師大圖書館藏　1920年

三　論文類（大致依書中出現的先後為序）

李學勤　〈論魏晉時期古文《尚書》的傳流〉收入《當代學者自選文
　　　　庫》〈李學勤卷〉　合肥市　安徽教育出版社　1999年

李學勤　〈對古書的反思〉收入《當代學者自選文庫》〈李學勤卷〉
　　　　合肥市　安徽教育出版社　1999年

李學勤　〈竹簡〈家語〉與漢魏孔氏家學〉收入《簡帛佚籍與學術
　　　　史》　南昌市　江西教育出版社　2001年

顧頡剛　〈尚書隸古定本考辨〉(《尚書文字合編》〈代序〉)　見《尚
　　　　書文字合編》　上海市　上海古籍出版社　1996年

黃德寬　《隸定古文疏證》〈序〉　見徐在國　《隸定古文疏證》
　　　　合肥市　安徽大學出版社　2002年

曾憲通　　〈我和古文字研究〉　　見張世林編　《學林春秋》（三編下
　　　　　　冊）　北京市　朝華出版社　1999年　又見《曾憲通學術
　　　　　　文集》　汕頭市　汕頭大學出版社　2002年

許建平　　〈敦煌出土《尚書》寫卷研究的過去與未來〉　《敦煌吐魯
　　　　　　番研究》　第七卷　北京市　中華書局　2004年1月

裘錫圭　　〈談談清末學者利用金文校勘《尚書》的一個重要發現〉
　　　　　　《古籍整理與研究》　1988年第4期　收入《古代文史研
　　　　　　究新探》　南京市　江蘇古籍出版社　1992年

胡玉縉　　〈寫本經典釋文殘卷書後〉　《燕京學報》　第13期

洪　業　　〈尚書釋文敦煌殘卷與郭忠恕之關係〉　《燕京學報》第14
　　　　　　期　收入《洪業論學集》　北京市　中華書局　1981年

饒宗頤　　《法藏敦煌書苑精華第二冊》〈經史（一）解說〉　《法藏
　　　　　　敦煌書苑精華》　廣州市　廣東人民出版社　1993年

潘重規　　〈《龍龕手鑒》及其引用古文之研究〉　《中國語文研究》
　　　　　　第8期　1986年

孫啟治　　〈略論《尚書》文字〉　上海圖書館歷史文獻研究所編《歷
　　　　　　史文獻》　第五輯　上海市　上海科學技術文獻出版社
　　　　　　2001年

李家浩　　〈包山二六六號簡所記木器研究〉　《國學研究》第二卷
　　　　　　又見《著名青年語言學家自選集李家浩卷》　合肥市　安
　　　　　　徽教育出版社　2002年

李學勤　　〈釋戰國玉璜箴銘〉　《于省吾教授百年誕辰紀念文集》
　　　　　　長春市　吉林大學出版社　1996年

裘錫圭　　〈戰國文字釋讀二則〉　《于省吾教授百年誕辰紀念文集》
　　　　　　長春市　吉林大學出版社　1996年

裘錫圭　　〈考古發現的秦漢文字資料對於校讀古籍的重要性〉　《中
　　　　　　國社會科學》　1980年第5期　收入《古代文史研究新

　　　　　　　探》　南京市　江蘇古籍出版社　1992年

曾憲通　〈明本潮州戲文所見潮州方言概述〉　《方言》　1991年第
　　　　　1期　收入《曾憲通學術文集》　汕頭市　汕頭大學出版
　　　　　社　2002年

曾憲通　〈戰國楚地簡帛文字書法淺析〉　《古文字與出土文獻叢
　　　　　考》　中山大學出版社　2005年

張涌泉　〈試論漢語俗字研究的意義〉　《中國社會科學》　1996年
　　　　　第2期　收入《舊學新知》　杭州市　浙江大學出版社
　　　　　1999年

裘錫圭　〈漢語俗字研究序〉　見張涌泉　《漢語俗字研究》　長沙
　　　　　市　嶽麓書社　1995年

羅振玉　〈古文間存於今隸說〉　見《遼東雜著丙編》〈車塵稾〉

于省吾　〈論俗書每合於古文〉　《中國語文研究》　第5期　1984年

陳偉武　〈雙聲符字綜論〉　《中國古文字研究》　第一輯　長春市
　　　　　吉林大學出版社　1999年

顧廷龍　《尚書文字合編》〈前言〉　見《尚書文字合編》　上海古
　　　　　籍出版社　1996年

陳公柔　〈評介《尚書文字合編》〉　《燕京學報》　新4期　北京大
　　　　　學出版社　1998年

徐在國　《隸定古文疏證》〈前言〉　合肥市　安徽大學出版社
　　　　　2002年

曾憲通　〈從曾侯乙編鐘之鐘虡銅人說虡與業〉　《曾侯乙編鐘研
　　　　　究》　武漢市　湖北人民出版社　1992年　收入饒宗頤、
　　　　　曾憲通　《楚地出土文獻三種研究》　北京市　中華書局
　　　　　1993年

湯餘惠　〈略論戰國文字形體研究中的幾個問題〉　《古文字研究》
　　　　　第十五輯　北京市　中華書局　1986年

徐寶貴　〈古文字研究六則〉　《松遼學刊》　2001年第5期

曾憲通　〈三體石經古文與〈說文〉古文合證〉　《古文字研究》
　　　　第7輯　北京市　中華書局　1982年

曾憲通　〈釋「鳳」、「凰」及其相關諸字〉　《中國語言學報》　第
　　　　8期　北京市　北京語言文化大學出版社　1997年

黃錫全　〈《汗簡》、《古文四聲韻》中之石經、《說文》古文的研究〉
　　　　《古文字研究》第19輯　北京市　中華書局　1992年

吳振武　〈試說齊國陶文中的「鐘」和「溢」〉　《考古與文物》
　　　　1991年第1期

曾憲通　〈楚帛書文字新訂〉　《中國古文字研究》　第1輯　長春
　　　　市　吉林大學出版社　1999年

龔道耕　〈唐寫殘本尚書釋文考證〉　《尚書文字合編》附錄　上海
　　　　市　上海古籍出版社　1996年

李　零　〈《長沙子彈庫戰國楚帛書研究》補正〉　《古文字研究》
　　　　第20輯　北京市　中華書局　2000年

李家浩　〈釋「弁」〉　《古文字研究》　第1輯　北京市　中華書局
　　　　1979年

裘錫圭　〈釋「弘」「強」〉　《古文字論集》　北京市　中華書局
　　　　1992年

張富海　〈北大中國古文獻研究中心「郭店楚簡研究」項目新動態〉
　　　　「簡帛研究」網站　2000年10月12日

曾憲通　〈敦煌本《古文尚書》「三郊三逋」辨證——兼論遂、述二
　　　　字之關係〉　《于省吾教授百年誕辰紀念文集》　長春市
　　　　吉林大學出版社　1996年

湯餘惠　〈釋「旍」〉　《吉林大學古籍整理研究所建所十五周年紀
　　　　念文集》長春市　吉林大學出版社　1998年

徐寶貴　〈石鼓文年代考辨〉　《國學研究》　第4卷　北京大學出

　　　　　　版社　　1997年

張涌泉　〈從語言文字的角度看敦煌文獻的價值〉　《中國社會科學》　2001年第2期；人大複印報刊資料《語言文字學》2001年第7期

裴大泉　〈傳抄古文用字研究〉　廣州市　中山大學碩士論文　1992年打印本

陳煒湛　〈《穆天子傳》疑難字句研究〉　《中山大學學報》　1996年第3期

廖名春　〈郭店楚簡引《書》論《書》考〉　《郭店楚簡國際學術研討會論文集》　武漢市　湖北人民出版社　2000年

陳偉武　〈《古陶文字徵》訂補〉　《中山大學學報》　1995年第1期

張　頷　〈成皋丞印跋〉　《古文字研究》　第14輯　北京市　中華書局　1986年

劉　釗　〈古文字構形研究〉　長春市　吉林大學博士學位論文1991年打印本

師玉梅　〈喻四、書母古音考——由金文舍从余聲說開〉稿本

周桂鈿　〈郭店楚簡〈緇衣〉校讀剳記〉　《郭店楚簡研究》　收入《中國哲學》第20輯　瀋陽市　遼寧教育出版社　2000年

虞萬里　〈上博簡、郭店簡〈緇衣〉與傳本合校拾遺〉　《上博館藏戰國楚竹書研究》　上海市　上海書店出版社　2002年

黃文傑　〈秦至漢初簡帛文字研究〉　廣州市　中山大學博士學位論文　1997年打印本

曾憲通　〈楚文字釋叢（五則)〉　《中山大學學報》　1996年第3期

廖名春　〈從郭店楚簡和馬王堆帛書論「晚書」的真偽〉　《北方論叢》　2000年第1期　人大複印資料《先秦、秦漢史》2001年第3期

李家浩　〈讀《郭店楚墓竹簡》瑣議〉　《郭店楚簡研究》　收入

　　　　　　《中國哲學》第20輯　瀋陽市　遼寧教育出版社　2000年

李　零　〈郭店楚簡校讀記〉　《道家文化研究》第17輯　「郭店楚
　　　　　簡」專號　北京市　生活・讀書・新知三聯書店　1999年

袁國華　〈郭店楚簡文字考釋十一則〉　《中國文字》　新二十四期
　　　　　臺北市　藝文印文印書館　1999年

陳偉武　〈新出楚系竹簡中的專用字綜議〉　《新出楚簡與儒家思想
　　　　　國際學術研討會論文集》

楊澤生　〈戰國竹書研究〉　廣州市　中山大學博士學位論文　2002
　　　　　年打印本

晁福林　〈郭店楚簡〈緇衣〉與《尚書》〈呂刑〉〉　《史學史研究》
　　　　　2002年第2期　人大報刊複印資料《先秦、秦漢史》
　　　　　2002年第5期

陳英傑　〈讀楚簡劄記〉　簡帛研究網站　2002年11月24日

陳斯鵬　〈說「屮」及其相關諸字〉　《中國文字》　新第二十八期
　　　　　臺北市　藝文印書館　2002年

臧克和　〈上海博物館藏《戰國楚竹書》〈緇衣〉所引《尚書》文字
　　　　　考──兼釋《戰國楚竹書》〈緇衣〉有關的幾個字〉
　　　　　《古籍整理研究學刊》　2003年第1期

李　零　〈戰國鳥書箴銘帶鉤考釋〉　《古文字研究》　第8輯　北
　　　　　京市　中華書局　1983年收入《李零自選集》　桂林市
　　　　　廣西師範大學出版社　1998年

陳偉武　〈試論晚清學者對傳鈔古文的研究〉　《第二屆國際清代學術
　　　　　研討會論文集》　高雄市　國立中山大學出版社　1999年

陳偉武　〈舊釋「折」及從「折」之字平議──兼論「慎德」和「怒
　　　　　終」問題〉　《古文字研究》　第22輯　北京市　中華書
　　　　　局　2000年

李　零　〈上博楚簡校讀記（之二）〉　《上博館藏戰國楚竹書研

　　　　　　究》　上海市　上海書店出版社　2002年

李學勤　　〈新出土文獻與古代文明研究〉（朱淵清筆記）　簡帛研究
　　　　　　網站　2002年8月11日

饒宗頤　　〈新文獻的壓力與智力開拓〉　簡帛研究網站　2002年12月
　　　　　　17日

吳其昌　　〈王觀堂先生尚書講授記〉　見《古史新證——王國維的最
　　　　　　後的講義》　北京市　清華大學出版社　1994年

劉盼遂　　〈觀堂學書記〉　見《古史新證——王國維最後的講義》
　　　　　　北京市　清華大學出版社　1994年

裘錫圭　　〈史牆盤銘解釋〉　《文物》　1979年第3期

裘錫圭、李家浩　〈談曾侯乙墓鐘磬銘文中的幾個字〉　《曾侯乙編
　　　　　　鐘研究》　武漢市　湖北人民出版社　1992年

陳秉新　　〈古文字考釋三題〉　《古文字研究》　第21輯　北京市
　　　　　　中華書局　2001年

劉起釪　　〈《尚書》的隸古定本、古寫本〉　《史學史資料》　1980
　　　　　　年第3期　收入《尚書源流及傳本考》　瀋陽市　遼寧大
　　　　　　學出版社　1997年

黃文傑　　〈說朋〉　《古文字研究》　第22輯　北京市　中華書局
　　　　　　2000年

李家浩　　〈信陽楚簡「澮」字及从「𦥑」之字〉　《中國語言學報》
　　　　　　第1期　北京市　商務印書館　1983年　收入《著名中年
　　　　　　語言學家自選集李家浩卷》　合肥市　安徽教育出版社
　　　　　　2002年

鄭　剛　　〈戰國文字中的同源詞與同源字〉　《中國文字》　新20期
　　　　　　臺北市　藝文印書館　1995年　收入曾憲通主編《古文字
　　　　　　與漢語史論集》　廣州市　中山大學出版社　2002年

白於藍　　〈釋褒——兼談秀、采一字分化〉　《中國古文字研究》

　　　　第1輯　長春市　吉林大學出版社　1999年

陳居淵　〈閻若璩《古文尚書疏證》在清代思想史上的重新定位〉
　　　　《經學今詮續編》　收入《中國哲學》　第23輯　瀋陽市
　　　　遼寧教育出版社　2001年

郭　沂　〈郭店竹簡與中國哲學（論綱）〉　《郭店楚簡國際學術研
　　　　討會論文集》　武漢市　湖北人民出版社　2000年

裘錫圭　〈中國古典學重建中應該注意的問題〉　《北京大學中國古
　　　　文獻研究中心集刊》　第2輯　北京市　燕山出版社
　　　　2001年

李　零　〈出土發現與古書年代的再認識〉　《九州學刊》　3卷第1
　　　　期　1988年　收入《李零自選集》　桂林市　廣西師範大
　　　　學出版社　1998年

附錄
古本《尚書》字樣調查表

說明：

一　本附錄所收的是本書中重點進行研究的文字，包括第四章、第五章和第六章第三節所論列的字頭，並酌收部分與字頭相關之字，字表的順序亦以書中字頭順序排列。

二　表中篇名下的數字表示該字在該篇中出現的次數。敦煌本字形邊上的小號字為該寫本編號。字形下的小號字「傳」，指該寫法出現在傳文中；「序」，指該寫法出現在序文中。楷字手寫略有區別者逕出規範楷體。其他小有異同之字，如果無關要旨，一般也不再區別。

「虞」字構形異同表

所在篇名	漢石經	魏石經	晁刻尚書	敦煌本	吐魯番本	和闐本	高昌本	岩崎本	九條本	神田本	島田本	內野本	上元本	觀智院本	古梓堂本	天理本	足利本	上影本	上八本	書古文訓
堯典二				虞伯3015 㳂伯3315								㳂					㳂 㳂	㳂	虞	㳂
舜典一												㳂					㳂	㳂	虞	㳂
大禹謨一												㳂					㳂	㳂	虞	㳂

所在篇名	漢石經	魏石經	晁刻尚書	敦煌本	吐魯番本	和闐本	高昌本	岩崎本	九條本	神田本	島田本	內野本	上元本	觀智院本	古梓堂本	天理本	足利本	上影本	上八本	書古文訓
益稷一												虞					虞	虞	虞	叜
太甲一												叜				虞	叜	叜	叜	叜
*西伯戡黎一				叜伯2516 叜伯2643				叜				叜	叜				虞	虞	度	叜
周官一												叜					虞	虞	叜	叜
君陳一												叜	虞				虞	虞	叜	叜
畢命一								叜				叜					虞	虞	叜	叜

*〈西伯戡黎〉篇上〔八〕本作「度」，形近而誤。

「風」字構形異同表

所在篇名	漢石經	魏石經	晁刻尚書	敦煌本	吐魯番本	和闐本	高昌本	岩崎本	九條本	神田本	島田本	內野本	上元本	觀智院本	古梓堂本	天理本	足利本	上影本	上八本	書古文訓
舜典一												風					凨	凨	風	風

所在篇名	漢石經	魏石經	晁刻尚書	敦煌本	吐魯番本	和闐本	高昌本	岩崎本	九條本	神田本	島田本	內野本	上元本	觀智院本	古梓堂本	天理本	足利本	上影本	上八本	書古文訓
大禹謨一												風					凡	凡	凬	風
伊訓四												風					凡風	凡風	風	風
說命一								風				風	風				凡	凡	風	風
洪範五											風	風					風凡	凬凡	風	風
金滕二											風	風					風	凡風	風	風
君陳一												風		風			凡	風	風	風
畢命三								風				風					凡	凡	風	風
費誓一										風		風					風	凡	風	風

「象」字構形異同表

所在篇名	漢石經	魏石經	晁刻尚書	敦煌本	吐魯番本	和闐本	高昌本	岩崎本	九條本	神田本	島田本	內野本	上元本	觀智院本	古梓堂本	天理本	足利本	上影本	上八本	書古文訓
堯典三				象伯3015								𧰼𧰼					𧰼	象𧰼	象𧰼	爲爲
舜典一												𧰼					𧰼	象	𧰼	爲
益稷二												舄					冩寓	冩寓	象	爲
胤征一				爲伯2533 𧰼伯5557					象			𧰼					𧰼	𧰼	𧰼	爲
說命一				𧰼伯2516 爲伯2643					爲			𧰼	爲				𧰼	𧰼	𧰼	爲
微子之命一											象	寓					𧰼	𧰼	象	爲

「拜」字構形異同表

所在篇名	漢石經	魏石經	晁刻尚書	敦煌本	吐魯番本	和闐本	高昌本	岩崎本	九條本	神田本	島田本	內野本	上元本	觀智院本	古梓堂本	天理本	足利本	上影本	上八本	書古文訓
舜典四				𢷎伯3315*								拜					𢪽拜	𢪽	拜	𢷎𢷎

所在篇名	漢石經	魏石經	晁刻尚書	敦煌本	吐魯番本	和闐本	高昌本	岩崎本	九條本	神田本	島田本	內野本	上元本	觀智院本	古梓堂本	天理本	足利本	上影本	上八本	書古文訓
大禹謨二				拜斯801								拜					拜 拜	拜 拜	拜	𢷎 𢷎
皋陶謨一												拜					拜	拜	拜	𢷎
益稷三		拜 拜 拜		拜伯3605								拜					拜 拜	拜 拜	拜	𢷎 𢷎
太甲二												拜				拜	拜	拜	拜	𢷎 𢷎
說命二				拜伯2516 拜伯2643				拜				拜 拜	拜				拜	拜 拜	拜	拜 𢷎
召誥二									拜			拜					拜	拜	拜	𢷎 𢷎
洛誥五	拜			拜伯2748								拜					拜	拜	拜	𢷎 𢷎
立政二				拜斯2074 拜伯2643					拜			拜 拜					拜	拜 拜	拜	𢷎
顧命五				拜伯4509								拜		拜			拜	拜 拜	拜	𢷎
康王之誥三												拜		拜			拜	拜 拜	拜	𢷎

＊伯3315「𢷎」下注云：「古拜字。《說文》以為今字，云古文作𢫞，又作𢷎，今本止作拜字。」

「岳」字構形異同表

所在篇名	漢石經	魏石經	晁刻尚書	敦煌本	吐魯番本	和闐本	高昌本	岩崎本	九條本	神田本	島田本	內野本	上元本	觀智院本	古梓堂本	天理本	足利本	上影本	上八本	書古文訓
堯典五			岳伯3015 屰伯3315									岳 屰					屰岳屰	屰岳	岳	岙
舜典七			屰伯3315									岳					岳屰	岳屰	岳	岙岳
禹貢二			屰伯3315 屰伯3169 岳伯4033					岳				岳					岳	岳	岳	嶽岙
周官三												岳					岳	岳	岳	岙

「飲」字構形異同表

所在篇名	漢石經	魏石經	晁刻尚書	敦煌本	吐魯番本	和闐本	高昌本	岩崎本	九條本	神田本	島田本	內野本	上元本	觀智院本	古梓堂本	天理本	足利本	上影本	上八本	書古文訓
酒誥四									㱃			㱃					㱃	飲 㱃	飲	㱃

「美」字構形異同表

所在篇名	漢石經	魏石經	晁刻尚書	敦煌本	吐魯番本	和闐本	高昌本	岩崎本	九條本	神田本	島田本	內野本	上元本	觀智院本	古梓堂本	天理本	足利本	上影本	上八本	書古文訓
說命一			㜤伯2516 㜤伯2643					㜤（塗改）				羙	㜤				羙	羙	羙	㜤
畢命一								美				美					美	美	美	美

「辟」字構形異同表

所在篇名	漢石經	魏石經	晁刻尚書	敦煌本	吐魯番本	和闐本	高昌本	岩崎本	九條本	神田本	島田本	內野本	上元本	觀智院本	古梓堂本	天理本	足利本	上影本	上八本	書古文訓
太甲五												侵辟				辟	侵辟	侵辟	侵辟	侵
咸有一德一												侵				辟	侵	侵	辟	侵
說命二			侵伯2516 侵伯2516 侵伯2643					侵				侵	侵				侵	侵	辟侵	侵侵
泰誓二			侵斯799							侵		侵					侵辟	侵辟	侵	侵侵

所在篇名	漢石經	魏石經	晁刻尚書	敦煌本	吐魯番本	和闐本	高昌本	岩崎本	九條本	神田本	島田本	內野本	上元本	觀智院本	古梓堂本	天理本	足利本	上影本	上八本	書古文訓
洪範三												侵					辟	辟	辟	侵辟
金縢一												辟					辟	辟	辟	辟
酒誥二									辟枲			侵					侵	侵辟	辟	侵侵
梓材一									辟			侵					侵	辟	辟	侵
洛誥五			侵伯2748									侵					辟	辟	辟辟	侵侵
無逸一			侵伯3767 侵伯2748									侵					辟	辟	辟	侵
君奭一		辟疆辟	辟伯2748									侵					辟	辟	侵	侵
蔡仲之命一			辟伯2748 辟斯5626						辟			侵					辟	辟	侵	侵
多方二		辟疆辟	侵斯2074						枲			侵					辟	辟	侵	侵
周官二												侵	辟				辟	辟	侵	侵

所在篇名	漢石經	魏石經	晁刻尚書	敦煌本	吐魯番本	和闐本	高昌本	岩崎本	九條本	神田本	島田本	內野本	上元本	觀智院本	古梓堂本	天理本	足利本	上影本	上八本	書古文訓
君陳六												俣	辟				辟	辟	辟	俣
君牙一								俣				俣					辟	辟	辟	俣
冏命三								俣僻侵				俣僻					侵辟	侵辟	侵辟	俣
呂刑六								辟				辟					辟	辟	辟	俣
文侯之命二									侵			侵					侵	侵	侵	俣

「好」字構形異同表

所在篇名	漢石經	魏石經	晁刻尚書	敦煌本	吐魯番本	和闐本	高昌本	岩崎本	九條本	神田本	島田本	內野本	上元本	觀智院本	古梓堂本	天理本	足利本	上影本	上八本	書古文訓
大禹謨二			好斯5745 妍斯801									妍					好妍	好妍	好妍	妍好
益稷一												妍					妍	妍	妍	好

所在篇名	漢石經	魏石經	晁刻尚書	敦煌本	吐魯番本	和闐本	高昌本	岩崎本	九條本	神田本	島田本	內野本	上元本	觀智院本	古梓堂本	天理本	足利本	上影本	上八本	書古文訓
仲虺之誥一												好					好	好	好	好
盤庚一				好伯2516（伯2643左旁不清）								好					好	好	好	好
微子一				好伯2516 好伯2643				好				好	好				好	好	好	好
洪範七											好	好					好	好	好	好 妞
康誥一												好					好	好	好	好
君陳一												好	好				好	好	好	好
畢命一									好			好					好	好	好	好
秦誓一				好伯2516（含伯2980）					好			好			好		好	好	好	好

「旅」字構形異同表

所在篇名	漢石經	魏石經	晁刻尚書	敦煌本	吐魯番本	和闐本	高昌本	岩崎本	九條本	神田本	島田本	內野本	上元本	觀智院本	古梓堂本	天理本	足利本	上影本	上八本	書古文訓
大禹謨一				旅斯801	㫊							旅					旅	旅	㫊	㫊
禹貢三				㫊伯3169					㫊㫊			㫊㫊					㫊㫊	㫊㫊	㫊㫊	㫊
牧誓一				㫊斯799						㫊		㫊					旅	旅	㫊	㫊
武成一				㫊斯799								㫊					旅	旅	㫊	㫊
旅獒三											㫊	㫊					旅	旅旅	旅	㫊
梓材一												㫊					衣	衣	旅	㫊
召誥一									㫊			㫊					衣	旅	旅	㫊
多方二				㫊斯2074					㫊			㫊					旅旅	旅	㫊	㫊㫊
立政一				㫊斯2074 旅伯2630					㫊			㫊					旅	旅	㫊	㫊
秦誓一				㫊伯3871 （含2098）					㫊			㫊					旅	旅	㫊	㫊

所在篇名	漢石經	魏石經	晁刻尚書	敦煌本	吐魯番本	和闐本	高昌本	岩崎本	九條本	神田本	島田本	內野本	上元本	觀智院本	古梓堂本	天理本	足利本	上影本	上八本	書古文訓
書序四																				圥

「諸」字構形異同表

所在篇名	漢石經	魏石經	晁刻尚書	*敦煌本	吐魯番本	和闐本	高昌本	岩崎本	九條本	神田本	島田本	內野本	上元本	觀智院本	古梓堂本	天理本	足利本	上影本	上八本	書古文訓
禹貢一				㱰伯2533				裻				㱰						諸	諸	諸	㱰
太甲二									㱰㱰							諸	㱰	㱰	諸	㱰㱰
說命一				諸伯2516 諸伯2643				諸㱰（序）				㱰	諸㱰（序）				諸	諸	諸	㱰
金縢一												㱰					諸	諸	諸	㱰
康誥一												㱰					㱰	㱰	諸	㱰
酒誥一									㱰			㱰					㱰	㱰	諸	㱰

所在篇名	漢石經	魏石經	晁刻尚書	敦煌本	吐魯番本	和闐本	高昌本	岩崎本	九條本	神田本	島田本	內野本	上元本	觀智院本	古梓堂本	天理本	足利本	上影本	上八本	書古文訓
蔡仲之命一			諸伯2748 諸斯5626					諸嵟（序）				彬					諸	諸	彬	彬
周官一												彬	諸				諸	諸	彬	彬
顧命一												彬	㪭				諸	諸諸	彬	彬
康王之誥二												彬		諸㪭（序）			諸諸	諸	彬	彬
呂刑一										㪭		諸					諸	諸	諸	彬

＊敦煌本伯3315《舜典釋文》「嵟」下注云：本又作㪭，古諸字。

「都」字構形異同表

所在篇名	漢石經	魏石經	晁刻尚書	敦煌本	吐魯番本	和闐本	高昌本	岩崎本	九條本	神田本	島田本	內野本	上元本	觀智院本	古梓堂本	天理本	足利本	上影本	上八本	書古文訓
堯典二				都伯3315									都				都	都	都	粗

所在篇名	漢石經	魏石經	晁刻尚書	敦煌本	吐魯番本	和闐本	高昌本	岩崎本	九條本	神田本	島田本	內野本	上元本	觀智院本	古梓堂本	天理本	足利本	上影本	上八本	書古文訓
大禹謨一												都					都	都	都	[古文]
皋陶謨三												都					都	都	都	[古文]
益稷二		都										都					都	都	都	[古文]
說命一				都伯2516 都伯2643				[古文]				都	都				都	都	都	[古文]
立政一	[篆]都			都斯2074 都伯2630					都			都					都	都	都	[古文]
文侯之命一												都					都	都	都	[古文]

「圖」字構形異同表

所在篇名	漢石經	魏石經	晁刻尚書	敦煌本	吐魯番本	和闐本	高昌本	岩崎本	九條本	神田本	島田本	內野本	上元本	觀智院本	古梓堂本	天理本	足利本	上影本	上八本	書古文訓
五子之歌一				图伯2533					圙			圙					圖	圖	圖	圖

所在篇名	漢石經	魏石經	晁刻尚書	敦煌本	吐魯番本	和闐本	高昌本	岩崎本	九條本	神田本	島田本	內野本	上元本	觀智院本	古梓堂本	天理本	足利本	上影本	上八本	書古文訓
太甲二												▨				圖	▨	▨	▨	▨
盤庚一								▨				▨（模糊）	圖				▨	圖	圖	▨
金滕一											▨	▨					▨	▨	▨	▨
大誥四	圖（集存）											▨					▨	▨	圖	▨
洛誥一				圖伯2748 ▨斯2074								▨					▨	▨	▨	▨
多方六		▨圖▨							▨			▨					▨圖	▨▨	▨	▨
君陳一												▨		圖			▨	▨	▨	▨
顧命一												▨		圖			▨	▨	▨	▨
君牙一								▨				▨					▨	▨	▨	▨

「割」字構形異同表

所在篇名	漢石經	魏石經	晁刻尚書	敦煌本	吐魯番本	和闐本	高昌本	岩崎本	九條本	神田本	島田本	內野本	上元本	觀智院本	古梓堂本	天理本	足利本	上影本	上八本	書古文訓
堯典一			創伯3315 割伯3015									刨					刨	創	割	創
湯誓二									創			創					創	創	創	創
大誥一											釗	割					割	割	釗	創
多士一		釗劂割	割伯2748									割					割	割	割	創
君奭一			割伯2748									割					割	割	割	創
多方一			創伯2074						割			割					割	割	割	創

「敢」字構形異同表

所在篇名	漢石經	魏石經	晁刻尚書	敦煌本	吐魯番本	和闐本	高昌本	岩崎本	九條本	神田本	島田本	內野本	上元本	觀智院本	古梓堂本	天理本	足利本	上影本	上八本	書古文訓
益稷二												敢					敢	敢	敢	敢

所在篇名	漢石經	魏石經	晁刻尚書	敦煌本	吐魯番本	和闐本	高昌本	岩崎本	九條本	神田本	島田本	內野本	上元本	觀智院本	古梓堂本	天理本	足利本	上影本	上八本	書古文訓
湯誓二									敆			敆					敆	敆	敆	敢
湯誥五												敆					敆敢	敆敢	敆敢	敢散
伊訓三												敆					敆	敆	敆	敢
盤庚六				敢伯2516 敘伯2643 敆伯3670 敆伯2516		敆敢						敆	敆				敢	敢	敆敢	敢敢散
說命二				敆伯2516 敘伯2643				敆				敆	敆				敢	敢	敆敆	敢
西伯戡黎一				敆伯2516 敘伯2643				敆				敆	敆				敢	敢	敆	敢
泰誓二									敆敢			敆					敢	敢	敢	敢
武成一			敆斯799							敢		敆					敢	敢	敢	敢
金縢二												敆					敢	敢	敢	敢
大誥九											敆	敆					敢	敢	敢	敢

所在篇名	漢石經	魏石經	晁刻尚書	敦煌本	吐魯番本	和闐本	高昌本	岩崎本	九條本	神田本	島田本	內野本	上元本	觀智院本	古梓堂本	天理本	足利本	上影本	上八本	書古文訓
康誥一												敎					敢	敢	敎	敫
酒誥四									敎			敎敢					敎敢	敎敢	敢	敫
召誥八									敎			敎					敎敢	敎敢敎	敎	敫敫
洛誥四			敢伯2748 敎斯6017									敎					敢	敢	敎	敫
多士五	敢		敢伯2748									敎					敢	敢	敎敢	敫
無逸五		訧頶敢	敎伯3767 敢伯2748 敎伯2748									敎					敢	敢	敎	敫
君奭三		訧頶敢	敢伯2748									敎					敢	敢	敎	敫
多方一		訧頶敢	敎斯2074						敎			敎					敢	敢	敎	敫
立政三			敎斯2074 敢伯2630						敎			敎					敢	敢	敎	敫
君陳一												敎		敎			敢	敢	敎	敫
顧命一												敎		敎			敢	敢	敎	敫

所在篇名	漢石經	魏石經	晁刻尚書	敦煌本	吐魯番本	和闐本	高昌本	岩崎本	九條本	神田本	島田本	內野本	上元本	觀智院本	古梓堂本	天理本	足利本	上影本	上八本	書古文訓
康王之誥二												敎		敎			敢	敢	敎	敨
君牙一									敎			敎					敢	敢	敎	敨
費誓八			敎伯3871						敎			敎敢					敢	敢	敎	敨

「奏」字構形異同表

所在篇名	漢石經	魏石經	晁刻尚書	敦煌本	吐魯番本	和闐本	高昌本	岩崎本	九條本	神田本	島田本	內野本	上元本	觀智院本	古梓堂本	天理本	足利本	上影本	上八本	書古文訓
舜典一			奏伯3315 敎伯3315「奏」下注									奏					奏	奏	奏	敊
益稷三												奏					奏	奏	奏	敊 嵍
胤征一			奏伯2533 奏伯5557						奏			奏					奏	奏	奏	敊

「春」字構形異同表

所在篇名	漢石經	魏石經	晁刻尚書	敦煌本	吐魯番本	和闐本	高昌本	岩崎本	九條本	神田本	島田本	內野本	上元本	觀智院本	古梓堂本	天理本	足利本	上影本	上八本	書古文訓
堯典一			旾伯3315									春					旾	旾	春	旾
胤征一			旾伯2533 春伯2533 ＋5557						旾			旾					旾	旾	旾	旾
泰誓一										春		旾					春	春	春	旾
君牙一									旾			旾					春	春	春	旾

「析」字構形異同表

所在篇名	漢石經	魏石經	晁刻尚書	敦煌本	吐魯番本	和闐本	高昌本	岩崎本	九條本	神田本	島田本	內野本	上元本	觀智院本	古梓堂本	天理本	足利本	上影本	上八本	書古文訓
堯典一												析					析	析	析	所
禹貢二			析伯3169							所 拆		析					析	析	析	所
盤庚一			所伯2516 所伯2643				所					析	所				析	析	析	所

「始」字構形異同表

所在篇名	漢石經	魏石經	晁刻尚書	敦煌本	吐魯番本	和闐本	高昌本	岩崎本	九條本	神田本	島田本	內野本	上元本	觀智院本	古梓堂本	天理本	足利本	上影本	上八本	書古文訓
仲虺之誥一												始					始	始	始	乱
伊訓一												乱					乱	乱	乱	乱
太甲二												乱			始		乱始	乱始	乱始	乱
咸有一德一												乱			始		乱	乱	始	乱
說命一				乱伯2516 乱伯2643				乱				乱	始				稽	稽	始	乱
洛誥一				始伯2748								始					始	始	始	乱
畢命一								乱				乱					始	始	乱	乱
呂刑二								乱				乱					始	始	乱	乱

「治」字構形異同表

所在篇名	漢石經	魏石經	晁刻尚書	敦煌本	吐魯番本	和闐本	高昌本	岩崎本	九條本	神田本	島田本	內野本	上元本	觀智院本	古梓堂本	天理本	足利本	上影本	上八本	書古文訓
大禹謨三				治斯5745								治					治	治	治	亂
益稷一	姛											治					治	治	治	亂
禹貢一		尚怊		治伯3615								治					治	治	治	亂
胤征一				治伯2533 治伯5557					治			治					治	治	治	亂
太甲二												治			治		治	治	治	亂
說命一				治伯2516 治伯2643				治				治	治				治	治	治	乱
武成一				治斯799								治					治	治	治	亂
康誥二												治					治	治	治	亂
召誥一									治			治					治	治	治	亂

所在篇名	漢石經	魏石經	晁刻尚書	敦煌本	吐魯番本	和闐本	高昌本	岩崎本	九條本	神田本	島田本	內野本	上元本	觀智院本	古梓堂本	天理本	足利本	上影本	上八本	書古文訓
無逸一				治伯2748								治					治	治	治	乿
君奭一				治伯2748					治			治					治	治	治	乿
蔡仲之命一				治斯6259 治斯2074					治			治					治	治	治	乿
周官四												治		治			治	治	治	乿
君陳一												治		治			治	治	治	乿
畢命一								治				治					治	治	治	乿
君牙								治				治					治	治	治	乿

「蒙」字構形異同表

所在篇名	漢石經	魏石經	晁刻尚書	敦煌本	吐魯番本	和闐本	高昌本	岩崎本	九條本	神田本	島田本	內野本	上元本	觀智院本	古梓堂本	天理本	足利本	上影本	上八本	書古文訓
禹貢二				蒙伯3169				蒙	蒙			蒙					蒙	蒙	蒙	蒙

所在篇名	漢石經	魏石經	晁刻尚書	敦煌本	吐魯番本	和闐本	高昌本	岩崎本	九條本	神田本	島田本	內野本	上元本	觀智院本	古梓堂本	天理本	足利本	上影本	上八本	書古文訓
伊訓一												蒙					蒙	蒙	蒙	蒙
洪範二												蟲蟲（注蟲）蒙					蒙	蒙	蒙	蒙

「憸」字構形異同表

所在篇名	漢石經	魏石經	晁刻尚書	敦煌本	吐魯番本	和闐本	高昌本	岩崎本	九條本	神田本	島田本	內野本	上元本	觀智院本	古梓堂本	天理本	足利本	上影本	上八本	書古文訓
盤庚一	散			惡伯2643				惡				忌	忎				憸	憸	恩	憖
立政二				憸伯2630					憸			憸					憸憸	憸憸	憸	憖
冏命一								惡				惡					憸	憸	憸	憖

「變」字構形異同表

所在篇名	漢石經	魏石經	晁刻尚書	敦煌本	吐魯番本	和闐本	高昌本	岩崎本	九條本	神田本	島田本	內野本	上元本	觀智院本	古梓堂本	天理本	足利本	上影本	上八本	書古文訓
堯典一			彰伯3315									彰					彰	彰	變	彰
太甲一												彰				変	彰	彰	変	彰
盤庚一								彰				彰	彰				変	変	変	彰
無逸一	變（隸釋）	変	変伯3767 変伯2748									彰					変	変	彰	變
君陳一												彰	變				変	変	彰	彰
畢命一								彰				彰					変	変	変	彰

「剛」字構形異同表

所在篇名	漢石經	魏石經	晁刻尚書	敦煌本	吐魯番本	和闐本	高昌本	岩崎本	九條本	神田本	島田本	內野本	上元本	觀智院本	古梓堂本	天理本	足利本	上影本	上八本	書古文訓
舜典一				佢伯3315 (注：古剛字，古文作佶。)								佢					佢	佢	剛	佢

所在篇名	漢石經	魏石經	晁刻尚書	敦煌本	吐魯番本	和闐本	高昌本	岩崎本	九條本	神田本	島田本	內野本	上元本	觀智院本	古梓堂本	天理本	足利本	上影本	上八本	書古文訓
皋陶謨一												剛					剛	剛	剛	信
洪範三												信					剛	剛	剛	信
酒誥一									信			信					信	剛	剛	信
畢命一								副				剛					剛	剛（塗改）	剛	信

「述（遂）」字構形異同表

所在篇名	漢石經	魏石經	晁刻尚書	敦煌本	吐魯番本	和闐本	高昌本	岩崎本	九條本	神田本	島田本	內野本	上元本	觀智院本	古梓堂本	天理本	足利本	上影本	上八本	書古文訓
仲虺之誥一									逋			遂					遂	遂	遴	遹
微子二				逋伯2516 遂伯2516 逋伯2643		浦						速 速	遂 浦				遂	遂	遂	遹
旅獒一											浦	遂					遂	遂	遂	遹

所在篇名	漢石經	魏石經	晁刻尚書	敦煌本	吐魯番本	和闐本	高昌本	岩崎本	九條本	神田本	島田本	內野本	上元本	觀智院本	古梓堂本	天理本	足利本	上影本	上八本	書古文訓
費誓二			逋伯3871						逋			遂					遂	遂	遂	速
書序六												逹	逋						逋	遂 逪 逋

「使」字構形異同表

所在篇名	漢石經	魏石經	晁刻尚書	敦煌本	吐魯番本	和闐本	高昌本	岩崎本	九條本	神田本	島田本	內野本	上元本	觀智院本	古梓堂本	天理本	足利本	上影本	上八本	書古文訓
舜典一				㑥伯3315								使					使	使	使	𢝱
咸有一德一												使				使	使	使	使	𢝱
牧誓一				㑥斯799					使			㑥					使	使	㑥	𢝱
洪範二								㑥	㑥								使	使	岑	㟅 𢝱
書序四																				𢝱

「農」字構形異同表

所在篇名	漢石經	魏石經	晁刻尚書	敦煌本	吐魯番本	和闐本	高昌本	岩崎本	九條本	神田本	島田本	內野本	上元本	觀智院本	古梓堂本	天理本	足利本	上影本	上八本	書古文訓
盤庚二				茛伯2643				農茛				農	茛				農	農	農	巖㠭
洪範一												農					農	農	農	巖
酒誥一									茛			農					農	農	農	巖
洛誥一				農伯2748 茛斯6017									農				農	農	農	巖
呂刑一								茛				農					農	農	農	巖

「德」*字構形異同表

所在篇名	漢石經	魏石經	晁刻尚書	敦煌本	吐魯番本	和闐本	高昌本	岩崎本	九條本	神田本	島田本	內野本	上元本	觀智院本	古梓堂本	天理本	足利本	上影本	上八本	書古文訓
堯典二				德伯3015 悳伯3315								悳德					悳德	悳德	德	悳悳
舜典三												德悳					德悳	德悳	德	悳悳

所在篇名	漢石經	魏石經	晁刻尚書	敦煌本	吐魯番本	和闐本	高昌本	岩崎本	九條本	神田本	島田本	內野本	上元本	觀智院本	古梓堂本	天理本	足利本	上影本	上八本	書古文訓
大禹謨十三				悳伯5745 悳斯801								悳					德悳	悳㤅德	德	悳德悳
皋陶謨七		悳德										悳					悳德	悳德㤅	德	悳悳
益稷二	德											悳					悳德	悳德	德	悳
禹貢一									悳			悳					德	㤅	悳	悳
五子之歌二				悳伯2533					悳			悳					悳	悳	悳	悳
胤征二				悳伯2533 悳悳 伯3752＋5557					悳			悳					悳	悳	悳	悳德
湯誓一									悳			悳					德	德	德	悳
仲虺之誥七									悳			悳德					悳德	悳㤅德	德悳	悳悳
湯誥一												悳					悳悳	悳悳	德	悳

所在篇名	漢石經	魏石經	晁刻尚書	敦煌本	吐魯番本	和闐本	高昌本	岩崎本	九條本	神田本	島田本	內野本	上元本	觀智院本	古梓堂本	天理本	足利本	上影本	上八本	書古文訓
伊訓六												悳德					德	德悳	德	悳
太甲十二												悳				悳	德悳	德悳佗	德	悳
咸有一德十六												悳悳				悳	悳德	悳佗	德	悳
盤庚十	德（隸釋）		悳斯11399 悳伯2643 悳伯3670 悳伯2516						悳德			悳德悳	德				德悳	德悳	悳	悳
說命六			悳伯2516 德伯2516 悳伯2643						悳			悳	德				德悳	德悳	悳	悳

＊「德」字《尚書》共二二四見，為節省篇幅，其他篇中所見「德」字從略。

「聖」字構形異同表

所在篇名	漢石經	魏石經	晁刻尚書	敦煌本	吐魯番本	和闐本	高昌本	岩崎本	九條本	神田本	島田本	內野本	上元本	觀智院本	古梓堂本	天理本	足利本	上影本	上八本	書古文訓
大禹謨一												聖					聖平（傳）	聖平（傳）	聖	聖

所在篇名	漢石經	魏石經	晁刻尚書	敦煌本	吐魯番本	和闐本	高昌本	岩崎本	九條本	神田本	島田本	內野本	上元本	觀智院本	古梓堂本	天理本	足利本	上影本	上八本	書古文訓
胤征一				聖伯2533 罪伯3752					聖			聖					聖 聖（傳）	罪 罪（傳）	聖	聖
湯誥一												聖					罪	聖	罪	聖
伊訓三												聖					罪	聖	罪	聖
說命四				聖伯2516 聖伯2643				聖				聖	聖				罪 聖	聖	聖	聖
洪範二									聖			聖					罪	聖	罪 聖	聖
微子之命一									聖			聖					罪	聖	聖	聖
多方二				聖斯2074					聖			聖					罪	聖	聖	聖
君陳三												聖		聖			罪	聖	聖	聖
囧命二								聖				聖					罪	聖	聖	聖
秦誓二				罪伯3871 （含2980）					聖			聖			聖		罪	聖	聖	聖

「漆」字構形異同表

所在篇名	漢石經	魏石經	晁刻尚書	敦煌本	吐魯番本	和闐本	高昌本	岩崎本	九條本	神田本	島田本	內野本	上元本	觀智院本	古梓堂本	天理本	足利本	上影本	上八本	書古文訓
禹貢四				桼伯3615 桼伯5522 桼伯3169 漆伯3169				蛪涞（傳）	蛪涞濠徚（傳）			漆漆	涞				漆	漆	漆	桼剉
顧命一												漆	涞				漆	漆	漆	桼

「刑」*字構形異同表

所在篇名	漢石經	魏石經	晁刻尚書	敦煌本	吐魯番本	和闐本	高昌本	岩崎本	九條本	神田本	島田本	內野本	上元本	觀智院本	古梓堂本	天理本	足利本	上影本	上八本	書古文訓
堯典一				刑伯3015 丼伯3315								𦼔					𦼔	𦼔	刑	型
舜典八												刑					刑	刑	刑	型
大禹謨四				刑斯5745								刑					刑	刑	刑	型
皋陶謨一												刑					刑	刑	刑	型

所在篇名	漢石經	魏石經	晁刻尚書	敦煌本	吐魯番本	和闐本	高昌本	岩崎本	九條本	神田本	島田本	內野本	上元本	觀智院本	古梓堂本	天理本	足利本	上影本	上八本	書古文訓
益稷一												刑					刑	刑	刑	㓝
胤征一				刑伯2533 刑伯3752 ＋5557					刑			刑					刑	刑	刑	㓝
伊訓二												刑					刑	刑	刑	㓝
盤庚一				刑伯2516 刑伯2643				刑				刑	刑				刑	刑	刑	㓝
泰誓一				刑斯799						形		刑					刑	刑	刑	㓝
康誥四	㓝											刑					刑	刑	刑	㓝
召誥一									刑			刑					刑	刑	刑	㓝
洛誥二				刑伯2748								刑					刑	刑	刑	㓝
無逸一	㓝 （隸釋）			刑伯3767 刑伯2748								刑					刑	刑	刑	㓝

＊「刑」字《尚書》共七十一見，為節省篇幅，其他篇中「刑」字從略。

「職」字構形異同表

所在篇名	漢石經	魏石經	晁刻尚書	敦煌本	吐魯番本	和闐本	高昌本	岩崎本	九條本	神田本	島田本	內野本	上元本	觀智院本	古梓堂本	天理本	足利本	上影本	上八本	書古文訓
胤征一				職伯2533 䜴伯3752					䜴			職					職	職	䜴	戠
周官一												䜴	䜴				䜴	䜴	䜴	職
秦誓一				䜴伯3781 (含伯2980)					䜴			（字跡模糊）			職		職	職	䜴	職

「怨」字構形異同表

所在篇名	漢石經	魏石經	晁刻尚書	敦煌本	吐魯番本	和闐本	高昌本	岩崎本	九條本	神田本	島田本	內野本	上元本	觀智院本	古梓堂本	天理本	足利本	上影本	上八本	書古文訓
五子之歌二				怨伯2533					怨			怨					怨	怨	怨	㤪㤭
仲虺之誥二									怨			怨					怨	怨	怨	㤪
秦誓一				怨斯799						怨		怨					怨	怨	怨	㤪

所在篇名	漢石經	魏石經	晁刻尚書	敦煌本	吐魯番本	和闐本	高昌本	岩崎本	九條本	神田本	島田本	內野本	上元本	觀智院本	古梓堂本	天理本	足利本	上影本	上八本	書古文訓
康誥三												怨					怨	怨	怨	㤪
酒誥二									㤪㤪			怨					㤪	怨	㤪㤪	㤪
多士一				怨伯2748								怨					怨	怨	怨	㤪
無逸五	怨（隸釋）	怨		怨伯3767 怨伯2748 怨伯2748								怨					怨	怨	怨	㤪
多方一				怨伯2630 㤪斯2074					㤪			怨					怨	怨	怨	㤪
君牙二								㤪㤪				怨					怨	怨	怨	㤪

「義」字構形異同表

所在篇名	漢石經	魏石經	晁刻尚書	敦煌本	吐魯番本	和闐本	高昌本	岩崎本	九條本	神田本	島田本	內野本	上元本	觀智院本	古梓堂本	天理本	足利本	上影本	上八本	書古文訓
皋陶謨一						誼											誼	誼	義	誼

所在篇名	漢石經	魏石經	晁刻尚書	敦煌本	吐魯番本	和闐本	高昌本	岩崎本	九條本	神田本	島田本	內野本	上元本	觀智院本	古梓堂本	天理本	足利本	上影本	上八本	書古文訓
仲虺之誥一												誼					誼	誼	誼	義
太甲一					誼							義				誼	笺	笺	義	詥
高宗肜日一			誼伯2643					誼				誼	誼				笺	義	誼	詥
泰誓一									誼			誼					義	義	誼	詥
武成一			誼斯799									誼					笺	義	誼	詥
洪範一									誼			誼					笺	義	誼	誼
大誥一												誼					誼	義	誼	誼
康誥三												誼義					誼笺	誼笺	義	誼
無逸一			誼伯2748									誼					笺	笺	誼	誼
多方一			誼斯2074						誼			誼					笺	笺	誼	誼

所在篇名	漢石經	魏石經	晁刻尚書	敦煌本	吐魯番本	和闐本	高昌本	岩崎本	九條本	神田本	島田本	內野本	上元本	觀智院本	古梓堂本	天理本	足利本	上影本	上八本	書古文訓
立政二				誼斯2074 誼伯2630					誼			誼					誼	誼	誼	誼
康王之誥一												誼	誼				戔	戔	誼	誼
畢命二								誼				誼					戔	戔	義	誼
呂刑一								誼				義					戔	戔	誼	誼
文侯之命三									誼			誼			義		誼戔義	誼戔義	誼	誼

「儀」字構形異同表

所在篇名	漢石經	魏石經	晁刻尚書	敦煌本	吐魯番本	和闐本	高昌本	岩崎本	九條本	神田本	島田本	內野本	上元本	觀智院本	古梓堂本	天理本	足利本	上影本	上八本	書古文訓
益稷一												儀					伐	儀	儀	䜍
酒誥一									儀			儀					伐	伐	儀	儀

所在篇名	漢石經	魏石經	晁刻尚書	敦煌本	吐魯番本	和闐本	高昌本	岩崎本	九條本	神田本	島田本	內野本	上元本	觀智院本	古梓堂本	天理本	足利本	上影本	上八本	書古文訓
洛誥二			儀伯2748									儀					伐	伐	儀	儀
顧命一												儀	儀				伐	伐	伐	儀

「釋」字構形異同表

所在篇名	漢石經	魏石經	晁刻尚書	敦煌本	吐魯番本	和闐本	高昌本	岩崎本	九條本	神田本	島田本	內野本	上元本	觀智院本	古梓堂本	天理本	足利本	上影本	上八本	書古文訓
大禹謨一												釋釈（傳）					釋釈（傳）	釋釈（傳）	釋	醳
太甲一												釋			釋		釋釈（傳）	釋釈（傳）	釋	醳
武成一			釋斯799									釋					釈	釈	釋	醳
君奭一			釋伯2748									釋					釈	釈	釈	醳
多方三			釋斯2074 釋斯2074			釋釋						釋釈					釈	釈	釋	醳

所在篇名	漢石經	魏石經	晁刻尚書	敦煌本	吐魯番本	和闐本	高昌本	岩崎本	九條本	神田本	島田本	內野本	上元本	觀智院本	古梓堂本	天理本	足利本	上影本	上八本	書古文訓
康王之誥一												釋	釋				釈	釈	釋	醳

「澤」字構形異同表

所在篇名	漢石經	魏石經	晁刻尚書	敦煌本	吐魯番本	和闐本	高昌本	岩崎本	九條本	神田本	島田本	內野本	上元本	觀智院本	古梓堂本	天理本	足利本	上影本	上八本	書古文訓
禹貢五			澤伯5522					澤	澤			澤					澤/沢	澤/沢	澤	异
多士一		＊[魏石經隸古字形]	澤伯2748									澤					沢	沢	澤	异
畢命一								澤				澤					澤	沢	澤	异
文侯之命一									澤			澤					沢	沢	澤	异

＊魏石經之「𣲫」，或為从水从臭之字。待考。《書古文訓》之「异」當為「臭」之誤。
《說文》〈大部〉：「臭，大白澤也。古文以為澤字。」

「鐸」字構形異同表

所在篇名	漢石經	魏石經	晁刻尚書	敦煌本	吐魯番本	和闐本	高昌本	岩崎本	九條本	神田本	島田本	內野本	上元本	觀智院本	古梓堂本	天理本	足利本	上影本	上八本	書古文訓
胤征一				鐸伯2533 鐸伯3752 ＋5557					鐸			鐸					鐸鈰（傳）	鐸鈰（傳）	鐸	鐸

「擇」字構形異同表

所在篇名	漢石經	魏石經	晁刻尚書	敦煌本	吐魯番本	和闐本	高昌本	岩崎本	九條本	神田本	島田本	內野本	上元本	觀智院本	古梓堂本	天理本	足利本	上影本	上八本	書古文訓
洪範一										撢	擇						択	択	擇	擇
呂刑三					撢							擇					択	択	擇	擇

「懌」字構形異同表

所在篇名	漢石經	魏石經	晁刻尚書	敦煌本	吐魯番本	和闐本	高昌本	岩崎本	九條本	神田本	島田本	內野本	上元本	觀智院本	古梓堂本	天理本	足利本	上影本	上八本	書古文訓
太甲一												懌	懌				懌	懌	懌	懌

所在篇名	漢石經	魏石經	晁刻尚書	敦煌本	吐魯番本	和闐本	高昌本	岩崎本	九條本	神田本	島田本	內野本	上元本	觀智院本	古梓堂本	天理本	足利本	上影本	上八本	書古文訓
呂刑三												懌					懌	懌	懌	斁
梓材二									斁斁			懌					懌	懌	懌	懌斁
顧命一												懌				懌	忕	忕	懌	懌

「斁」字構形異同表

所在篇名	漢石經	魏石經	晁刻尚書	敦煌本	吐魯番本	和闐本	高昌本	岩崎本	九條本	神田本	島田本	內野本	上元本	觀智院本	古梓堂本	天理本	足利本	上影本	上八本	書古文訓
太甲一												斁					斁	斁斁	斁	斁
洪範一											斁	斁					斁	斁	斁	斁
微子之命一												斁					斁	斁	斁	斁
洛誥一				斁伯2748								斁					斁	斁	斁	斁
周官一												斁		斁			斁	斁	斁	斁

「驛」字構形異同表

所在篇名	漢石經	魏石經	晁刻尚書	敦煌本	吐魯番本	和闐本	高昌本	岩崎本	九條本	神田本	島田本	內野本	上元本	觀智院本	古梓堂本	天理本	足利本	上影本	上八本	書古文訓
洪範一											圛	圛					圛駅（傳）	圛駅（傳）	驛	圛

「嶧」字構形異同表

所在篇名	漢石經	魏石經	晁刻尚書	敦煌本	吐魯番本	和闐本	高昌本	岩崎本	九條本	神田本	島田本	內野本	上元本	觀智院本	古梓堂本	天理本	足利本	上影本	上八本	書古文訓
禹貢一			嶧伯3615 嶧伯3469					嶧			圛	嶧					嶧馸（傳）	嶧馸（傳）	嶧	嶧

「繹」字構形異同表

所在篇名	漢石經	魏石經	晁刻尚書	敦煌本	吐魯番本	和闐本	高昌本	岩崎本	九條本	神田本	島田本	內野本	上元本	觀智院本	古梓堂本	天理本	足利本	上影本	上八本	書古文訓
立政一				繹伯2630				繹				繹					紇	紇	繹	繹
君陳一										繹		繹					紇	紇	繹	繹

「能」字構形異同表

所在篇名	漢石經	魏石經	晁刻尚書	敦煌本	吐魯番本	和闐本	高昌本	岩崎本	九條本	神田本	島田本	內野本	上元本	觀智院本	古梓堂本	天理本	足利本	上影本	上八本	書古文訓
堯典二				能伯3015 耐伯3315								能					能	能	能	刜耐
舜典三				耐伯3315								能					能	能	能	耐
大禹謨一												能					能	能	能	耐
皋陶謨二												能					能	能	能	耐
五子之歌一				能伯2533					能			能					能	能	能	耐
仲虺之誥一												能					能	能	能	耐
盤庚二	䏻（隸釋）			能伯2516 能伯2643				能				能	能				能	能匕	能	耐
說命二				能伯2516 能伯2643				能				能	能				能	匕能	能	耐

所在篇名	漢石經	魏石經	晁刻尚書	敦煌本	吐魯番本	和闐本	高昌本	岩崎本	九條本	神田本	島田本	內野本	上元本	觀智院本	古梓堂本	天理本	足利本	上影本	上八本	書古文訓
西伯戡黎一				能伯2516 能伯2643				能				能	能				能	能	能	耐
武成一				能斯799								能					能	能	能	耐
洪範二	能（隸釋）											能	能				能	能	能	耐
金縢五												能	能				能	能 巳	能	耐
大誥一												能					能	能	能	耐
康誥二												能					能	能	能	耐
召誥三									能			能					能	能	能	耐
無逸一				能伯2748								能					能	巳	能	耐
君奭三		能能能		能伯2748					能			能					能	能 巳	能	耐
周官三												能		能			能	巳	能	耐

所在篇名	漢石經	魏石經	晁刻尚書	敦煌本	吐魯番本	和闐本	高昌本	岩崎本	九條本	神田本	島田本	內野本	上元本	觀智院本	古梓堂本	天理本	足利本	上影本	上八本	書古文訓
顧命二			能伯4509									能		能			能	卪能	能	耐
畢命一								能				能					能	卪	能	耐
文侯之命一									能			能					能	卪	能	耐
秦誓三				能伯3871 （含伯2980）					能						能		能	卪	能	耐

「朋」字構形異同表

所在篇名	漢石經	魏石經	晁刻尚書	敦煌本	吐魯番本	和闐本	高昌本	岩崎本	九條本	神田本	島田本	內野本	上元本	觀智院本	古梓堂本	天理本	足利本	上影本	上八本	書古文訓
益稷一	凡											朋					朋	朋	朋	坤
泰誓一													朋	朋			朋	朋	朋	坤
洪範一	朋 （隸釋）																			

所在篇名	漢石經	魏石經	晁刻尚書	敦煌本	吐魯番本	和闐本	高昌本	岩崎本	九條本	神田本	島田本	內野本	上元本	觀智院本	古梓堂本	天理本	足利本	上影本	上八本	書古文訓
洛誥二			朋伯2748									朋					朋	朋	朋	坩

「斷」字構形異同表

所在篇名	漢石經	魏石經	晁刻尚書	敦煌本	吐魯番本	和闐本	高昌本	岩崎本	九條本	神田本	島田本	內野本	上元本	觀智院本	古梓堂本	天理本	足利本	上影本	上八本	書古文訓
盤庚二				斷伯2516 斷伯2643				斷				斷 斷	斷				斷	斷	斷	斷 斷
周官一												斷		斷			斷	斷	斷	斷
呂刑一								斷				斷					斷	斷	斷	斷
秦誓二				斷伯3871 (含伯2980)					斷			斷			斷		斷	斷	斷	斷

「蠢」字構形異同表

所在篇名	漢石經	魏石經	晁刻尚書	敦煌本	吐魯番本	和闐本	高昌本	岩崎本	九條本	神田本	島田本	內野本	上元本	觀智院本	古梓堂本	天理本	足利本	上影本	上八本	書古文訓
大禹謨一				蠢 斯801								蠢					蠢	蠢	蠢	戴
大誥三											戴						蠢	蠢	戴蠢	戴蠢

「供」字構形異同表

所在篇名	漢石經	魏石經	晁刻尚書	敦煌本	吐魯番本	和闐本	高昌本	岩崎本	九條本	神田本	島田本	內野本	上元本	觀智院本	古梓堂本	天理本	足利本	上影本	上八本	書古文訓
召誥一									共			供					供	供	供	共
無逸二	共（隸釋）			共伯3767 共伯2748								供					供	供	供	共
費誓一				共伯3871					共			供					供	供	供	共

「汝」字構形異同表

所在篇名	漢石經	魏石經	晁刻尚書	敦煌本	吐魯番本	和闐本	高昌本	岩崎本	九條本	神田本	島田本	內野本	上元本	觀智院本	古梓堂本	天理本	足利本	上影本	上八本	書古文訓
堯典二		女		汝伯3015 女伯3315								女 汝					汝	汝	汝	女
舜典十五	女			女伯3315								女					汝	汝	汝	女
大禹謨十三				女斯5745 女斯801								女12 汝1					汝	汝	汝7 女6	女
益稷九		女										女					汝	汝8 女1	汝3 女6	女
甘誓五				女伯2533					女			汝4 女1					汝	汝	汝	女
湯誓六									女			汝2 女4					汝	汝	汝2 女4	女
太甲二												女				汝	汝 女	汝 女	汝	女
盤庚三十九	女			女斯11399 女伯2643 女伯3670 女伯2656				女予1				女	女				汝36 女3	汝34 女5	汝1 女38	女

所在篇名	漢石經	魏石經	晁刻尚書	敦煌本	吐魯番本	和闐本	高昌本	岩崎本	九條本	神田本	島田本	內野本	上元本	觀智院本	古梓堂本	天理本	足利本	上影本	上八本	書古文訓
說命四				女伯2516 汝伯2516 女伯2643				女				女	女				汝	汝	女	女
泰誓一				女斯799					女			女					汝	汝	汝	女
洪範十三											女	女					汝	汝	女	女
康誥十九	女	女										女					汝2 女17	汝15 女4	女	女
酒誥四									女			女					汝1 女3	汝3 女1	女	女
梓材一									女			女					女	汝	女	女
洛誥八				女伯2748 女斯6017								女					汝	汝	汝4 女4	女
無逸四		女		女伯3767 女伯2748								女					汝	汝	女	女
君奭九		女		汝伯2748					女			女					汝7 女2	汝8 女1	女	女

所在篇名	漢石經	魏石經	晁刻尚書	敦煌本	吐魯番本	和闐本	高昌本	岩崎本	九條本	神田本	島田本	內野本	上元本	觀智院本	古梓堂本	天理本	足利本	上影本	上八本	書古文訓
蔡仲之命二				汝斯6259 女斯2074					汝女			汝女					汝	汝	汝女	女
君陳三												汝1女2		汝1女2			汝	汝	女	女
顧命二				女伯4509								女		汝女			汝	汝	女	女
冏命二								女				女					汝	汝	汝	女
文侯之命四									女			女					汝	汝	女	女
費誓七				女伯3871					女			汝1女6					汝	汝	女	女
秦誓一				女伯3871 +伯2980					女			女					汝	汝	女	女
書序四																				女

「嚮」*字構形異同表

所在篇名	漢石經	魏石經	晁刻尚書	敦煌本	吐魯番本	和闐本	高昌本	岩崎本	九條本	神田本	島田本	內野本	上元本	觀智院本	古梓堂本	天理本	足利本	上影本	上八本	書古文訓
盤庚一			嚮伯3670					向				嚮	宣				嚮	嚮	嚮	宣
禹貢一												嚮					嚮	嚮	嚮	宣
洛誥一												嚮					嚮	嚮	嚮	宣
多士一												嚮					嚮	嚮	嚮	宣
顧命四												嚮	宣宣宣				嚮	嚮	嚮宣	宣

＊足利本、上〔影〕本、上〔八〕本「嚮」之上部「鄉」的左旁「乡」多訛為「歹」，乃寫訛，表中沒有體現。

「迓」字構形異同表

所在篇名	漢石經	魏石經	晁刻尚書	敦煌本	吐魯番本	和闐本	高昌本	岩崎本	九條本	神田本	島田本	內野本	上元本	觀智院本	古梓堂本	天理本	足利本	上影本	上八本	書古文訓
盤庚一			卸伯2643			御						迓	御				迓	迁	迓	御
牧誓一			卸斯799									迓					迓	迁	迓	御

所在篇名	漢石經	魏石經	晁刻尚書	敦煌本	吐魯番本	和闐本	高昌本	岩崎本	九條本	神田本	島田本	內野本	上元本	觀智院本	古梓堂本	天理本	足利本	上影本	上八本	書古文訓
洛誥一			卲伯2748									逆御（注）					逆	逆	逆	𠱠
顧命一												逆	卯逆（注）				逆	逆	逆	𠱠

「㪃」字構形異同表

所在篇名	漢石經	魏石經	晁刻尚書	敦煌本	吐魯番本	和闐本	高昌本	岩崎本	九條本	神田本	島田本	內野本	上元本	觀智院本	古梓堂本	天理本	足利本	上影本	上八本	書古文訓
甘誓一			攽伯2533						攽			㪃					㪃	㪃	㪃	攽
湯誓一									攽			㪃					㪃	㪃	㪃	攽

「鏞」字構形異同表

所在篇名	漢石經	魏石經	晁刻尚書	敦煌本	吐魯番本	和闐本	高昌本	岩崎本	九條本	神田本	島田本	內野本	上元本	觀智院本	古梓堂本	天理本	足利本	上影本	上八本	書古文訓
益稷一			庸伯3605									鏞					鏞	鏞	鏞	喜

「熒」字構形異同表

所在篇名	漢石經	魏石經	晁刻尚書	敦煌本	吐魯番本	和闐本	高昌本	岩崎本	九條本	神田本	島田本	內野本	上元本	觀智院本	古梓堂本	天理本	足利本	上影本	上八本	書古文訓
禹貢二									熒			榮					榮	榮	榮	榮

「餞」字構形異同表

所在篇名	漢石經	魏石經	晁刻尚書	敦煌本	吐魯番本	和闐本	高昌本	岩崎本	九條本	神田本	島田本	內野本	上元本	觀智院本	古梓堂本	天理本	足利本	上影本	上八本	書古文訓
堯典一				淺伯3315								餞					餞	餞	餞	淺

「島」*字構形異同表

所在篇名	漢石經	魏石經	晁刻尚書	敦煌本	吐魯番本	和闐本	高昌本	岩崎本	九條本	神田本	島田本	內野本	上元本	觀智院本	古梓堂本	天理本	足利本	上影本	上八本	書古文訓
禹貢二	鳥			島伯3615 島伯3469					鳥			島					島	嶋島	島	島

*內野本「島」旁注「鳥」，足利本「島夷皮服」句「島」字旁亦注「口作鳥」。

「導」*字構形異同表

所在篇名	漢石經	魏石經	晁刻尚書	敦煌本	吐魯番本	和闐本	高昌本	岩崎本	九條本	神田本	島田本	內野本	上元本	觀智院本	古梓堂本	天理本	足利本	上影本	上八本	書古文訓
禹貢十二			道伯5522 道伯4033 道伯4874						道			導					導	導道	導	道衜斜

＊內野本「導」旁有的注「道」。

「昵」字構形異同表

所在篇名	漢石經	魏石經	晁刻尚書	敦煌本	吐魯番本	和闐本	高昌本	岩崎本	九條本	神田本	島田本	內野本	上元本	觀智院本	古梓堂本	天理本	足利本	上影本	上八本	書古文訓
說命一				昵伯2516 昵伯2643				昵				昵	昵				昵	昵	昵	尼
高宗肜日一				迟伯2516 尼伯2643				尼				昵	昵				昵	昵	昵	尼
泰誓一									昵	昵							昵	昵	昵	尼
冏命一								暱				暱					暱	暱	暱	尼

「毛」字構形異同表

所在篇名	漢石經	魏石經	晁刻尚書	敦煌本	吐魯番本	和闐本	高昌本	岩崎本	九條本	神田本	島田本	內野本	上元本	觀智院本	古梓堂本	天理本	足利本	上影本	上八本	書古文訓
堯典二												毛					毛	毛	毛	髦
禹貢二				毛伯3469 毛伯5522				毛				毛					毛	毛	毛	旄
顧命二												毛	毛				毛	毛	毛	毛

「費」字構形異同表

所在篇名	漢石經	魏石經	晁刻尚書	敦煌本	吐魯番本	和闐本	高昌本	岩崎本	九條本	神田本	島田本	內野本	上元本	觀智院本	古梓堂本	天理本	足利本	上影本	上八本	書古文訓
費誓二									柴			棐					費	費	棐	柴

「憑」字構形異同表

所在篇名	漢石經	魏石經	晁刻尚書	敦煌本	吐魯番本	和闐本	高昌本	岩崎本	九條本	神田本	島田本	內野本	上元本	觀智院本	古梓堂本	天理本	足利本	上影本	上八本	書古文訓
顧命二													憑	馮			憑	憑	憑	憑

「篾」字構形異同表

所在篇名	漢石經	魏石經	晁刻尚書	敦煌本	吐魯番本	和闐本	高昌本	岩崎本	九條本	神田本	島田本	內野本	上元本	觀智院本	古梓堂本	天理本	足利本	上影本	上八本	書古文訓
顧命一												篾		篾			篾	篾	篾	篾

「塗」*字構形異同表

所在篇名	漢石經	魏石經	晁刻尚書	敦煌本	吐魯番本	和闐本	高昌本	岩崎本	九條本	神田本	島田本	內野本	上元本	觀智院本	古梓堂本	天理本	足利本	上影本	上八本	書古文訓
益稷一					·							塗					塗	塗	塗	坔
禹貢二			塗伯3469					塗				塗					塗	塗	塗	坴
仲虺之誥一									塗			塗					塗	塗	塗	坴
梓材二										斁		塗					塗	塗	塗	敔

＊「塗」字所从之「土」，古本或作「圡」。

「開」字構形異同表

所在篇名	漢石經	魏石經	晁刻尚書	敦煌本	吐魯番本	和闐本	高昌本	岩崎本	九條本	神田本	島田本	內野本	上元本	觀智院本	古梓堂本	天理本	足利本	上影本	上八本	書古文訓
多方四				開伯2074					開			開					開	開	開	開
書序一									閞			關					開	開	開	開

後記

　　我於一九八八年入中山大學從陳煒湛師學習古文字，一九九一年畢業回原單位工作。由於客觀條件所限和主觀上的不努力，我只能在一般文字學的範圍內打轉，對古文字的研究則漸生疏遠。二〇〇〇年重回中大，忝列曾憲通師門下，我好像是從後方到了古文字研究的前線，感覺眼界大開，同時又深有落伍之感。

　　考慮到我是在職學習，時間比較緊迫，早定論文題目對我比較有利，所以入學伊始，我就冒昧與曾老師商量選題事宜。蒙曾老師的支持和幫助，我較早就把論文題目確定為《古本《尚書》文字研究》。三年來，我一邊工作一邊學習，走讀於閩粵之間，求索於漢唐上下，探討俗書理據，考證隸古構形，零敲碎打，終成此篇。其中甘苦，寸心自知。

　　三年來，我一直處於眾多師友和親人的關愛之中，心中常存感激之情。在此論文完稿之際，我想用較多的文字，把我的感激之情表達出來。

　　首先要特別感謝的是我的導師曾憲通教授。曾老師從我入學開始，就關注我的研究工作。在我論文初稿的空白處，常見他的點睛之筆。大到章節的調整，小到字句的推敲，都凝結著他的心血。三年中，我們離多聚少，但曾師對我的指導卻沒有間斷。在中大時，我常侍坐聆聽教誨；在福州時，他以電子郵件經常賜教。比如他曾發來郵件，說：「你的選題關係到學位論文和社科基金課題，一定要有較充分的時間保證才行。除了排譜的基礎工作之外，還要充分吸取歷來簡

帛研究的成果，尤其是與傳抄古文有關的資料……要精心設計論文的創新點，爭取有出色的表現。」他的指導，使我少走彎路，提高效率；他的鼓勵，使我面對困難，勇於探索。只可惜個人資質愚魯，雖有從名師不可當庸徒的想法，但是心有餘而力不足，深感慚愧。師母沈先生對我也十分關心，在此一併謹致謝忱。

陳煒湛先生是我的碩士導師，在我攻讀博士學位期間，也一直承蒙他的鼓勵和幫助。陳偉武先生對我既有師長般在學問上的指導，又有兄長般在生活上的關照。張振林先生在我碩士和博士階段都傳授我專業的知識。唐鈺明、孫稚雛、譚步雲、黃文傑、黃光武等老師，也給了很多切實的幫助。吳辛丑、楊澤生、裴大泉、陳斯鵬等師兄弟的同窗之情，令人難忘。趙平安先生為我複印有關資料，徐在國先生惠贈大作《隸定古文疏證》，都對我論文的寫作幫助很大，在此也要特意致謝。

福建師大文學院的領導以及漢語教研室的同仁，對我的學習和工作十分支持，儘量減少我的教學任務，讓我有更多的時間進行科研。馬重奇教授始終關注我的每一步成長，也一併深表謝意。

我母親在我年少無知準備棄學的關鍵時候讓我重新走上求學之路，使我真正成為一個讀書人。內子龔雪梅的理解和支持，讓我隨時可以逍遙家外讀書寫作。岳母幫助料理家務照看孩子，除卻我的後顧之憂。每當我平靜地進入古書的世界探幽索隱的時候，充溢心中的，是家人的溫暖與親情。

　　　　　　　　　　　　　　　　　　　　　　　　林志強

　　　　　　　　　　　　　　　　二〇〇三年四月十二日深夜

補記

　　本書是根據本人的博士學位論文修改而成的，也是本人所承擔的國家社科基金項目《古文字與古本《尚書》研究》的結項成果。〈後記〉記錄了我完成論文時的真實心態，今一仍其舊，繼續保留。轉眼畢業一年有餘，論文的修改也已經完成，聊記數語，是為〈補記〉。

　　早在二〇〇二年，本書就忝列曾憲通師主編的《古文字與出土文獻研究叢書》出版計劃，倍感榮幸。曾憲通師曾經囑咐我畢業後要趁熱打鐵，把論文修訂出版。這是論文能夠得到及時修改的原動力。沒有老師的鞭策鼓勵，三年完成論文，一年修改成書，對我來說，恐怕是很難實現的。

　　二〇〇三年春夏之交，論文蒙陳煒湛教授、李家浩教授、劉釗教授的書面審閱，復承唐鈺明教授、張振林教授、陳偉武教授、王彥坤教授、張桂光教授的當面指教，獲益良多。這次修改，吸納了諸位先生的正確意見，提高了本書的品質，在此謹向諸位教授致以誠摯的謝意！西北師大文學院周玉秀教授惠寄吳福熙先生《敦煌殘卷古文尚書校注》一書，對本書的修改也很有參考價值，也在此表示衷心的感謝！

　　福建師大文學院和福建師大陳德仁基金為本書的出版提供了幫助，特此鳴謝！

　　本書古體字、罕見字甚多，製版十分困難，責任編輯、我的師兄裴大泉博士和有關的編輯先生為本書的出版頗費心力，謹致謝忱！

林志強
二〇〇四年七月十六日

再版後記

　　本書原為業師曾憲通先生主編的《古文字與出土文獻研究》叢書之一，於二〇〇九年由中山大學出版社出版，這次承蒙福建師範大學文學院與臺灣萬卷樓圖書公司合作出版學術著作之計劃的眷顧，得以在臺灣出版發行，筆者深感榮幸，在此特向福建師大文學院和臺灣萬卷樓圖書公司表示衷心的感謝！

　　由於時間的關係，本次再版僅在個別地方略作修訂。在第一章的相關部分，根據許建平先生的〈敦煌出土《尚書》寫卷研究的過去與未來〉一文作了簡單補充。其他章節的個別問題，則以注釋或「編按」的方式作了補正和說明。原版中「編按」部分，是初版最後校稿時加上去的，今一併保留。二〇〇八年清華大學入藏一批戰國楚簡，有很重要的《尚書》文獻，學術界也有很豐富的研究成果。本書寫定在前，本人對清華簡也缺乏研究，故本次再版，未能加入相關內容，不能不說是一個遺憾。筆者學識疏淺，書中的缺點錯誤在所難免，祈望博雅君子有以正焉。

　　本書怪字多，表格多，編輯製版都費時費力，感謝各位編輯先生為此付出的艱辛和努力！

林志強

二〇一五年三月二十六日

作者簡介

林志強

　　一九六四年生，福建古田人。本科畢業於福建師大中文系，先後師從中山大學陳煒湛、曾憲通教授研習古文字，獲碩士、博士學位。現任福建師大文學院副院長、教授、博士生導師、碩士點帶頭人等，兼任福建省社會科學研究基地「中華文學傳承發展研究中心」研究員。主要從事古代漢語和漢語文字學的教學和研究，出版《漢字的闡釋》、《古本《尚書》文字研究》、《漢字源流》、《字源》、《字學綴言》等（含合作），在《古文字研究》、《古漢語研究》、《中國文字學報》、《中國文字研究》等刊物上發表學術論文五十餘篇。主持國家社科基金項目二項，高校古委會項目一項，省社科項目三項，省級精品課程一項等。科研成果獲福建省社科優秀成果二等獎和三等獎各二項，教學成果獲福建省優秀教學成果獎一等獎、特等獎和國家級優秀教學成果獎二等獎各一項（第二負責人）等。

本書簡介

　　本書主要根據《尚書文字合編》把《尚書》中的有關文字在不同版本中的不同寫法進行窮盡性的排比、歸納、分析；結合出土古文字材料探尋《尚書》文字演變軌跡，對《尚書》寫本中的隸古定古文和俗體字進行專題研究；結合出土文獻和傳世文獻，比較《尚書》異

文，對有關的《尚書》文本進行解讀，對衛包改字等問題進行重新審
視。此外，本書還關注《尚書》的流傳以及古本《尚書》的版本關係
等。本書的特點是文字研究和文獻整理相結合，既有文字學的價值，
又具文獻學的意義。

福建師範大學文學院百年學術論叢・第二輯　1702B02

古本《尚書》文字研究

作　　者	林志強
總 策 畫	鄭家建　李建華

發 行 人	林慶彰
總 經 理	梁錦興
總 編 輯	張晏瑞
編 輯 所	萬卷樓圖書股份有限公司
	臺北市羅斯福路二段 41 號 6 樓之 3
	電話 (02)23216565
	傳真 (02)23218698

發　　行	萬卷樓圖書股份有限公司
	臺北市羅斯福路二段 41 號 6 樓之 3
	電話 (02)23216565
	傳真 (02)23218698
	電郵 SERVICE@WANJUAN.COM.TW
香港經銷	香港聯合書刊物流有限公司
	電話 (852)21502100
	傳真 (852)23560735

ISBN 978-986-478-186-7
2018 年 9 月再版
2015 年 12 月初版
定價：新臺幣 360 元

如何購買本書：

1. 劃撥購書，請透過以下郵政劃撥帳號：
   帳號：15624015
   戶名：萬卷樓圖書股份有限公司
2. 轉帳購書，請透過以下帳戶
   合作金庫銀行 古亭分行
   戶名：萬卷樓圖書股份有限公司
   帳號：0877717092596
3. 網路購書，請透過萬卷樓網站
   網址 WWW.WANJUAN.COM.TW

大量購書，請直接聯繫我們，將有專人為您服務。客服：(02)23216565 分機 610

如有缺頁、破損或裝訂錯誤，請寄回更換

國家圖書館出版品預行編目資料

古本《尚書》文字研究 / 林志強著.
-- 再版. -- 臺北市：萬卷樓, 2018.09
面；公分. --（福建師範大學文學院百年學術
論叢・第二輯・第 2 冊）

ISBN 978-986-478-186-7（平裝）

1.書經　2.研究考訂

820.8　　　　　　　　　　107014274